エリートホテルマンは
最愛の人に一途に愛を捧ぐ

第一章

二×××年九月――

林一華《はやしいちか》は、従業員更衣室で制服から私服に着替えると、壁に張られたカレンダーを見て、大きくため息をついた。

ここグランドフロンティアホテル&リゾート東京は、東京都港区にある外資系のラグジュアリーホテルで、一華は宿泊部フロント課でフロントサービス係として働いている。

(今月は土曜日のお休みが多くなっちゃうな……)

九月から十月にかけては、弟妹たちの運動会がそれぞれ開催される。そのどれもが土曜日だ。なるべく母が生きていた頃のようにと思っても、自分の仕事の都合もあり難しい。

もちろんあらかじめ休みを申請しているのだが、周囲から……というか、なぜか自分を目の敵《かたき》にしている後輩から、また嫌味を言われるのだろうなと考えて、ついため息が漏れてしまったのだ。

(ほかの人はなにも言わないし、気にしなくていいって大木《おおき》マネージャーも言ってくれてるけど、私ばかり何度も土日にお休みをもらっていたら、ずるいって思う人がいるのは当然だよ)

一華としても、お客様の多い土日祝日はなるべく出勤したい。お客様が増えれば、その分、問題も起きやすくなる。なるべくフロント対応に慣れた自分が入るべきだと思ってはいるのだ。ただでさえ、正規雇用でありながら日勤の八時から十七時の固定シフトで、夜勤は免除してもらっているのだから。

（せめて末っ子の亜樹《あき》が小学校を卒業するまでは、行事を見に行ってあげたい。小学校卒業するまでって、あと十年近くか……）

あまりの先の長さに、ふたたびため息が漏れそうになる。

（それより、もうこんな時間。早く行かなきゃ。ご飯の用意はしてくれてるはずだけど、待ち合わせに遅れちゃいそう）

一華は鞄《かばん》からメイク道具を取りだし、ロッカーに備え付けられた鏡を見ながらファンデーションを塗り直す。

鏡には、二十七歳という年齢よりもやや幼く見える、疲れた女の顔が映っていた。

浮きでた目の下のくまと、緊張が緩《ゆる》み、げっそりとした表情を見ると、よけいに疲れてくる。仕事中は常に笑顔を絶やさずにいるから、顔の筋肉を緩《ゆる》めるだけで全身からどっと力が抜けそうになるのだ。

その頼りなげな雰囲気に庇護欲をそそられる男性も多く、手を差し伸べたくなるような不思議な魅力がある――ということは、本人だけが知らないのだが。

（うん、こんなものかな？　またあの人に会って嫌味を言われたくないし、さっさと行こう）

アップにした髪はそのままにした。癖のつきやすい髪は、解《ほど》くとうねって広がってしまう。頭が引っ張られるような感覚がして疲れるものの、帰るまでの我慢だ。

一華はリップを薄く引き、頬に力を入れて口角を上げた。鏡には先ほどまでフロントに立っていたホテリエの姿がある。全身鏡で身だしなみをチェックしてからロッカーを閉めた。

素朴とも優しそうとも言われる顔立ちは、決して目立つ方ではない。

しかし、化粧をして肩の下まである茶色の髪をシニヨンスタイルでまとめているだけで、清潔感のある落ち着いた美人〝風〟になるのだから、不思議なものだと一華は思う。

それも、一華がホテル業界に携《たずさ》わるようになって身についた武器の一つである。

グランドフロンティアホテル&リゾート東京を訪れるお客様の中には、超一流と呼ばれる人々もいる。彼らは総じて高級ブランドに身を包み、一流のサービスを求めるのだ。

その求めに応じるため、清潔感のある身だしなみ、教養、品格を身につけるのはホテリエにとって当然のことであると教えられた。高級ブランドをほいほい買える金はなくとも、見た目に気を使い、諸先輩方の気品ある佇《たたず》まいを真似すると、自分の品格が多少は上がったような気がした。

「お疲れ様でーす」

一華がメイク道具を鞄《かばん》にしまっていると、今、一番会いたくなかった人の声が更衣室に響いた。

思わず、がっくりとうなだれそうになるが、気を取り直して背筋を伸ばす。

「……お疲れ様です」

彼女――麻田唯《あさだゆい》は、宿泊部客室課でハウスキーパーを担当している。半年ほど前、ちょうど総支配人が代わった頃にアルバイトとして入社した後輩だ。目鼻立ちのはっきりとした美人だが、かなり自分に自信があるようで高慢な物言いをするため、きつそうな印象を受ける。

一華はなぜか彼女から目の敵《かたき》にされており、顔を合わせるたびに嫌味を言われていた。だから唯と鉢合わせする前に帰ろうと思っていたのにタイミングが悪い。

「あ、そうだ、林さーん」

唯は、どいてと言わんばかりにロッカーの前に立っている一華を見つめた。一華は仕方なく一歩横にずれて彼女が通る道を空ける。

(一応、私、先輩なんだけどな。話し方も相変わらず直らないし……)

自分に対して大袈裟にかしこまってほしいわけではないが、彼女の「おっはようございまぁ～す」という挨拶《あいさつ》を初めて聞いたときは、気が遠くなったものだ。

たとえアルバイトであっても、唯のような間延びした喋《しゃべ》り方をしていれば、厳しい入社前研修で徹底的に直されるはずである。それに、研修で頭に叩き込まれるはずの館内店舗の営業時間や場所すら頭に入っておらず、さらにＶＩＰのお客様相手に媚《こ》びを売るような態度も目につき、何度か言葉遣いと共に指摘をした。

(うちのホテルって従業員教育はかなり厳しいはずだし、マネージャーからも注意されてるはず。あまりにもひどいと退職勧告もありえるって知ってるよね……大丈夫なのかな)

彼女の教育は一華の仕事ではないが、たとえ課が違っても同じ宿泊部の同僚だ。彼女の今後のためにも、心を鬼にして間違いを指摘していた。ただ、その場ではしおらしく謝るのだが、一向に態度は改善していない。

「麻田さん。その『さーん』って言うの、直した方がいいですよ」

「あはっ、すみませーん。まーた、やっちゃった。でも別にここならいいじゃないですか」

「でも、普段から気をつけていないと……」

「も～ほんと細かい。お客さんの前ではちゃんとしまーす」

唯は悪びれない態度で言った。

(彼女って、私と同い年だよね。社会人経験、ちゃんとあるよね?)

失礼な言い方だが、アルバイトだからと仕事を舐めているのではないか、という疑惑を抱いてしまう。

家庭環境もあり、一華は二十七歳という年齢のわりに老成した印象を持たれるのは自覚している。とはいえ、十代の頃の自分でさえ、今の彼女より常識があったのではないかと思う。

このホテルでは、世界各国どの支店においてもアルバイト、正社員関係なく、従業員の満足度を大事にしている。

アルバイトだからといって冷遇されないし、時給もいい。正社員になればキャリアアップを望め、給料が格段にアップする。

ここで働く従業員たちは、正社員だけでなくアルバイトもかなり多くの研修を受けており、社員教育が充実していた。個人の裁量に任せられることも多く、アルバイトや派遣社員に対しても一定の権限が与えられているくらいだ。

たとえば、クレーム対応で毎回直属の上司であるマネージャー——各部門の支配人に確認を取っていたら、さらに相手の怒りを買うことにもなりかねない。そのため十万円程度であれば、マネージャーに指示を仰《あお》がなくとも自分の裁量で使用できるようになっている。

ただその分、従業員に求められる能力は大変高い。誰も口には出さないが、唯がよく面接と研修を経て採用に至ったな、というのが宿泊部スタッフたちの共通した見方であった。

「それで、なにか?」

一華は鞄《かばん》を肩にかけて、唯を振り返った。

「あ、そうそう。宿泊部の大木マネージャーが困ってましたよ～。林さん、今月三回も土曜日に休むからシフトの調整が大変だって。それにみんなも言ってます。林さんだけ夜勤免除されるのはずるいって」

あの大木がそんなセリフを言うものか、と一華は心の中だけで反論した。

一華が土曜日に度々休みを入れるせいで困らせているのはたしかだろうし、口には出さなくとも一華の処遇をずるいと思う従業員もいるだろう。だが、このホテルにおいて、部下の愚痴を周囲にこぼすような社員がマネージャーでいられるはずがない。

(むしろ私が配置換えを希望しても、大木マネージャーは『弟さんが小さいうちは無理をしなくていい。いつか自分がしてもらったのと同じように、困った人を助けてあげなさい』って……『無理なくシフトを調整するのも僕の仕事だから』って言ってくれたんだから)

もし本当に唯の言うとおりシフトの調整に無理が出る場合は、話し合いで配置換えをするなどの相談があるはずだ。

「今月は弟妹たちの運動会があるんです。マネージャーにはもちろん許可をもらっていますから」

ただ、自分が周囲に迷惑をかけている自覚は十分にあったし、心苦しさも当然ある。一華が夜勤に入れない分、ほかの社員の負担が増えているのは間違いない。

（せめて、裕樹《ゆうき》かふたばに頼めればいいんだけどね）

三回ある運動会のうち、一回は大学生の次男である裕樹か、高校生の次女ふたばに行ってもらおうとも考えたのだが、二人にはまだ三歳の亜樹の面倒を見てもらっているため難しい。九月の炎天下の中、亜樹を連れて外にいるのは、かなり辛いだろう。

一華が言うと、唯は眉根を寄せて不快感をあらわにした。

「お母さんが亡くなって、林さんが母親代わりなんでしたっけ？　それは大変だと思いますけど、迷惑かけてるって自覚ないんですか～？」

母が亡くなったのは亜樹が生まれてすぐ、一華が正社員として働いて二年が経った頃だった。産後の肥立ちが悪く、そのまま帰らぬ人となってしまったのだ。

あまりに突然のことで、一華は母を失ったショックよりも、この先、自分たちはどうすればいいのかと考えてしまった。

一華は八人きょうだいの長女で、亜樹は生まれたばかり。父は長距離トラックの運転手をしており、家に帰らないことが多い。

一番上の兄はすでに結婚して家を出ていたので、長女である自分が幼いきょうだいの面倒を見なければならないとわかっていた。

家事に育児に仕事。精神的な負担と肉体的な疲れは大きく、三年経った今でも状況はそう変わっていない。

（でも、昔に比べればまだマシだけどね）

亜樹がゼロ歳の頃は本当に大変だった。夜泣きする亜樹にミルクをやり、朝まで一睡もできずそのまま職場に行ったこともある。

どうして自分ばかりがと思っても、誰の前でも涙を見せられなかった。母が亡くなってみんな辛い思いをしているのに、姉である自分が泣き言を言えるはずがない。夜中に亜樹にミルクをあげながら、毎日のように人知れず唇を震わせていた。

いろいろなことを諦《あきら》めた。一つ目は恋愛。二つ目は友人との交遊。三つ目は、辛さを顔に出すこと。そうしなければ、とても〝母親代わり〟なんて務まらなかったのだ。

（だからこそ、彼と出会えたのは本当に幸運だった）

一華はこのあとの約束を思い出し、腕時計に視線を走らせた。

そろそろ出なければ約束の時間に間に合わなくなってしまう。

一華は唯に向き直り、はっきりと告げた。

「もちろん、ほかのフロントサービス係に迷惑をかけているのはわかっています。ですが、これは大木マネージャーとも相談して決めたことです」

「迷惑かけてるってわかってるなら、フロントサービス係じゃなくて裏方仕事に異動したらどうですか～？　アルバイトのときはハウスキーパーだったんでしょ？　花形のフロントより掃除している方が林さんに似合うと思うんですけど。それにハウスキーパーは日勤なんだから、特別扱いされてるなんて言われなくて済むし」

さも、いい案だと言わんばかりに唯は人差し指を立てて、形のいい唇を歪ませた。

正社員としての勤続年数は五年になるが、少しでも家計の助けになればと、一華は高校生のころからこのホテルでハウスキーパーのアルバイトをしていた。

テレビで観たホテルの華やかな内装がまるで別世界のように思えた一華は、洗練されたホテリエの行き届いた接客に憧《あこが》れ、アルバイトの面接を受けた。

そして大学三年の時、当時の総支配人から、正社員の面接を受けてみないかと打診されたのだ。当然、面接を受けさせてくれるだけで内定がもらえるわけではなかったが、一華はここで働きたいと強く思った。最終選考まで残り、花形のフロントサービス係に採用が決まったときは、驚きすぎて言葉をなくしたくらいだ。

「フロントもハウスキーパーも、似合うとか似合わないとかそんな理由で決められているわけじゃありませんから。マネージャーから配置換えの打診があったなら、すぐに受け入れるつもりでいます。もういいですか？　私、早く帰らないといけないんです」

「でもっ、みんな林さんだけずるいって言ってます！　夜勤もやらないくせに、フロントサービス係にいるなんて！　どうして私が掃除の仕事で、あなたみたいな人が花形のフロントなの⁉」

唯は顔を真っ赤にして、唾を飛ばさんばかりにまくし立てた。なんだかんだと言いながらも唯の本音はそれだ。花形のフロントサービス係に一華がいて、自分がハウスキーパーであることが気に食わないらしく、何度もマネージャーに配置換えを訴えていると聞いた。

ほかのフロントサービス係には一応は先輩を立てるような態度を取っているのに、一華にだけあたりが強いのは、おそらくその〝特別扱い〟が理由だろう。

（プライド高そうだし、好かれていない私が言葉遣いとかを指摘したのがまずかったのかも……でもやっぱり、ハウスキーパーをバカにするような発言をそのままにはしておけない）

フロントサービス係が花形と呼ばれているのは、それだけの能力を求められるからだ。けれど、その役割はハウスキーパーと比べるものではない。どちらもなくてはならない仕事だ。

「夜勤についてもマネージャーの許可をもらっているって何度も言ってますよね。それに私だって、そのうちフロントサービス係からどこかに異動になるでしょう。フロントサービス係に来たいのなら、私にケンカを売ってないでアルバイトから正社員になれるように努力したらどうですか？　正社員は、日本語以外に二カ国語の言語取得が必須なので、アルバイト以上に研修は厳しいけれど」

そう言うと、制服のブラウスを脱いでいた唯がぴたりと手を止めて、こちらを睨《にら》みつけてきた。

「そんなの知らないし！　私、頼まれてここに来ただけなんだから！」

「頼まれて？」

唯の言葉に引っかかりを覚えて聞き返した。

（もしかして……コネ入社？　私もコネと言えばコネだけど……）

グランドフロンティアホテル＆リゾートは、世界的にも知名度のある格式高いホテルだ。

採用試験はかなり厳しく、最終面接は一人二時間にも及んだ。語学能力、判断力、適応力を試され、胃が痛くなる思いをしたものだ。

　このホテルでは、ゲストからの依頼には決して「ノー」と言ってはならないと決められている。面接ではそれを何度も試されるのだ。面接のあとの研修でも、嫌がらせかと思うほどクレーム対応をやらされたし、できなければ何度もやり直しをさせられる。

（コネ入社だから、面接も研修も受けなかったって言うの？　そんなのあり？）

　能力のない人材をコネであっても入社させるだろうか。いずれにしても、研修くらいはちゃんとしてほしい。迷惑を被《こうむ》るのはお客様なのだから。

「私、総支配人のお母様にお願いされてここに入ったんです。それなのに、なぜか総支配人にフロントサービス係はだめって言われて。私、仕事柄ずっと経営者とかを相手に接客してきたから、そういうお客様の扱いはお手の物なんですよ？　そんな私が掃除しかやらせてもらえないなんて、宝の持ち腐れだと思いません？」

「総支配人のお母様……ですか？」

　思わず聞き返すと、待ってましたとばかりに彼女の口が軽くなる。

「総支配人って、ワシントン支社から来た超エリートなんですよ〜。あ、林さんは会ったことありません？」

　このホテルの総支配人が代わったのは半年ほど前だ。前総支配人はアメリカの支店に戻ったと聞いた。

　まさか現総支配人が、一アルバイトスタッフである唯と親しい関係だとは思ってもみなかった。

彼女が総支配人のコネで入社したのなら、面接もなく採用されたことにも納得だ。このホテルのトップならば、人事に手を加えることくらい、いくらでもできる。

「私は、お目にかかったことがないですね」

「でしょうね。ま、私は～彼のお家にも行ったことがあるので」

唯は意気揚々と口角を上げながら言った。

このホテルで働く従業員は六百人にも及ぶが、通常一華たち社員に指示を出すのは、支配人であるマネージャーだ。マネージャーは、宿泊部、客室部、宴会部、料飲部など各部署におり、彼らが総支配人からの命令を聞き、指示を出す。

もちろん、総支配人が各部署を訪れることもある。だが、総支配人が打ち合わせなどでフロントを訪れるのは人が少なくなる夜で、一華はその時間すでに退勤していた。

「彼、めちゃくちゃイケメンだし、それでいて優しいんですよね～物腰も柔らかいし、口調も丁寧だし。さすがお金持ちって感じ。マンションもこのホテル並みに立派だし」

たしか三十代の若さで総支配人の地位に上り詰めたと聞いたが、有能だという噂は、所詮、噂でしかなかったのかもしれない。唯の話を鵜呑《うの》みにはできないが、もし本当だとすれば、彼女をコネ入社させた総支配人に対する印象はかなり悪い。自宅に呼ぶような仲なのは個人の自由だが、仕事に持ち込むのはいかがなものか。

「そうですか」

頼むから唯をフロントサービス係には配属してくれるなと祈りながら、一華は踵《きびす》を返した。いつまでも唯と話していられない。今日は大事な用があるのだ。

「では、お先に失礼します」

「あ、いつでもフロント交代しますんで～！　考えておいてくださいね！」

話す前に「あ」と付けるのも注意した方がいいだろうか。そう思いながらも時間と天秤にかけた結果、一華はなにも言わずに更衣室をあとにしたのだった。


ホテルを出た一華は、最寄り駅に急いだ。改札付近を見回すと、タクシー乗り場の近くに立つ彼――川島明彦《かわしまあきひこ》がこちらに向かって手を振っていた。

今日は、婚約者である明彦を家族に紹介する予定だった。平日だが、仕事でほとんど家にいない父に合わせる形で今日の食事会が決まったのだ。

「明彦さん！　お待たせしてごめんなさい！」

一華が息せき切って彼の前で頭を下げると、彼は笑顔で首を振った。

「いや、二、三分過ぎただけだから気にしないで。行こうか」

「うん」

一華は、明彦とタクシーに乗り込み、自宅の住所を告げた。

自宅は東京都文京区内にあり、ここからタクシーで三十分ほどだ。

明彦とは半年ほど前に婚活アプリが主催するパーティーで知り合った。恋愛も結婚も諦《あきら》めていた一華が婚活アプリに登録したのは、ホテルのお客様でもあり友人でもある女性に、自社の婚活アプりに登録してパーティーに参加してほしいと頼まれたからだ。

一華は、今後ホテルで婚活パーティーを開催したときにこの経験が生かせるかもしれないと考え、承諾した。

パーティーに参加したものの、結婚するつもりはなかったため、プロフィール欄に正直に家庭環境について書いた。何人か話しかけてきた男性もいたが、皆、一華のプロフィールを見て申し訳なさそうに去っていった。そんな中、明彦に声をかけられたのだ。痩せていて頼りなさげではあったが、穏やかで優しい話し方をする人だと思った。

プロフィールによると、明彦は四十二歳で結婚歴はなし。両親と三人暮らしとのことだった。一人っ子だから、一華のような大家族にずっと憧《あこが》れていたのだと彼は語った。弟妹たちの面倒を見ているなら自分もその助けになりたいと言われ、すぐさま交際を申し込まれた。そんな積極的な彼のアプローチに負け、数ヶ月前に結婚を前提とした交際に至ったのだ。

彼はデートのたびに具体的な結婚後の話を語ってくれた。新居も一華の実家近くに構えよう、君が母親代わりになるなら、僕が父親代わりになるとまで言ってくれた。

一華の家庭の事情で、デートの回数は片手で数えるほどだったし、当然外泊もできなかったが、一華の家族を含めて大事にしてくれることが嬉しかった。

明彦の存在は、恋愛も結婚も諦《あきら》めていた一華にとって、救いのようなものだったのだ。

「そういえば、一華が遅刻なんて珍しいよね。仕事が忙しかったの？」

明彦に聞かれて、一華は帰り際の唯とのやりとりを思い出し、かすかに眉を寄せた。

「ちょっと更衣室で後輩に捕まっちゃって」

「あぁ、もしかして嫌味を言ってくるっていう、例の？」

「そうなの……今月弟妹たちの運動会があるって言ったでしょ？　土曜日にお休みをもらっているから、その件で」

「あぁ、そういうことか。家庭と仕事の両立は難しいね」

明彦は、一華の愚痴に肯定も否定もしない。事なかれ主義と言えるのかもしれないが、彼との会話にストレスを感じないでいられる。一華は彼のこういうところを尊敬していた。勢いに流されるがまま交際を決めてしまったけれど、明彦と結婚できたら幸せだと思ったのは間違いない。

「本当にね……これから先、あなたにも迷惑をかけてしまうと思うんだけど」

「結婚したら、僕もなるべく手伝うようにするよ。弟さんや妹さんたちの世話も含めてね。小さい子は好きだから、楽しみだよ」

明彦は、わかっているというように一華の言葉を遮《さえぎ》って続けた。

「ありがとう。そう言ってくれると心強い。明彦さんのご両親に会うのは来週だよね」

「あぁ、母も楽しみにしてるって」

「良かった」

彼の両親に挨拶《あいさつ》を済ませたあと、結婚式の日取りを決めて入籍する予定だ。実家の近くに引っ越しをして食事をそちらで摂るようにすれば、負担も少なくなるねと話をしている。しばらくは慌ただしいが、いずれはその生活にも慣れるだろう。

「楽しみだなぁ。美智《みち》ちゃんは小六で、詩織《しおり》ちゃんは小一なんだっけ？」

「うん、そうよ」

明彦はにこにこと笑いながら言った。

彼はよく、美智と詩織の話を聞いたり、写真や動画などを見たがったりした。自分の家族と仲良くしようと思ってくれるのは嬉しいが、そういえばどうして美智と詩織ばかりなのだろう。それについて聞いてみようと口を開く前に、タクシーは実家の近くの道に入った。

「お客さん、このあたりですか？」

「はい、その道を右に曲がって……」

家への道を運転手に説明すると、タクシーは路地に入り、細い道を進んだ。

「運転手さん、この辺で停めてください」

「はい」

家から数メートルの場所でタクシーを停めて、二人は車から降りた。

華の実家は古びた二階建ての一軒家で、軽自動車がぎりぎり一台停められる庭がある。最寄り駅まで徒歩十五分とそれなりにかかるうえ、L字型の旗竿地《はたざおち》であることから安く家を買えたのだと父が言っていた。

父はまだ家に帰っていないようで、庭には車が停められていない。

「ここ？」

「うん。父はまだ帰ってないみたいだから、中で待っていて」

「そっか。じゃあ美智ちゃんと詩織ちゃんと遊ぶ時間もあるかな。お父さんは長距離トラックの運転手なんだっけ？　忙しくて、あまり家にいないんだよね？」

「そうなの。たまに帰ってきても見るのは寝顔ばかりだし。お父さんがいなくても、弟や妹たちがしっかりやってくれるから助かるけどね」

「そうか、それじゃあ大人がよく見ていてあげないといけないね。僕に懐《なつ》いてくれるといいな」

「えぇ、きっと気に入ると思う」

一華は玄関のドアを開けて、中に向かって「ただいま」と声をかけた。奥のリビングから、大学生の次男、裕樹の叫び声と共に、ドタドタと走り回るような音が聞こえてくる。

おそらく一華が帰ってきたことに気づいていないのだろう。それもいつものことだった。

林家は四ＬＤＫだが、八人暮らしだ。一人一部屋なんて贅沢《ぜいたく》はできず、一部屋は父に、ほかの三部屋はきょうだいで分けて寝室としている。

「どうぞ」

「お邪魔します。賑《にぎ》やかだね」

「ふふ、静かなのは寝ているときくらいかな」

ばたんとドアの閉まった音が聞こえたのか、リビングのドアが開き、亜樹が裸のままこちらに向かって走ってきた。

「一華ねぇちゃん！　おかえりなさい！」

「ただいま、亜樹。ちゃんとパジャマを着ないと風邪を引いちゃうよ」

マントのように身体に巻きついたバスタオルで濡れた髪を拭いてやると、亜樹が気持ち良さそうに目を細めた。すると奥から怒鳴り声を上げながら裕樹が出てくる。

「姉ちゃん、おかえり！　こんな状態でごめんな。あ〜もう亜樹、お前、身体を拭けって言っただろ！　廊下が濡れる！　それにお客さんが来るから静かにしとけって言ったのに」

裕樹は大学生だが、一華に続いて林家の育児を担《にな》ってくれている。巻きつけたバスタオルで亜樹をがっしりと捕まえた裕樹は、そのまま小さな身体を脇に抱えて持ち上げた。亜樹は「きゃー」と叫びながら、楽しそうに足をぶらぶらさせている。

「こうなってると思ってたから大丈夫。裕樹、こちら川島明彦さん」

「はじめまして、川島です」

明彦が頭を下げると、裕樹も軽く会釈《えしゃく》する。明彦の目は裕樹ではなく亜樹を捉《とら》えていて、子ども好きだというのは本当なのだなと感じた。

「ちわっす」

「こら、ちわっす、じゃないでしょ。明彦さん、ごめんなさい玄関で。入って」

一華は滅多に使わないスリッパを出し、明彦の前に置いた。

「ありがとう。子どもは元気だね」

「本当にね。私にもその元気を分けてほしいくらい」

明彦を伴いリビングへ行くと、次女のふたばと三男の芳樹《よしき》、三女の美智、四女の詩織が一斉にこちらを見た。真っ先に立ち上がり、一華のもとに来たのはしっかり者のふたばだった。

「こんばんは、次女のふたばです。私は高三。で、あっちでふてくされてるのが三男の芳樹、中三。芳樹は今、反抗期だから、態度悪いけど気にしないでくださいね。キッチンにいるのが三女の美智、小六。テレビの前で本を読んでるのが四女の詩織、小一。裕樹兄に抱えられてるのが末っ子の亜樹。一番上の兄は結婚してここにはいません。よろしくお願いします」

ふたばが弟妹たちを指差しながら、一人一人紹介する。すると反抗期と言われた芳樹が、ダイニングテーブルで読んでいた参考書を乱暴に閉じて、口を開く。

「……っるさいな、反抗期はお前だろ！　しょっちゅう裕樹兄に突っかかってるじゃんか！　俺は受験勉強で疲れてるだけだ」

「ほぅら、出た。そういうところが反抗期だって言ってるの！　お客さんの前でくらい静かにできないわけ？」

ふたばも負けじと言い返す。この二人は小さい頃からケンカばかりで、それを止めるのはいつも一華と裕樹の役割だった。明彦が来ているため多少遠慮はしているようだが、普段は手や足が出る。

「はぁっ!?　お前の方がうるさいし！」

「やめなさい！　二人とも！　本当にごめんね、これでも今日はおとなしい方なんだけど」

一華が止めると、ふたばと芳樹が気まずそうに目を逸らす。一緒になって怒られたふたばは、あからさまに不服そうな顔をしている。ふたばは他人の前だとお姉ちゃんになりたがるからと、一華はため息を呑み込んだ。

「いやいや、元気があっていいいんじゃないかな」

明彦の視線はふたばを通り越し、キッチンにいる美智に移った。彼が、美智のスカートで視線を止めたような気がして、なんとなく違和感を覚える。

（あれ？　美智のスカートにゴミでもついてたかな……？）

それにしては、やたらと凝視していたような。

「みんな可愛いね」

明彦がこちらを見て、いつもと変わらない様子で笑みを浮かべた。

その瞬間、明彦が急に足を持ち上げ、顔を歪めた。

「いて……っ」

「どうしたの？」

「いや、足になにか……」

足下を見ると、床に亜樹のおもちゃが散らばっている。片付けなければまた踏んでしまいそうだ。

「ごめんなさい。これ亜樹のおもちゃなの。片付けるね。明彦さんは、ソファーに座って待っててて」

「うん、わかった。いいよ、ゆっくりで」

「ありがとう。亜樹～寝る前に、出したおもちゃを片付けて！」

一華が叫ぶと、亜樹の「はーい」という明るい返事が聞こえてくる。おそらく今、裕樹に歯を磨いてもらっているのだろう。一華は亜樹が自分で片付ける用の大きいおもちゃだけをソファーに残しておき、ほかのおもちゃを片付けていく。

するとソファーに腰かけた明彦に、詩織が話しかけた。

「ねぇねぇ、本読む？」

「そうだね。読んであげようか？」

「うん！」

詩織は嬉しそうに頷き、明彦の隣に座った。

ちょうどよかった。落ち着くまで詩織に明彦の話し相手を頼もう。手がかかる子ではないし、父が帰ってくるまでソファーに座って話していてもらえれば、その間に多少片付けができる。

（仲良くできそうでよかった）

子どもが好きという話は本当らしく、ほっとする。

「そうだ！　一華、みんなの写真を撮ってもいいかな？」

しばらくすると明彦に聞かれて、一華は手を止めた。

「ほら、一華は忙しいから、なかなかきょうだいの写真を撮る機会がないと思ってね。子どもの成長の記録って大事じゃないか。あ、もちろん一華にもあとで送るよ」

「そうね……ありがとう」

「じゃあ撮るね。詩織ちゃん、スマホ見て」

一華が許可を出すと、明彦は嬉々とした様子でスマートフォンを取りだし、詩織に向けた。詩織はスマートフォンの前でピースサインをする。

「美智ちゃんも、こっち向いて！」

明彦はキッチンにいる美智にもカメラを向けた。料理中に声をかけられた美智は、不機嫌そうに唇を尖《とが》らせて振り返った。

「なに？」

「撮ってあげるよ」

片付けをしながら横目に明彦を見ていると、彼は美智と詩織ばかりを写真に収めていた。芳樹やふたばには目も向けない。

（気にしすぎかな……）

明彦はひとしきり写真を撮ったあと、ふたたび詩織とソファーに座った。

しばらくして、一華が二人に視線を向けると、明彦が詩織に覆いかぶさるようにして本を覗《のぞ》き込んでいる。それがやけに距離が近すぎるように思えて、気に掛かった。

なにかいやな予感がしてきた一華は、手を動かしながらも二人を見つめる。すると、明彦の手が伸びて、詩織の足に触れようとした。反射的に、一華は叫ぶように彼の名前を呼んだ。

「明彦さん！」

明彦は慌てたようにびくりと肩を震わせて手を引く。その様子を見て、彼に対する信頼が徐々に失われていく。

「な、なに？　もう片付け終わったの？」

「ううん、そうじゃないんだけど」

明彦をこの家にこれ以上いさせるのは危険だと、一華の勘が言っている。

「今、連絡があって、お父さん遅くなりそうなの。悪いんだけど、やっぱり日を改めてくれない？」

一華はポケットに入れていたスマートフォンを手に取り、小声で言った。すると、明彦が納得した様子で頷く。

「そうなんだ。なら、仕方がないね。お土産《みやげ》は置いていくから、みんなで食べて」

「ありがとう」

リビングを出ていく明彦に、ふたばが「あれ、もう帰るの？」と首を傾げる。明彦はちらりとふたばを見たが、一華に向けるのと同じ顔で笑い「またね」と言った。

「ちょっとね、日を改めることになったから」

一華はそう説明して、明彦と共に玄関を出た。

彼がどうして一華と結婚しようと思ったのか、わかってしまった。

なぜ、今まで独身だったのかも。

(今まで、弟妹たちに会わせる機会がなかったから、気がつかなかった。この人、言葉通り〝幼い子ども〟が好きなんだ)

結婚する前で良かった、と身体から力が抜けそうになる。もし一華が彼と結婚していたら、美智や詩織、亜樹になにかされていたかもしれない。本当にただ子どもが好きなだけかもしれないが、自分のこういう勘は信じることにしている。

一華は仕事でこれまで何百人、何千人というお客様を見てきた。お客様の関係が友人なのか恋人なのか、それとも夫婦なのか、はたまた不倫なのか。言動から判断し動かなければならない。そのためお客様の思いや事情を察するのは得意だった。

玄関のドアを開けて外に出ると、湿った温かい空気が肌を撫でる。帰ってきたときは不快にも思わなかったのに、今は肌にまとわりつくような感覚にイライラした。

一華はため息をつき、ドアが閉まっているのを確認して、明彦と向き合った。

「悪いけど、結婚はなかったことにしてほしいの」

「えっ、なぜ?」

明彦は驚いた表情で理由を尋ねる。

「あなたを信用できなくなったから。……さっき、写真を撮ってたとき、美智と詩織ばかりにスマホを向けていたのはどうして? それに、詩織の足に触ろうとしてたわよね?」

「ち、違うんだ。大きい子たちはあとで撮ろうと思ってたんだよ。詩織ちゃんに触ろうとしたのは……あの、ほら、これから家族になるんだし、仲良くなろうと思って」

「お父さんですら、そんなことはしない。もちろん、裕樹も芳樹も。あなたに、弟妹たちに近づいてほしくないの。ごめんなさい」

一華が頭を下げると、穏やかだった明彦の目が吊り上がった。

「き、君まで、僕を変態扱いするんだな! ロリコンだとでも思ってるんだろう!」

唾を飛ばさんばかりの勢いでまくし立てられるが、一華はただ押し黙る。

「少し興味があるだけじゃないか! 相手がいやがったらちゃんとやめてる!」

「……つまり、あなたは過去にも幼い子がいやがるようなことをしていたのね? じゃあ、あなたのお母様に確認してもいい？　警察沙汰になったことはありますかって」

一華の問いに、明彦はぎくりと肩を強張《こわば》らせた。

「やっぱりね……あなたとは二度と会わない。それと、さっきここで撮った写真を全部消して。クラウドに保存しているならそれも。今後、妹たちに近づいたら、警察を呼ぶから」

「わ、わかったよ！」

明彦はスマートフォンを操作し、画像を消去した。一華は彼の手元を注意深く見つめて、美智と詩織の写真が消えていることを確認する。

明彦の画像フォルダには、インターネットの拾い画像なのか、幼い子どもの写真が大量に保存されていた。あまりの気持ち悪さに顔が引《ひ》き攣《つ》る。

「これでいいだろう！　だからいやなんだ、大人の女なんて！」

ぞっとするようなセリフを吐き、明彦は逃げるように走り去っていった。

残された一華は脱力するように肩を落とし、深く息を吐きだした。今日、気づいて良かった。妹たちになにもなくてよかった。

安堵すると同時に、やっぱりと諦《あきら》めの気持ちが生まれ、苦い笑いが漏れる。

(最初からわかってたじゃない。簡単にはいかないって。私は小さな子を抱えたシングルマザーのようなものなんだから。近づいてくる人には、裏があるって思った方がいい)

諦《あきら》めるのは得意だ。家事に育児に仕事。すべてをこなすには、恋愛や友人付き合いを諦《あきら》めるしかないとわかっていたのに、望んでしまった。もしかしたらと期待をしてしまった。

ため息と共に涙が滲《にじ》んだ。あんな人にしか必要とされない自分が哀れで、虚《むな》しかった。不意に全身がずんと重くなったような感覚がした。両肩にのしかかるのは家族の重みだ。

けれど、唇を噛みしめ耐える。泣いていたら弟妹たちを心配させてしまう。

（私……逃げたかったのかな。この環境から）

明彦に「父親代わりになる」と言われたとき、これで子どもたちの面倒を見てくれる手が増えたと喜んだ。自分にとって都合のいい男性と結婚ができるという、浅はかな考えがあった。

今、一華の胸にあるのは悲しみなどではない。結婚がなくなり、将来への展望が真っ黒に染まっていくような喪失感と絶望感だ。

（あの人と結婚しなくて良かったって……心底思うのにね）

きっと、疲れているだけだ。諦《あきら》めた方が楽だと知っているじゃないか。恋愛も結婚も自分には無理なのだ。少なくとも、亜樹がもっと大きくなるまでは。

（だから……あと何年よ、それ）

なにもかもを放り出して逃げてしまいたい。弟妹たちを可愛いと思うのに、どうして自分ばかりが苦労をしなければならないのか、という恨みがましい気持ちもあって――

ふたたび涙が滲《にじ》みそうになり、一華は空を見上げて深い呼吸をする。

仕方がないことだ。自分は長女で母親代わりなのだから。

そう自分に言い聞かせているうちに、涙は止まった。

（そろそろ戻らないと……ご飯、待ってるだろうし）

気持ちを切り替え一華が玄関を振り返ると同時に、内側からドアが開いた。

「姉ちゃん？　なかなか戻ってこないけど、どうかした？」

玄関から顔を出したのは裕樹だった。亜樹の寝かしつけが終わったのだろう。

「ううん、なんでもない。今日はいろいろ任せちゃってごめんね。バイトも休んでもらったのに」

「いや、それはいいけどさ。もう飯できたって」

裕樹は、赤くなった一華の目に気づいたのか、気まずそうにリビングに目を向けた。どう考えても明彦が帰るタイミングはおかしかったし、ケンカをしたとでも思ったのかもしれない。

「わかった、ありがとう」

「亜樹の風呂で濡れたから、俺も入ってくるわ。先に食ってて」

そう言って、裕樹は脱衣所へ行った。

一華がリビングに入ると、ふたばと美智がテーブルに食事を並べている。

「ふたばも美智も、全部やらせてごめん。あとは私がやるから」

「あとご飯よそうだけだから、たまにはいいよ」

美智がにかっと笑う。一華は美智の髪を撫でるように軽く梳《す》き、ありがとうと返した。

「姉ちゃん、遅ぇよ！　腹減ったし！　つうか、さっきのおっさん帰ったの？　結婚の挨拶《あいさつ》に来たんだろ？」

先ほどまでふたばとケンカをしていた芳樹は、すっかりとそんなことを忘れたように詩織とお菓子を食べ、テレビを観ながら言った。

美智と詩織はなにも気づいていないようでほっとする。あと少し気がつくのが遅かったら、なにをされていたかわからない。

（ちょっとだけ、一人になりたいな）

一連の出来事でやけに疲れてしまった。今は誰にも話しかけられたくないと思うものの、弟妹たちは放っておいてはくれない。

「思ったんだけど、あのおっさんなんかキモくね？　あんなのじゃなくて、もっといい男を選べば？」

思わず、うるさい、と口から出かかった。もっといい男を選べるなら、とっくに選んでいると。吐く息が震えて、気づけば肩で息をしていた。

（母親代わりなんて、したくてしてるわけじゃない。でも、私しか、やる人がいないから……）

我慢して抑えてきた感情が一気に溢《あふ》れだす。決して口にしてはいけない言葉が出てしまいそうになり、震える唇を噛みしめた。

いつもなら芳樹の軽口くらい反抗期だからと聞き流せるのに、それができない。あんな男しか選べない自分が悔しくて、悲しくてたまらなかった。

「それに全然そういう話してねぇけどさ、姉ちゃん結婚したら誰が飯とか作んだよ」

頭の中でなにかがぷつりと切れた音がした。怒りで目の前が真っ赤に染まる。

もういやだった。なにもかもがいやでたまらなかった。

「そんなの……」

「は？」

「そんなの知らないわよ！　どうしていつも私ばっかり！　私だって、好きであなたたちの母親代わりしてるわけじゃない！　誰の面倒も見なくていいなら、とっくにもっといい男と結婚して、こんな家出ていってるわよ！」

一華は肩を震わせながら一気に言った。我慢しようと思っていたのに、一度口を衝いて出た言葉は止められなかった。

「……っんだよ、それ！」

リビングがシンと静まり返る中、芳樹が勢いよくテーブルを叩く。ばんっと大きな音がしたあと、詩織がぐすぐすと泣きだした。

「わかってたよ！　姉ちゃんはどうせ、俺らがいるから結婚できないって思ってるって！　母親代わりを押しつけられて迷惑だって！　だったら俺らなんて捨てて兄ちゃんみたいに家を出ていけばいいじゃんか！　悪かったなっ、邪魔者で！」

芳樹は目を真っ赤にして、泣きそうな顔で叫んだ。

「ちが……っ」

芳樹の慟哭《どうこく》が伝染したかのように、今度は美智が泣きだした。ふたばは近くにいる美智を抱き締めながら、心配そうにこちらを見ている。芳樹は背を向けて荒々しくリビングを出ていった。

「芳樹っ！」

「うるせぇっ！」

階段を上がっていく苛立《いらだ》ちがこもった足音のあと、勢いよくドアが閉まる音が響く。

ドアの音で起きてしまったのか、亜樹の泣き声が二階から聞こえてきた。亜樹を抱っこして、もう一度寝かしつけないと。今日は、風呂も歯磨きも裕樹に任せてしまったのだから。

そう思うのに、足が動かなかった。

(泣き止んでよ……なんで泣くの)

いつもなら可愛いと思うのに、亜樹の泣き声さえうるさく感じる。今、亜樹のところに行ったら、この気持ちをぶつけてしまいそうで動けなかった。

(もう、いやだ……いなくなりたい)

美智と詩織、それにふたばも不安そうな顔をしてこちらを見ていた。フォローしなければと思っても、口も身体も動かない。

弟も妹も大事なのに、彼らさえいなければと思う気持ちが、いつもどこかにあった。

母が亡くなる前に結婚し家を出ている兄が羨《うらや》ましかった。「お兄ちゃんは結婚したんだから仕方がない」――そう言いつつも、心のどこかで兄だけここから逃げられるのはずるいと思っていた。

そんな浅ましい考えを知られたくなくて、まるで仕事のように日々のルーティンをこなしていた。

でも本当は苦しかった。誰かに助けてほしかった。

そんなとき明彦と出会ったものの、その期待を裏切られ、失望し、家族に当たるだなんて。

(私……なにしてるんだろう……ちゃんとしなきゃ)

「ごめんね……ちょっと、外で頭を冷やしてくる。亜樹のこと、頼んでいい?」

「お姉ちゃん……ちゃんと帰ってくる？」

不安そうな顔をした詩織が涙を拭《ぬぐ》いながら聞いてきた。詩織はまだ小学一年生なのに、それでもよくないことが起きたらしいと理解しているのだ。ふたばは美智を抱きしめたまま、一華を見つめている。

「うん、もちろん。もうすぐお父さんも帰ってくるし、その辺散歩してくるだけだから。危ないから家から出ちゃだめよ。鍵はかけていくからね」

一華は詩織の言葉を待たずに背を向けた。

ショックを受けた芳樹の顔を思い出す。芳樹には帰ったら謝ろう。今は冷静に話せる自信がない。

一華は、スマートフォンとバッグを掴《つか》み玄関を出ると、ドアをしっかりと施錠した。一人になると、しっかり者の姉、頼りになる姉の仮面が剥《は》がれ落ちていく。

（ちょっと、疲れた……）

シンと静まりかえった玄関先で、深くため息をつく。

住宅街に人気《ひとけ》はなく、普段なら少し怖いくらいの夜道が今日に限ってはありがたかった。

一華はとぼとぼと歩きながら、星のない空を見上げた。

胸が苦しくて、吐く息が切なく震える。それなのに涙はこぼれなかった。

（お母さん、ごめんね……私、お姉ちゃんなのに。ちゃんと、お母さんの代わり、しなきゃいけないのに、全然できない）

母が亡くなったときのことを思い出す。

弟妹たちを慰《なぐさ》めることや生活を整えることに必死で、母の死を悼《いた》む時間なんてまったくなかった。母だってきっと、一華に弟妹たちの面倒を見てほしいと思ったはずだ。

無意識に通い慣れた道を歩いていたようで、商店街の明かりが見えてくる。

早く家に帰らなければ心配する。

そう思っても、顔を合わせたらもっとひどい言葉を投げつけてしまいそうで怖かった。

（もう少しだけ歩いて、帰ろう）

一華は商店街を通り、駅の方へと足を向ける。

すると、スマートフォンの着信音が響いた。明彦が連絡をしてきたのかもと、恐る恐るスマートフォンを見ると、着信は父からだった。

「お父さん？　ごめん、少し外に……」

『あいつらから事情を聞いた。帰るのが遅くなって悪かったな』

「ううん、それはいいの。私もそろそろ帰るから、心配しないで。あと、悪いんだけど……結婚、なくなったから。みんなにも伝えておいて」

『そうか、わかった。一華はいろいろ溜め込むからなぁ。今日は帰って来なくていいからぱぁっと遊んでこい。ほら、前に憧《あこが》れているって言ってたホテルとか。どうせ食事もしてないんだろうし、行ってみたらどうだ？』

精一杯、気遣ってくれているのだろう。たしかに気分転換にはなるかもしれないが、芳樹を傷つけておいて自分だけ遊びに行くなんてできない。

「でも、芳樹に謝らないと」

『んなの、明日でいい。あいつだって自分が言い過ぎたってちゃんとわかってるよ。それに、一華の言葉が本心じゃないってことも。お前は一人で頑張りすぎなんだ、家事も育児もしつけも。それを、全部お前にやらせてる俺が言えたことじゃないんだが……芳樹のフォローはしておくから心配するな。むしろ、こんなときにしか役立てない親父で悪いな』

ゆっくりしてこい――その言葉を最後に電話が切られた。

一華はしばらくの間、本当に家に帰らなくていいのだろうかとスマートフォンを見つめた。

遊びに行くような気分ではない。ただ、このまま家に帰るのも気まずかった。

明日は仕事も休みだし、芳樹が寝た頃に帰り、朝食のタイミングで謝る方がいいかもしれない。

（ホテルか……せっかくだから、行こうかな）

まだ時間も早い。ふと、一人で夜に街を歩くこと自体が数年ぶりだったと気づく。一華の生活はずっと弟妹たちと共にあったから。

一華は最寄り駅から地下鉄に乗り、グランドフロンティアホテル&リゾート東京のある港区内の駅で降りた。駅構内にあるアパレルショップを見ながら、ぶらぶらと歩く。

（こんな風に、ゆっくり服を見るのも久しぶり）

なかなか時間が取れないため、一華の服はすべて通販サイトで購入していた。

制服は上下黒のスーツにスカーフのスタイルだが、中に着るブラウスやシャツは自前で色は白と決められている。

支給品とは別に自分好みのスカーフを購入し身につけるのが、フロントサービス係の間でちょっとした流行となっていた。

いくつかのスカーフを手に取り即決すると、レジに持っていく。時間に追われているわけではないのに、会計を済ませるまで五分もかかっていない自分に苦笑が漏れた。

（明後日、仕事の時に使おう）

新しいスカーフを身につけられると思うと、幾分《いくぶん》か気持ちが浮上してくる。

やがて目的のホテルへ到着し、上層階にあるホテル直営のバーに向かった。

空腹ではあったが、今は腹を満たすより酔いたい気分だった。それにバーでもなにか摘まめるものがあるだろう。

店内は淡い明かりに照らされていて落ち着いた雰囲気だ。カウンター席だけでなく、ベルベット調の一人用ソファーを囲うように置かれた円テーブルがいくつかある。カウンターの一段高いステージにグランドピアノが配置されており、土日祝日に来ればピアニストによる演奏が聴けるようだ。

一華はカウンター席に案内され、メニューを手渡された。テーブルにスマートフォンを置き、先にカクテルを注文してからメニューをのんびりと眺める。

（食事メニューは……サンドウィッチくらいか）

メニューにあるのは、チーズやナッツといった酒のつまみとなる付け合わせが数種類とデザートのみ。やはりレストランで食事をしてくればよかったと後悔するも今さらだ。

「食事メニューは、これだけですよね。ご飯とか……」

わかっていながらも、カウンター越しに立つバーテンダーに聞いてみる。

「申し訳ございませんが、当店ではご飯類のご用意はございません。軽食でしたら、こちらのクロックムッシュとクラブサンドウィッチはいかがでしょうか」

「ありがとう……こちらこそごめんなさい」

バーテンダーに申し訳なさそうに謝られて、一華は首を横に振る。メニューにないことをわかっていて聞いたのに、少しもいやな顔をせずに対応してくれたのだから十分だ。

「じゃあ、クラブサンドウィッチと温野菜のサルサ・ロハを」

サルサ・ロハはメキシコ料理によくついてくる赤いソースのことだ。辛みがあって酒のつまみによく合う。

「かしこまりました」

バーテンダーは折り目正しく腰を折った。姿勢が非常に美しく、所作に荒っぽさがまったくない。厨房に注文を伝えに行き戻ってくると、一華の空のカクテルグラスを見て、ドリンクメニューを広げてくれる。

「追加のドリンクはいかがですか？」

「じゃあ、マティーニをいただけますか？」

「かしこまりました」

バーテンダーはカクテルグラスに氷を入れて、グラスを冷やしたあと、ミキシンググラスに氷と酒を入れた。

　ミキシンググラスをかき混ぜる手は洗練されており、マドラーがグラスに一度も当たらない。グラスの中で音も立てずに氷がくるくると回る様子は、一華の目を楽しませてくれた。

「すごい」

　一華が感嘆の声を上げると、照れた様子で微笑みが返された。

「ありがとうございます」

　カクテルを作っている様子を見せるのは一種のパフォーマンスのようだ。バーテンダーの楽しんでもらいたいという思いが伝わってくる。客としてホテルの直営店を利用するのは、諸先輩方が言うようにとても勉強になる。

　カクテルグラスを傾けると、爽《さわ》やかな香りが鼻をくすぐった。一口飲むと、口の中がすっきりするような辛さと共に、酒精の強さで身体が熱くなる。

　カクテルはすぐになくなり、また次を頼む。つい酒が進むのは、いくら飲んでも酔えそうにないからだ。

（もっと楽しい気分でここに来たかった……まぁ自業自得なんだけど）

　テーブルに置いたスマートフォンのホームボタンをタップするが、着信は一件もなかった。

（芳樹……怒ってるかな。またふたばとケンカしてないといいけど。せっかくお父さんが気分転換にって言ってくれたけど……そんな簡単に切り替えられないよ）

　やはりすぐに追いかけて謝ればよかった。

一人でいるからよけいにマイナス思考になっていくのかもしれない。家族を大事に思っている気持ちはうそじゃないのに、もしも母が生きていたらと、何度も何度も考えてしまう。

もっと自由に恋をしてみたい。長期の休みには、贅沢《ぜいたく》に全国各地のホテルを見て回りたい。そんな本音は、弟妹たちの前ではとても口には出せなかった。彼らだって、一華と同じように我慢をしていることはたくさんある。

「同じものを」

空いたグラスを置いて、バーテンダーに声をかけた。

酔ってしまえば、落ち込んだ気分ごと忘れられるだろうか。そう思いグラスを重ねていく。

そしてグラスを何度か空け、カクテルの味がわからなくなった頃、突然、隣から伸びてきた腕に背中を支えられた。

「だいぶ酔っているでしょう。大丈夫ですか？」

声をかけられるまで、自分の隣に人が座っていたことにも気づかなかった。ずいぶんと心地のいい低い声だなと、ぼんやりとした頭で考えながら一華は隣に視線を向ける。

「飲み過ぎですよ。危なっかしくて、つい声をかけてしまいました」

気づくと、黒のスリーピースに身を包んだ、彫りの深い顔立ちをした男が、一華の手からカクテルグラスを奪い取っていた。

真っ直ぐで癖のない黒髪は左右に分けられていて、前髪の隙間から覗《のぞ》く瞳は髪と同じ色だ。

（誰？　すごい美形）

近づきがたい鋭さのある美貌を持ちながら、にこにこと人懐《ひとなつ》っこい笑みを浮かべる様子はどこかアンバランスなのに、こちらのテリトリーにいつの間にか入ってきて、気づいたら友人になってしまえるような心地好い雰囲気があった。テーブルに肘を突いて首を傾げる仕草が、やたらと官能的で目が離せなくなる。

だが、そんな男がどうしてこの広い店内で一華の隣に座り、声をかけてくるのだろう。自分の美貌に自信満々な唯ならばわかるが、一華はそこまで目を引くような外見をしていない。

「大丈夫です。そこまで、酔っていませんから」

酔っ払って家に帰れなくなるような真似はしない。そう思っていたのに、彼の手が背中から離れると、ぐらりと頭が揺れて椅子から倒れそうになった。

「……っ」

自分一人ではまともに座っていられないほど酔っていたらしい。酩酊状態であることを自覚すると、先ほどまでは冴《さ》えていた頭が霞《かすみ》がかったようにぼんやりとしてくる。

「ほら、大丈夫じゃないでしょう？」

男はくすくすと笑いながら「ね？」と言って、ふたたび一華の背中に手を添えた。カクテルグラスを遠ざけられて、バーテンダーに頼んだ水を目の前に置かれる。

「ありがとうございます」

一華は勧められるままにグラスの水を飲み、ほっと息をつく。喉を流れていく冷たい水が心地好い。そういえばグラスが空くたびに新しいカクテルを頼んでいて、自分が何杯飲んだかもすでにわからなくなっている。

いやな記憶を忘れようと杯を重ねた結果だが、明彦と別れたことも、芳樹を傷つけてしまったことも、残念ながら鮮明に覚えていた。

「お酒で忘れたいことでもありましたか？」

男性がさらに話しかけてくる。こんな酔っ払いに話しかけるなんてよほどの物好きなのか。

一華は男を一瞥《いちべつ》すると、苦笑を浮かべて頷いた。どうせもう二度と会うことのない相手だ。それに、誰かと話をしていた方が酩酊した頭もすっきりするかもしれない。そう思い言葉を返した。

「結婚の話がなくなって、その結果、家族を傷つけて……悲嘆に暮れているところです」

取り繕《つくろ》った笑みを浮かべた一華に、男は気の毒そうな目を向けた。茶化すでもなく、親身になるふりをするでもなく、ただ痛ましそうに見つめられると無性に泣きたくなる。

「そんなに唇を強く噛んだら、切れてしまいます」

男が一華の唇にそっと触れてきた。突然触れられて驚いたものの、彼の持つ雰囲気のせいか警戒心が湧かない。パーソナルスペースに入ってこられても不思議と不快には感じなかった。

強張《こわば》った口元から力を抜くと、舌先にざらついた感触がある。何度も噛んでしまったせいか、皮が剥《む》けてしまっていた。

「悲嘆に暮れているのに、涙の跡がありませんね」

「それは……」

自分に泣く権利などないと、わかってしまったからだ。言葉にすることなく唇に力を入れると、ふたたび男の指先が「だめ」と言うように唇に触れた。

「泣けなかった？」

「はい……我慢することに慣れてるから、でしょうか……泣くに泣けないっていうか。泣いても、なにも解決しないってわかってるので」

「我慢？　どうしてですか？」

一華は深く息を吐き、男を見つめる。一華が話しだすのを待っている様子だ。

促《うなが》されるようにぽつぽつと話していくうちに、気づけばすべてを打ち明けていた。隠していた胸の内まですべて。もしかしたら酔って忘れるよりも、一華は誰かに話を聞いてもらいたかったのかもしれない。自分の愚かさや汚さを、誰かに許してほしかったのかもしれない。

「……それで……家族を第一に考えていたつもりなのに、弟に『あんなのじゃなくて、もっといい男を選べ』とか『結婚したら誰が飯とか作るんだ』って言われたとき、つい、カッとなってしまったんです。弟に八つ当たりして……私、最低なんです」

ここまで話したところで、張り詰めていた糸がぷつりと切れてしまった。

お姉ちゃんだから。ほかにやる人がいないから、仕方なく母親代わりをしていた。そんな自分の現状に不満を抱えていた。

それを弟妹たちに言うつもりなんてなかったのに。いくら、気持ちが荒れていたにしても、言葉を選ぶべきだった。

裕樹もふたばも下の子たちの面倒を見てくれる。芳樹だって美智だってそうだ。一華は結婚をして逃げ、自分の役割を裕樹やふたばに押しつけようとしていた。一華が結婚していなくなったあとのことを芳樹が不安に思うのは当然なのに、彼を慮《おもんぱか》る余裕がなかったのだ。

「お兄ちゃんは、私とたった二歳しか違わないのに、恋愛をして、結婚をして、実家にはほとんど帰って来ないんです。私だって、普通に恋愛をしてみたいし、やりたいことも。それなのに……どうして私ばっかりって……っ。そういうのを出さないように気をつけてたのに、我慢、できなくなっちゃって」

不安定な場所に立たされ、足下がぐらぐらと揺さぶられるような心許《こころもと》なさに苛《さいな》まれる。明日には弱い自分を隠し、いつも通りに戻らなければならないのに、まったく上手くいかない。

ふたばの進路相談、芳樹の三者面談の予定、小学校や保育園で使用する備品の購入、家事に仕事——これから先のスケジュールだってめいっぱい詰まっている。

自分がそれらを投げだすわけにはいかない。それでも、今は立ち上がる力が湧いてこない。

「大変な環境の中、あなたは一人で頑張ってきた。でも、それだけが本音じゃないでしょう？　それほど頑張ってきたのはどうして？　逃げようと思えば、逃げられたはず。あなたは責任感の強い人のようだけど、義務感だけで育児はできないのでは？」

「それは……」

一華は言葉を失い、目を瞠《みは》った。

煩《わずら》わしいと感じることもある。けれど、頑張ってきたのは、やはり彼らへの愛情があるからだ。

亜樹は母親を知らない。だから、寂しく思わないように必死に親であろうとした。どんなに辛くとも、亜樹が幸せそうにしてくれるなら頑張れた。亜樹だけじゃない。美智も詩織もだ。

どんな大人になるのか、彼らの成長を見守り続けたい。同僚に頭を下げて、スケジュールの調整をしながらも学校のイベントに出るのは、弟妹たちの活躍をこの目で見たいからなのだ。

「違います……一人じゃない……いつも、裕樹もふたばも、芳樹も手伝ってくれていました」

「そうですか。優しいごきょうだいですね」

みんな一華をいつも陰で支えてくれていた。

彼らだって、たくさん我慢をしている。今日も、一華が夕飯を作れない代わりに、ふたばと美智がキッチンに立ってくれていた。芳樹がリビングにいたのは、ふたばの代わりに詩織の面倒を見るためだ。

「それなのに……私……っ」

「隠したい本音なんて、誰でもあります。それでもあなたは、家族に愛情を持って接していたんでしょう。それに、恋愛を諦《あきら》める必要はないと思いますよ」

背中をとんとんと優しく叩かれて、縋《すが》りついてしまいたい衝動に駆られる。

「もう、誰かと恋ができるとは思えません。結婚に逃げようとして、妹たちを危ない目に遭わせるところでしたし、私に近づいてくるのなんて幼い子が好きな変態だけみたいですしね。それに……誰と出会っても最初に考えちゃうんです。男性として好きかどうかじゃなく、この人は、私と一緒に重荷を背負ってくれるかって。打算的だし、そんなの恋とは言わないでしょう」

明彦に対する想いも、恋愛感情などではなかった。「父親代わりになる」という甘美な言葉に惹かれただけだ。一華と結婚すれば妹たちに近づけるという打算があった明彦と、同じに思える。

「まったく打算のない恋愛などありません」

男はぴしゃりと言い切った。

「そうですか？」

「俺が、こうしてあなたに話しかけているのも、打算ですよ。あぁ、念のため言っておくと、俺は幼い子どもが好きな変態ではありませんから」

引く手数多《あまた》であろうこの男がロリコンだとは思わないが、彼のような人になんの打算があって自分に声をかけてきたのか気になった。一華は「どんな？」と続きを促《うなが》す。

「弱っているあなたにつけ込んで、俺に惚れさせられないかと目論《もくろ》んでいますね」

男性の冗談に、一華は思わず笑ってしまう。

「惚れさせてって！　あなたみたいにモテそうな人が？　まさか！」

名前も知らない地味な女を惚れさせるだなんて。彼ならば、どんな美女だろうが思いのままだろうに。一華は酔いのせいか、いよいよおもしろくなってしまい、くすくすと笑い声を立てた。

「ということで、俺と恋をしてみませんか？」

カウンターの上に手を差しだされて、一華は笑みを深める。

彼に話を聞いてもらったからか、気持ちはかなり楽になっていた。

父や兄をずるいという気持ちはいまだにあるが、放り出していいと言われても、自分の性格上それができないことがわかっただけで十分だ。

弟妹たちの面倒を見ろと誰かに強制されたわけではない。逃げだしてもよかったのに、それをしなかったのは他ならぬ自分なのだと、彼のおかげで知れた。

「それ、いいかも。私、あなたみたいな素敵な人と恋をしてみたかったの」

恋愛なんてするつもりはない。だが、酔った上での話をここで断るのも無粋だろう。どうせ冗談に決まっているのだから。

一華が彼の手に自分の手を重ねると、驚くほどの強さで握り返される。

「……っ」

重ねた手と反対側の手で、唇にそっと触れられた。先ほど、噛んだ唇に触れられたときはなにも感じなかったのに、今度は明確に男の欲が伝わってくる。真剣な目に囚われ、逃げることも叶わない。動揺のあまり乾いた唇を舐めると、彼の指に舌が触れてしまい、一華の頬が赤く染まる。

「あなたが疲れて眠るまで、甘やかして、啼《な》かせてあげます。明日からまた、頑張れるように」

男は一華の舌が触れた指に、唇を押し当てた。

目だけはこちらを向いたまま、肉欲を思わせる視線に貫《つらぬ》かれるとどうしていいかわからなくなる。

「泣きたいわけじゃない、ですよ」

誤魔化すように言うと、いつの間にか息がかかるほど近づいていた彼に耳元で小さく笑われた。

「そういう意味じゃないって、わかってるでしょう？　聡《さと》いあなたなら」

下腹部に響くような男の艶《なま》めかしい声は、一華の身体を内側からどろどろに溶かしてしまいそうなほどの熱を伝えてくる。一夜の交わりを求められているのだと、わからないはずがなかった。

だが、一華はイエスともノーとも言えなかった。

このまま流されてはいけないという理性と、男に身体を暴かれてしまいたいという甘美な誘惑の狭間で気持ちが揺れる。

彼が会計をする間も、片手はしっかりと繋《つな》がれたままだ。

「行きましょうか」

椅子から立たされて腰に腕が回された。断るなら今しかない。そう思うのに、力強い男の腕に囚われると、一度くらいいいかという誘惑に負けてしまう。

一華が頷くと、男は心底嬉しそうに頬を緩《ゆる》めた。まるで本当に一華を愛しているかのように、愛おしそうな目で見つめられる。

「あなたの、名前すら知らないのに……本当にいいの？」

すると男は一華の腰をさらに引き寄せ、耳元に唇を近づけた。

男に身体を預けると、細く見える男の体躯《たいく》が意外なほどしっかりしているとわかる。肩に触れる胸板は硬く、肩や腕も逞《たくま》しい。

「尊久《たかひさ》、と呼んでくれますか。あなたは？」

どうせ本名ではないだろう。自分も偽名を名乗ればいいと思ったが、咄嗟《とっさ》に都合のいい名前が浮かんでくるはずもなく、下の名前だけを名乗ることにした。

「……一華、です」

「あなたに似合う、美しい響きの名前ですね」

尊久の丁寧な話し方と物腰の柔らかさのせいか、彼の腕に包まれていると安心する。

それは乾ききった心に水を垂らすように全身に染み渡っていった。すべてを受け止めてくれそうな雅量《がりょう》を感じると、なにもかもを預けることにさえ抵抗感がなくなるらしい。

男に腰を支えられたままエレベーターに乗り、上層階で降りた。

カードキーでドアを開けて、促《うなが》されるがまま部屋に足を踏み入れる。ここはエグゼクティブスイートだ。ドアを開けても、室内の全貌は見渡せず、左右に廊下が広がっている。

一般の客室よりもはるかに天井が高いから、最上級のプレジデンシャルスイートかもしれない。右側には会議室としても使用できるリビングルーム、左側にはキッチン付きのダイニングルーム。おそらくその奥が寝室だろう。

（ここって、たしか一泊百万はするはず。今さらだけど、この人……何者？）

一夜かぎりの女性を抱くのに使用する部屋ではないだろうに。

尊久の洗練された上品な立ち居振る舞いから育ちの良さが窺《うかが》えるも、当然、今日会ったばかりの彼の家柄など知る由《よし》もない。

バーから直接ここへ来たのだから、もともと予約をしていたのだろう。女性がほしくなって、バーで自分に声をかけたのだろうか。

（それにしては……性急さなんて欠片《かけら》もないけど）

一華がここで帰ると言えば、あっさりと腰に回した腕は離れていくと確信できる。

「なにか飲みますか？　アルコール類はやめておいた方がいいと思いますが」

尊久はキッチンに一華を連れていき、備え付けの冷蔵庫を開けた。中には水やジュース類、酒がたくさん入っている。

「水を、いただいてもいいですか？」

「もちろん」

彼はペットボトルの蓋を開け、グラスに注ぎ、一華に手渡した。そして自分は残ったペットボトルの水をぐいと呷《あお》る。男らしい喉仏が視界に入ると、このあとのことが想像されて、一華は落ち着かなくなる。

グラスに入った水を、一華はこくりと喉を鳴らして飲んだ。普通に水を飲んだだけなのに、嚥下《えんか》する音がやたらと大きく響く。飲み干したところで尊久がグラスを受け取り、シンクに置いた。

「バスルームに行きましょう」

尊久は着ていたジャケットを脱ぎ、ダイニングの椅子に無造作にかけた。一華の手を引き、広々としたバスルームのドアを開ける。

「一緒に、入るんですか？」

男性と初めて身体を重ねるわけではないし、ここまで来て怖じ気《おけ》づいたわけでもないが、初対面の男性に明るいところで裸を見せることに戸惑う。

「恥ずかしいなら、全部、俺に任せてしまえばいい」

「全部って」

「あなたはなにもしなくていいんですよ」

尊久は、立ち尽くしたままの一華のシャツをゆっくりと脱がし、スカートに手をかけた。一華がブラジャーとショーツ一枚になると、彼は自分の服を下着まですべて取り払う。

彼の均整の取れた身体つきは惚れ惚れするほどで、太っているわけではないけれど、決してスタイルがいいとは言えない自分の身体が無性に恥ずかしくなる。

背後に回った彼と鏡越しに目が合う。見せつけるようにうなじにキスをされて、肩がぴくりと跳ねた。

「ん……」

ブラジャーが外されて、背中から腰の括《くび》れをなぞられる。

ただ肌を撫でられているだけなのに、全身が火照《ほて》り汗ばんできた。うなじに触れていた唇は、耳を辿《たど》りながら、頬を食《は》む。

こちらを向いてと言われているのがわかり首を傾けると、唇が甘く塞《ふさ》がれる。

「はぁ、ん、ん」

気づくと正面から強く抱き締められていて、腰を辿《たど》っていた手がいつの間にか臀部《でんぶ》に触れている。柔らかい肉を揉みしだくように上下に揺らされたあと、ショーツがするすると下ろされた。官能的で巧みな手の動きに翻弄《ほんろう》され、羞恥《しゅうち》を感じる暇もない。

「こちらへ」

手を引かれ、バスルームに足を踏み入れると、天井からシャワーが降り注いだ。背中を壁に押しつけられ、ふたたび唇が塞《ふさ》がれる。唇を割って舌が差し入れられ、口腔《こうこう》を余すところなく舐められた。

「ふぁ、は、んっ」

シャワーの水音に混じり、くちくちと唾液のかき混ぜられる音が響く。ぬめった舌が歯を割り、頬裏や口蓋をなぞられる。怯《おび》える舌を優しく搦《から》め取られて、軽く啜《すす》られると、背筋がぞくぞくするような痺《しび》れが腰から生まれてきた。

思わず縋《すが》りつくように腕を伸ばすと、逞《たくま》しい身体に支えられて力が抜けた。ちゅっと音を立てながら唇が離れ、また塞《ふさ》がれる。キスとキスの合間に、宥《なだ》めるように髪を撫でられて、泣きたくなるほど優しく声をかけられた。

「あなたを泣かせてあげたいんです。辛いと口に出して言えばいい。助けてと甘えればいい。全部、受け止めてあげるから、なにも考えずに楽になって」

尊久の言葉はまるで甘い蜜のようだ。抗《あらが》えない魅力を感じつつも、一華はまだそれを素直に受け止めることができない。辛いと言ったところで状況は変わらないし、助けを求めたところで誰が代わってくれるわけでもないことを知っているからだ。

「あなたに言ったところで、楽にはならないでしょう？」

「一人で必死に立っているあなたはとても立派だけど、今夜は、俺に寄りかかってみませんか？それなりに頼りになる男だと思いますよ」

「ふふっ……それ自分で言うの？」

「ええ、どんなことでも受け止めます」

そこまで言われて、一華は迷いながらもぽつぽつと口を開いた。尊久にはすでに事情を知られている。今さら隠すような話はなにもない。泣き言の一つや二つ、彼なら聞き流してくれるだろう。

「辛かったんです。本当は、誰かに助けてほしかった。仕事みたいに、思うようにならなくて、ちゃんとできない自分がいやで苦しかった。幸せそうなお兄ちゃんとか、結婚した友だちとか、楽しそうに飲みに行く同僚とか、みんなを妬《ねた》ましく思ってしまう。母が生きていれば、弟妹たちがいなければ……そう考えてしまう自分が、大嫌いでした」

尊久は耳を傾けながらも、一華の身体に触れてくる。

髪を撫でていた手が背中を通り、太腿を優しく揉みしだかれる。

彼の膝が足の間に入ってくると、太腿の外側を撫でていた手のひらが脚の付け根に触れて、恥毛をかき分けながら秘裂を優しくなぞった。

「待って……はぁ、あっ……ん」

「でもあなたは、そんな本音をおくびにも出さず、今まで頑張ってきたんでしょう？」

尊久の労《ねぎら》うような言葉に身体がびくりと震え、肩が強張《こわば》る。

すると、反対側の手で頭を引き寄せられて、厚い胸板に倒れ込んでしまう。

「あっ」

「大丈夫だから、このまま」

尊久の言葉が耳元で聞こえて、身体から力を抜くと、陰唇をなぞっていた指先がゆるゆると動かされた。

ぴたりと閉じた秘裂を、這わされた指で前後に擦《こす》られる。やがて、ちゅくっと濡れた音が立ち、指の滑りが良くなると、より素早い動きで擦《こす》り上げられた。

「ん……仕事は……楽しかったから。でも、周りにも迷惑をかけて、後輩にまで嫌味を言われて、マネージャーは大丈夫って言ってくれるけど、転職を考えた方がいいかもしれないって何度も……あ、あ……待って」

「マネージャーも、あなたのような優秀な人材を手放したくなかったんでしょうね。その気持ちは俺にもわかりますよ。一華に転職されては、ホテルの損害だ」

なにも知らない尊久に当然のように言われて、思わず笑ってしまう。

指の動きが速まるにつれ、下腹部の疼《うず》きが激しくなり、口から漏れる息遣いも荒くなる。彼が、一華の職を知っているはずもないのに、ホテルと口に出したことに違和感を覚えなかった。

「はっ……ん、待って……っ」

「なにも考えないで、気持ち良くなって」

閉じた蕾《つぼみ》が愛液にまみれ、花弁が開くように蜜口が露《あら》わになる。愛液をかき混ぜるような動きで指を揺らされ、ちゅく、ちゅくっと耳を塞《ふさ》ぎたいほどの淫音が響くと、いよいよ話をするどころではなくなった。

「寄りかかって、甘えてもいいんです」

「そんなの……む、り……ですっ」

目にじわりと涙が滲《にじ》む。本当は誰かに助けてほしくて仕方がなかった。けれど、頼る誰かなんていなかったから、一人で頑張らなければならなかった。一華は甘え方なんて知らない。

「大丈夫、俺はずっと一華のそばにいます。いなくならないから」

安心させるように囁《ささや》く彼の声が、救いを求めていた一華の心に満ちていく。

わかっている。彼が助けてくれるのは今夜限りだと。いなくならないなんて、雰囲気を壊さないためのリップサービスだと。それでも、泣いていい、甘えていいという言葉は、今までずっと頼られる側でしかなかった一華にとって、初めて得られた安らぎのようだった。

「いなくならない？　本当に？」

「約束します」

彼の顔が近づいてくる。触れるだけのキスが長く続いた。まるで結婚式の誓いのキスのようだと思いながらも、自分たちが素っ裸であることに思い至ると、そのギャップがおかしくて口元が緩《ゆる》む。

「覚えていてくださいね。約束は必ず守りますから」

手を取られて、指先に口づけられる。そして今度は深く唇が重なり、同時に媚肉をかき分け、太い指が中に入ってきた。異物を吐きだそうと隘路《あいろ》が蠢《うごめ》くと、それを宥《なだ》めるように蜜襞を優しく撫でられる。

「んんっ、はぁ、ん、はっ」

唇の隙間から漏れる喘《あえ》ぎ声が止められなくなる。溢《あふ》れた唾液を舐め取り、角度を変えながら何度も口づけられた。その間も、一華のいい部分を探るように指が抜き差しされる。

襞を擦《こす》り上げられるたびに鋭い刺激が頭の芯を貫《つらぬ》き、立っていられないほどの快感が全身を駆け上る。

「はぁ、う……っ、ふ……ぁ、たか、ひさ……さん……なんで、私」

あまりの気持ち良さに、気づくとぼろぼろと涙がこぼれ落ちていた。こんな風に泣いたことなんてなかったが、心の奥に澱《おり》のように溜まった憂《うれ》いが溶けてなくなっていく気がした。

「ふ……っ」

「一華は、泣き顔も可愛らしいですね」

顔をぐしゃぐしゃにして泣く一華を見て、尊久は安堵したように微笑んだ。

愛おしそうに口づけられると、胸が幸福感でいっぱいになる。

尊久にとっては遊びでしかないとわかっていながら、どうして満たされた心地になるのか。どうして、彼のそばはこれほどに居心地がいいのか。不思議でならなかった。

「もっと、気持ち良くしてあげたくなる」

そう言って、尊久は指の動きを速めながら、激しく蜜襞をかき回す。

「あっ、や、待って……はぁ……あぁっ」

一華はぐすぐすと泣きながら、尊久の首にしがみついた。

「気持ち良くない？」

一華が待ってと言ったからか、尊久は指の動きをぴたりと止めて、こちらの反応を見る。じんじんと疼《うず》く身体が、快感を求めるようにきゅっと指を締めつけた。

「違うの、平気……少し、驚いただけ。指……気持ちい」

荒々しい呼吸を吐きだしながら言うと、尊久が涙を舌で舐め取りながら、ぐぐっと指をより深く突き挿《い》れてきた。

「そう、よかった。でも、もっと気持ち良くなりたいでしょう?」

そして、啄《ついば》むだけの口づけを繰り返しながら、ひときわ感じる一点を擦《こす》り上げる。

「ひぁっ、あっ……ん、そこ」

首を仰《の》け反《ぞ》らせ、一華が悲鳴のような声を上げると、狙ったようにそこばかりを撫でられる。深い快感が続けざまに迫り、四肢が自分のものでなくなったような感覚に陥《おち》いった。

思わず一華が尊久の背中に爪を立てると、さらに容赦なく指の動きが加速していく。ぐちゅ、ぬちゅっと卑猥《ひわい》な音を立てながら愛液がかき混ぜられると、飛び散った蜜が床を濡らした。

「どうしよう……気持ちいい……おかしく、なりそ」

理性が壊れ、本能のままに快感を求めてしまいそうになる。なぜか、彼ならそんな自分を受け止めてくれると確信して、一華は背中に回した腕に力を込めた。

「いいですよ。たくさん気持ち良くなって。おかしくなってもいい。全部受け止めてあげるから。弱いあなたも、強いあなたも、素敵です」

「……ぁっ、そんなこと、言わないで……くださっ」

うそだとわかっていても、一夜かぎりだとしても、自分を大事に想ってくれる男の存在に縋《すが》りついてしまいたくなる。これほど優しく愛されたら、たとえ遊びだとわかっていても堕ちてしまいそうだ。

弱い自分を認めてくれる相手、すべてを受け止めてくれる人など、今まで一華の周りにはいなかった。しっかり者の仮面を壊し、弱い部分を剥《む》きだしにしても、それでいいと言ってくれる人なんて。

感極まってこぼれた涙が、止めどなく頬を伝い流れ落ちていく。

「何度だって言うから、俺を信じて」

尊久は唇を優しく食《は》み、荒々しい呼吸の合間にそう告げる。子どもをあやすような手つきで背中をとんとんと叩いているのに、下半身を弄《いじ》る手の動きはなんともみだりがわしい。

「指を増やしますよ。こっちも弄《いじ》ってあげるから、もっと甘えて。俺にすべてを見せて」

二本の指でうねる隘路《あいろ》をぐちゃぐちゃにかき回された。圧迫感が増して苦しいほどなのに、包皮に隠れた花芽を親指で撫で回されると、身体がどろどろに溶けてしまうくらいの凄絶な心地好さに襲われる。

「あぁぁっ、そこ、やっ……変に、なるからぁっ」

快感による涙なのか、彼の言葉によって流れでた涙なのか、もはやわからなかった。ただ、堰《せき》を切ったように感情が溢《あふ》れ、まるで幼い子どものように涙を流してしまう。

「ひ、あっ、あ、んっ」

指先で包皮を捲《めく》られ、小さく勃ち上がった淫芽を指の腹で転がされた。腰がびくびくと震え、下腹部が痛いほどに疼《うず》きだすと、蜜穴に入った二本の指をばらばらに動かされて、隘路《あいろ》を拡げられる。

「一華……クリトリスを弄《いじ》られるの、好き？　気持ちいい？」

「ん、あぁっ、あっ、いい、んっ……好き……っ、気持ちい」

香水と汗の入り混じったような尊久の体臭が鼻をくすぐり、ますます身体が熱を帯びていく。

くるくると押し回すように撫でられていたクリトリスが硬く凝《しこ》りはじめると、そこを摘まれた。

さらに滲《にじ》んだ愛液をまぶし、滑りのよくなった淫芽を指先で激しく扱《しご》き上げられる。

すると、彼の指を引き込もうとうねる隘路《あいろ》が指を強く締めつけた。陰道がきゅうっと収縮し、全身が震えるほどの強い快感に襲われると、本能のままに喘《あえ》ぐことしかできなくなる。

「もっ、だめ……我慢、できな……達《い》っちゃい、そ……あぁぁっ」

息が詰まり、意識が遠退きそうなほどの強烈な喜悦に全身を満たされた。目の前が真っ白に染まり、強張《こわば》った腰が波打ち、びくびくと震える。

「はぁ、あ、あ……」

彼の胸の中で全身を小刻みに震わせながら、荒々しい息を吐きだしていると、下腹部に当たる硬いものが目に入った。それが興奮しきった雄の象徴だと気づくと、そのあまりの大きさに息を呑む。

高潔そうな尊久の一部だと思えないくらい凶悪な大きさの肉棒は、腹につきそうなほど雄々しく天を向いており、陰茎の裏筋に這った血管がくっきりと浮きでている。

「気になりますか？」

一華の視線の先に気づいたのか、尊久が小さく笑った。

不躾《ぶしつけ》に見ていたいたたまれなさで一華は視線を落とした。

「ちょっとだけ。あの、こういうの久しぶりで……だから」

「ほかの男に抱かれた話なんてしなくていい。あなたを乱暴に扱うわけがないでしょう」

痛いのはいやだ、と言葉を紡《つむ》ぐ前に、やや荒っぽく唇を塞《ふさ》がれ、水音を立てながらすぐに離される。

これではまるで、彼が一華の過去の相手に嫉妬しているようではないか。恋人然とする振る舞いは、一夜かぎりで過ごすためのスマートな男のエチケットなのだろうか。

彼はバスルームの棚に置いた避妊具を破り、昂《たかぶ》った男根に被せる。遊び慣れた男は、避妊具の装着さえ巧みなんだなとぼんやり見ていると、身体を支えられ片足を持ち上げられた。

「挿《い》れますよ。ゆっくり、しますから」

尊久はそう言って、硬く張った先端を蜜穴に押し当てる。

「あ……っ」

「大丈夫。身体の力を抜いていてください」

一瞬、身体が強張《こわば》るも、先ほどと同じように髪を撫でられ、優しげな声で囁《ささや》かれると肩から力が抜けていく。

熱い切っ先が呑み込まれていき、指よりもはるかに太い陰茎が隘路《あいろ》を埋め尽くす圧迫感に襲われると、一華は荒々しく息を吐きだした。

「ん、あぁ……っ」

「はっ……一華……もう少し、緩《ゆる》めて」

尊久の首にぎゅうっと掴《つか》まると、彼の口からもたまらないと言わんばかりの声が漏れた。辛そうに眉を寄せてはいるが、強引に一華を貫《つらぬ》くような真似はしない。彼は腰をいったん引き、ふたたび押し込むような動きで前後に揺らしてくる。

「あっ、あ、待って……今、動いちゃ、やぁ、っん」

「痛くはないですか？」

ゆさゆさと小刻みに腰を振りながら聞かれるが、雁首の尖《とが》りで蜜襞の気持ちいい部分を擦《こす》られておかしくなりそうだとは、とても言えなかった。大丈夫だと伝えるために首を縦に振ると、尊久はますます大きく腰をスライドさせてきた。

「あ、あっ、やぁぁっ……待ってって、言った、のに」

「気持ちいいなら、待ちませんよ。俺も、可愛らしいあなたを見ていたら我慢できなくなるので」

尊久は興奮しきった声音で言うと、激しく腰を振り立てた。

最奥をごんごんと容赦なく穿《うが》たれるうちに、いつの間にか一華の中に彼のすべてが埋められていた。ざりざりと恥毛が擦《こす》り合わさるほどに深く繋《つな》がると、嬌声《きょうせい》ごと唇を塞《ふさ》がれる。口腔《こうこう》を舐められ、震える全身をきつく抱き締められた。

「んん〜っ……ん、む……ぅっ」

愛液が泡立つほどに媚肉をぐちゃぐちゃにかき回されながら、舌を搦《から》め取られ、唾液をじゅうっと音が立つほどに啜《すす》られる。

すると下腹部が淫《みだ》らに疼《うず》き、はち切れんばかりに膨れ上がった肉塊を強く締めつけてしまった。隘路《あいろ》がいやらしくうねり、男の精を搾り取るように蠢《うごめ》く。

「そんなに、強く締めつけたら、すぐ達《たっ》してしまいます」

尊久は荒い息遣いの合間に囁《ささや》く。そうしてまた唇が重ねられ、舌を動かされるたびに隘路《あいろ》が蠕動《ぜんどう》し愛液を生みだす。身体がおかしい。なんだか口の中までも性感帯になってしまったようだ。

「だって……っん、は……も」

舌っ足らずにはくはくと息を漏らし、彼の身体にしがみつく。

彼の胸板で擦《こす》られた乳首が形を変え、硬く凝ってくる。それに気づいたのか、尊久が腰をずんずんと突き立てながら、胸板を尖《とが》った乳嘴《にゅうし》にわざとらしく押し当ててきた。乳首がくりくりと胸板で転がされて、じんじんと熱く疼《うず》く。

「触れてもいないのに乳首まで勃たせて。本当に可愛らしい人だ」

「はぁっ、ん、言わな……で……っ」

そう言う間も容赦のない動きで最奥を抉《えぐ》られ、四肢から力が抜けていく。頭の芯までどろどろに溶けてしまいそうで、快感を追うことしかできなくなる。

「あぁっ、ぅ……いい、好き……そこ、好き」

何度となく重ねられた唇は唾液にまみれていて、涙に濡れた目は蕩《とろ》けきっていた。恍惚《こうこつ》とした表情で尊久を見つめると、脈打つ怒張がさらに大きく膨れ上がる。最奥をずんと勢いよく貫《つらぬ》かれ、頭の中が陶然としていき、快楽によって流れでた涙がぽつぽつと床に落ちた。

「はぁ、あぁぁっ、も……達《い》くっ、達《い》く……っ！」

一華はぶるぶると腰を震わせながら、首を仰《の》け反《ぞ》らせた。理性を失うほどの絶頂がやってきて、ひときわ強く欲望を締めつけると、ほとんど同時に尊久も胴を震わせ、避妊具の中に熱い白濁を放つ。

「ん、んっ……は……尊久、さ……」

滾《たぎ》ったままの肉塊がずるりと引き抜かれる。絶頂の余韻にいる一華は、その刺激にさえ甘い声を漏らしてしまう。

頭の中には辛さも悲しみもなかった。ただ、汗にまみれた男の匂いと官能に全身が支配されている。

「まだ終わりにはしませんからね」

後頭部を押さえられて唇が重ねられた。愛おしそうに何度も唇を啄《ついば》まれると、引いていったはずの快楽の波が、ふたたび身体の芯に熱を灯《とも》していく。

「ベッドに行きますよ」

丁寧なのに有無を言わせない口調で、尊久が告げる。

「まだ……するの？」

「あなたを甘やかしたいと言ったでしょう」

尊久は、シャワーのコックを捻《ひね》り、自分と一華の全身を軽く洗い流した。

ピンで留めた髪を解《ほど》かれると、癖のついた髪がはらりと落ちた。凝《しこ》り固まった頭をほぐすように髪を梳《す》かれるのが気持ちいい。

一華をバスタオルにくるみ、ベッドに運ぶと、尊久はすぐさま覆い被さった。

キスの予感に瞼《まぶた》を閉じると、唇が重なると同時に片足を持ち上げられた。避妊具を破る音が聞こえたあと、硬いものが足の間に押し当てられ、一気に突き挿《い》れられる。

「あぁっ」

鋭い快感が全身に広がり、充足感に満たされる。一華が満足げな吐息を漏らすと、シーツに下ろした腕を取られ、背中に回された。

「先ほどよりも、中が俺の形になっていますね。ぴったりはまって、気持ちいい」

尊久は感に堪《た》えない声を漏らしながら、緩《ゆる》やかな動きで腰を振った。一度受け入れて慣れたのか、ぴたりとはまっているかのように彼のそれが隘路《あいろ》を埋め尽くしている。ぐ、ぐっと最奥を押し上げられるたびに、蜜襞が肉棒に絡みつき、美味《おい》しそうにしゃぶりつく。

「んっ、あぁっ、あ」

緩《ゆる》やかな腰の動きが徐々に速くなっていく。亀頭をちゅぽ、ちゅぽっと出し入れするみだりがわしい音が耳につき、恥ずかしいのに、全身が高揚するのを抑えられない。

自分たちは一夜だけの関係だ。それでも尊久は驚くほどに丁寧に一華を抱いた。長大な陰茎をずるりと一気に引きだしたかと思うと、一華の心地好い部分を探るように腰を押し回しながら穿《うが》つ。

「はぁ、あ、あぁあっ……気持ち、いっ」

感じやすいポイントを亀頭の尖《とが》りでごりごりと擦《こす》り上げられると、下腹部の奥が痛いほどに疼《うず》き、気持ち良くてたまらない。いい部分に雁首が触れるたびに天を向いた足先がびくびくと震えるため、わかりやすいのだろう。弱いところばかりを執拗《しつよう》に擦《こす》られ、攻め立てられる。

「ココがいいんですか？」

耳のそばで囁《ささや》かれる尊久の声もまた興奮しきっていて、その声に煽《あお》られるかのように全身が熱くなる。それを肯定と捉《とら》えたのか、溢《あふ》れた愛液でシーツが濡れるのも構わず、激しく蜜壺をぐちゃぐちゃにかき混ぜられた。

「ん……っ、いいっ、んあぁっ、はぁ……そこ、もっと、して」

自分のものとは思えないほど甘ったるい声が寝室に響く。

ねだるように尊久の背中にしがみつくと、さらに抽送が激しさを増した。溢《あふ》れた蜜が互いの結合部をぐっしょりと濡らしていく。

頭の中が空っぽになり、気持ちのいいことしか考えられない。目の前にいる男に満たされる感覚が不思議と心地好く、一華は本能のまま行為に溺れた。

「キス、して」

一華がほしがると、その言葉に応《こた》えるべく唇が重なり、口腔《こうこう》を余すところなく舐め回される。

「舌を出して」

「ん……」

言われるがまま舌を突きだすと、その先端にちゅっと吸いつかれ、上下に扱《しご》くようにちゅぽちゅぽと彼の口の中を出たり入ったりする。

疑似的なセックスのような動きにさらに興奮が高まり、蜜襞が淫《みだ》らにうねった。彼のものを奥へ奥へと引き込もうと隘路《あいろ》が蠢《うごめ》き、抽送のたびにじゅぶ、じゅぶっと愛液の攪拌《かくはん》される音が響く。

「キスが気持ちいいの？　中、きゅんきゅんして吸いついてくる」

「あっ、だって、あなたが、エッチなキス、するからっ」

「それを言うなら、一華が淫《みだ》らで可愛すぎるからでしょう。二回目だというのに、痛いくらいに勃ってますよ」

一華の言葉を聞いた尊久は口元を緩《ゆる》ませると、今度は貪《むさぼ》るように唇を重ねてきた。その間も、膨れ上がった陰茎の形をわからせるかのように、根元から先端までを出し入れされる。亀頭が抜けるぎりぎりまで腰を引かれると、溢《あふ》れた愛液がとろとろと足の間を伝い流れた。

「んん〜っ」

「ほら、またそんなに締めつけて」

「はぁ、ぅ……そ、んなの……知らな……ん〜っ」

溢《あふ》れる唾液をじゅっと啜《すす》られ、ますます激しい律動で追い詰められる。下生えが触れるほど深く陰茎を埋《うず》めたあと、子宮口を押し上げるように素早い動きで抜き差しされて、絶頂の予感に腰がびくびくと波打った。

「ん、んっ、むぅ……っ」

はち切れんばかりに膨らんだ雄芯を身体の奥深くに感じ、さらに恥骨で包皮の捲《めく》れた淫芽をぐりぐりと撫でられる。あまりに強烈な快感が波のように次から次へとやってきて、一華は思わず唇を離し、感極まった声を上げてしまった。

「ひぁっ、あ、あぁぁっ」

首を仰《の》け反《ぞ》らせながら、引っ切りなしに嬌声《きょうせい》が漏れでる。そんな一華の様子に尊久が満足げに口元を緩《ゆる》ませていることも知らず、彼の腰に足を絡ませながら自《みずか》ら腰を揺らしていた。

「だめっ、そこ……ん、あっ、ぐりぐり、しちゃ、すぐっ……」

耳朶《じだ》を軽く食《は》まれたあと、耳の中をねっとりと舐められる。ちゅぱちゅぱと唾液の絡まるような音が耳の奥で響き、耳を犯されているような気分になってしまう。

「耳も弱いんですね。ほら、こっちも」

尊久はそう言いながら、空いた手で乳首を弄《いじ》る。

つんと尖《とが》った乳首をくりくりと捏《こ》ねられ、強弱を付けて優しく、激しく爪弾《つまび》かれる。するとコップから溢《あふ》れる水のように愛液が漏れだし、引っ切りなしに淫音が響いた。

「また、すごく濡れてきた。気持ちいいんでしょう？」

気持ちいいという声に応《こた》えるように、隘路《あいろ》がきゅうきゅうとうねり、男のものを締めつける。ざらついた襞が陰茎に絡みつき、吸いつくように蠢《うごめ》いた。

「あぁっ、や、一緒、しちゃ」

乳首を捏《こ》ねられ、押し回されながら、クリトリスにも刺激を与えられて、最奥を穿《うが》たれる。感じすぎて、頭がおかしくなりそうだ。

「ひ、ん、あ、あっ、激し、ん、あぁっ」

一華の嬌声《きょうせい》に呼応するように、彼は自身の快感を追いながら抜き差しのスピードを速めていった。

尊久の汗が一華の顔や胸にぽたぽたと滴《したた》り落ちる。

「可愛い、一華……俺も、もう、出しますよ」

耳の近くで聞こえる尊久の荒い息の交じった声に、下腹部がきゅうっと張り詰める。思わず彼のものを強く締めつけてしまうと、切れ切れの艶《なま》めかしい声でさらに囁《ささや》かれる。

「まだ、終われないから、覚悟をしておいて、くださいね」

さらに激しく律動が送られ、頭の中を真っ白に染めるほどの強烈な快感を続け様《ざま》に与えられた。

彼は、はっはっと短く息を吐きながら、腰を素早く小刻みに振る。

「はっ……も、だめっ、ん、あっ、達《い》く、達《い》く……あぁぁっ！」

脳裏が真っ白に焼けつくような衝撃に、一華の腰が大袈裟なほどがくがくと震えた。蜜壺からはしたないほどの愛液がぴゅっ、ぴゅっと噴きだすと、脈動する屹立《きつりつ》がさらに大きく膨れ上がる。

「あぁ、もう……搾り取られているみたいだ」

切羽詰《せっぱつ》まった声で囁《ささや》かれ、なにを言われているのかもわからず一華は首を振った。

「あ、あっ、今、だめ、無理……変に、なっちゃうっ」

蜜穴をぐちゃぐちゃにかき回され、終わりのない絶頂感に包まれた。四肢がどろどろに溶けて、このままなくなってしまいそうな感覚に襲われ、一華は必死に尊久の背中にしがみつく。

「んんっ、お、く……好き、しゅき、あぁっ、ん、もっと」

すると、これ以上ないスピードで上から腰を叩きつけられた。意識が朦朧《もうろう》とし、自分でもなにを言っているのかわからなくなる。

圧倒的な快感に襲われ、目の前で火花が散る。一華が何度目かの絶頂に達《たっ》した瞬間、尊久も腰を大きく震わせ、大量の精を避妊具越しに放出した。

意識を保っていられずに瞼《まぶた》を閉じると、優しく唇が塞《ふさ》がれた。

「一華、あなたはとても素敵な人です」

一華はうっすらと目を開けながら、微笑んだ。夢の中にいるように頭がふわふわするが、声だけはきちんと耳に届いている。

「嬉しい。尊久さん……ぎゅってして、頭、撫でて」

素直に甘えられたのは、現実と夢の境目がわからなくなっていたからかもしれない。

抱き締められて、頭を撫でられると、嬉しくて泣きたくなる。

「あなたが望むならいくらでも。だから一華、俺をちゃんと覚えておいてくださいね」

「あなたみたいな人……忘れるわけ、ない」

一華が言うと、苦笑が返された。

そうして、ふたたび情欲を伴うような激しい口づけを交わす。

彼の言葉通り、一華はなにも考えられないくらい激しく愛され、甘やかされたのだった。

第二章

瞼《まぶた》の裏が白く染まり、一華はあまりの眩《まぶ》しさで目を開けた。

一瞬、自室とは異なる景色に驚くが、すぐに昨夜バーで出会った男に抱かれたことを思い出す。

はっと隣を見るが、彼はいない。

息をついて自分のベッドよりも寝心地のいいスプリングに身体を預けるうちに、瞼《まぶた》がふたたび閉じかけるが、勢いよく身体を起こした。腰の痛みに顔を顰《しか》めるが、羞恥心《しゅうちしん》に身悶《みもだ》えている時間などいっさいない。

(今、何時……っ？　寝坊した！　やっぱり！)

壁に掛かった時計を見ると、すでに時刻は朝六時半を過ぎている。

やけに頭がすっきりしているのも当然だ。いつもよりも一時間以上ゆっくり寝ていたのだから。

(朝ご飯作らなくちゃ！　あの子たちが学校行くまで一時間ちょっとしかない！)

一華は、尊久が綺麗に畳んでくれたであろう服を慌てて着込み、鞄《かばん》を手にドアへ向かった。

ふと足を止めて、室内を見回した。バスルームから音が聞こえるので、おそらく彼はシャワーを浴びているのだろう。

一夜だけの関係を結んだ男に対しての接し方など知らないし、散々泣いて甘やかされた記憶がしっかりとあったため、彼の前でどういう顔をしていいのかわからない。

迷った末に『昨夜はありがとうございました。一華』とメモにメッセージを残して、忍び足で部屋を出た。

(あれだけ泣いたからかな。昨日ほど辛くない)

一夜かぎりの関係で男と肉体関係を持ったというのに、虚《むな》しさなどはまったくなく、むしろ気持ちはすっきりしていて晴れやかだ。

しっかりと眠ったのもよかったのかもしれない。仕事でのストレス、後輩からの嫌味、明彦との別れ、芳樹とのケンカ。様々な要因で、一華の心も身体も悲鳴を上げていたようだ。

一華は大通りでタクシーを拾い、家の住所を告げた。タクシー内でスマートフォンをチェックすると、朝になっても帰って来ない自分を心配した弟妹たちから何十件もメッセージが入っている。

起きているであろうふたばに『これから帰る』とメッセージを入れると、すぐさま返信があった。

『芳樹はなにもなかったみたいにけろっとしてるから、お姉ちゃんも気にしない方がいいよ。ただ、心配はしてる。私も』

一華は『ごめんね。ありがとう』とメッセージを返して、スマートフォンを鞄《かばん》にしまう。

家に着き、ドアの前で深呼吸をしていると、内側からドアが開かれた。

「朝帰りすんなら、連絡くらいしろよ。心配すんだろ」

ぶすっとふてくされた顔をしてドアを開けたのは芳樹だった。

おそらく玄関の近くで、一華の帰宅を待っていたのだろう。

「うん、ごめんね……いろいろ。あんな風に思ってないから」

いろいろの中に昨日の謝罪も含まれていると気づいたのか、芳樹もばつが悪そうな顔をして目を逸らす。

「俺も、言い過ぎた、ごめん。姉ちゃんが必死に仕事して家事してくれてるの、わかってる」

「ううん。全部私が悪いよ。あの人と別れてね、イライラして八つ当たりしちゃった。いい大人なのにね、本当にごめんなさい」

「別れたのかよ……俺らがいるから？」

芳樹は部屋に戻っていたため、父から明彦と別れたことを聞かなかったらしい。驚いた様子で目を瞠《みは》った。

「違う違う！　それは本当に違うから！　私が別れてって言ったの。いろいろね、理由はあるけど」

美智と詩織を狙っていた、とは口に出せず濁《にご》すと、芳樹もそれ以上は聞いてこなかった。もしかしたら、芳樹がキモいと言ったのも、明彦の思惑に気づいたからかもしれない。

「いい気分転換をさせてもらったわよ。ホテルに泊まって久しぶりに贅沢《ぜいたく》しちゃった」

知らない男とプレジデンシャルスイートに泊まった、などと言えるはずもないが、一華が笑みを浮かべると芳樹も安堵したらしく、「そっか」とだけ返された。

玄関で靴を脱ぎながら話をしていると、亜樹が満面の笑みを浮かべて走ってくる。

一華は亜樹を抱き上げて、頬を擦《す》り寄せた。

「亜樹〜！　おはよう。今日も可愛い！」

きゃっきゃっとはしゃぐ亜樹を呆れたような顔で見る芳樹は、もういつも通りだ。

ふたばともしょっちゅうケンカをしているが、数時間も経てば二人とも何事もなかったようにしているから、今回もそんなものなのだろう。

「お父さんは？」

「親父がこの時間に起きるわけないだろ」

「まぁ、そうよね」

一華が亜樹を抱き上げたままキッチンに行くと、朝食の準備はふたばがしてくれていた。

「おはよう、ふたば。帰ってくるの遅くなってごめんね。朝ご飯の準備ありがとう」

「も〜心配したよ。ホテルが好きなのはわかるけど、泊まってくるなら連絡くらいしてよね！」

ふたばが菜箸を手に視線だけをこちらに向けて言った。

「うん、心配かけて本当にごめん。洗濯物はまだだよね、私、干してくる」

亜樹を下ろして洗面所へ行こうとすると、ふたばに呼び止められる。

「あ、洗濯物なら裕樹兄が干してる。お姉ちゃん、今日休みなんでしょ？　たまには朝もゆっくりしなよ。お父さんなんて、なーんにもしないでぐうぐう寝てるんだからさ。ほら、座って」

ダイニングテーブルの椅子を引かれ腰かけると、目の前にできたての和食料理が並べられた。わかめと豆腐の味噌汁に鮭の塩焼き、玉子焼きに五目豆、小松菜のおひたし。一華が毎朝作っているのと遜色《そんしょく》のない料理だ。

「ねぇ、私も上手になったでしょ？　お姉ちゃんが結婚して家を出ちゃうと思って練習……って、ごめん」

結婚がなくなったことを話題に出すべきではなかったと、ふたばが慌てて口に手のひらを押し当てる。おろおろするふたばの様子を見ていると笑いが込み上げてきた。

「ふふっ、いいのに。そんなに気を使ってくれなくて」

「気を使ってるわけじゃないけどさ。ちょっとお姉ちゃんに頼りすぎてたかなって……」

ふたばはもごもごと言葉を濁《にご》しながら、恥ずかしそうに唇を尖《とが》らせた。一華はそれを微笑ましく見つめる。

「大人になるまでは頼ってよ。私も、こうやってたまにはふたばを頼っちゃうけど、早く手が離れちゃうと、それはそれで寂しいもの。亜樹がもう少し大きくなったら、また恋愛をしてみるのも悪くないって、今は思えるから」

悪くないどころか、昨夜会ったばかりの人にすでに心を奪われかけた、なんて言えやしない。甘い愛の言葉も優しさも一夜かぎりのもの。もう二度と会うことはないだろう。ただ、誰かに寄りかかる安心感を教えてくれた尊久には感謝していた。

「ふぅん、落ち込んでないならいいよ。早く食べないと冷めちゃうよ」

「そうね、いただきます」

一華は手を合わせて箸を取った。味噌汁を一口飲むと、いつもの味がする。

「美味《お》しい《い》……」

一華が母から習った林家の味だった。たまに朝食や夕食の準備を手伝ってくれていたけれど、いつの間にこれほど料理上手になっていたのだろう。

「でしょ？　じゃあ、私そろそろ学校行くね。亜樹～保育園行くよ！」

「はーい」

「行ってらっしゃい。気をつけてね」

「わかってるって。行ってきます」

ふたばはエプロンを外すと、亜樹の荷物を確認して玄関から出ていった。

芳樹や小学生組もばたばたと出かけていく。

洗濯物を干し終わった裕樹が二階から下りてきて、ふたばと同じように気遣わしげな顔で一華を見た。

どうやら家族みんなをかなり心配させていたらしい。先ほどふたばにしたのと同じ話を裕樹にも伝えると、どこか安堵したような顔で視線を落とした。

「姉ちゃん、ごめん」

急に謝られ、それがなにに対しての謝罪なのか見当もつかなかった一華は、首を傾げて聞き返した。

「なんの謝罪？」

裕樹は洗濯カゴを持ったまま、ダイニングテーブルの前に立ち尽くした。

話すのを迷っているのか、「いや、その」と言葉を濁《にご》す。やがて、二階の父の部屋に視線を向けて、音がしないのを確認してから裕樹は口を開いた。

「姉ちゃんの結婚がなくなって……傷ついてるってわかってるのに、俺、安心しちゃって……ごめん」

裕樹の気持ちは痛いほどよくわかった。

彼が置かれていた状況は、母が亡くなったときの一華と同じだから。

まだ手のかかる弟妹たちを置いて一華が結婚し、兄のようにこの家を出ていくのか、自分とふたばだけで弟妹たちの面倒を見なければならないのかと悩んだだろう。

結婚してからも近くに住むこと、亜樹の面倒は今まで通り見ること、それらを昨夜伝えるつもりだったのだが、明彦と別れたのでその必要もなくなった。

「裕樹の気持ちはわかってる。だから謝らなくていいの。もしね、いい出会いがあって結婚するってなったとしても、あなたたちを放っておくつもりはないからね。でも、裕樹が働きだしたあとも、今までと同じように手伝ってくれると嬉しいかな」

「わかった。でも、俺らにばかりかまけてると婚期逃すぞ。それに、今回のことでちょっとは覚悟もできたから、そのときはちゃんとおめでとうって言うよ。いざとなったらさ、親父もなんとかすんだろ。父親なんだし」

裕樹はそう言って、手に持った洗濯カゴを置きに行った。

弟の気持ちをありがたく受け止めつつ、一華は朝食を終え、シンクに置かれた皿を洗う。

大学の授業が始まる前にアルバイトの予定があるという裕樹は、午前中に出かけていった。裕樹を見送った後、一階に掃除機をかけて、風呂掃除、トイレ掃除を終え、家計簿をつけているところで父が二階から下りてきた。時刻は午前十時を過ぎている。

「お父さん、昨日はありがとう」

一華は家計簿をつける手を止めて、顔を上げた。

「あーいいや。起きられなかったわ、悪い」

トラックの中での仮眠生活が多い父は、疲れが溜まっているのか、家に帰ってくると十時間以上眠る。

そこまで裕福ではなくても、一華が家にお金を入れる額が少しで済んでいるのは、父の収入がそれなりに多いからだ。その分、家事や育児のほとんどを一華に任せきりになってしまうのを申し訳なく思っているのも知っている。父のおかげで家族みんなが生活できているのは事実だった。

「疲れてるんだから仕方ないでしょ。みんなもう慣れてるし。それに年齢的にも無理はできないんだから、寝られるときにちゃんと寝て」

「あ〜まぁな。俺もいろいろと考えちゃいるんだが……」

父は両腕を上に伸ばし、大きくあくびをすると、一華の前に座る。

「いろいろって？」

一華は、ふたばが作り置いていた朝食兼昼食を父の前に出し、聞き返した。

「いろいろはいろいろだ。決まってから言うわ」

「そう。リストラされる……とかじゃないよね？」

「違う違う！　一華〜不吉な話すんなよ！　それより、お前はもう大丈夫なのか？　一日で立ち直れるわけないと思うが……まぁ、無理はするなよ」

「結婚はなくなったけど、それなりに元気。気分転換したからね」

「一応聞くが、家族に気を使って、結婚をやめたわけじゃないよな？」

「もちろん違う。結婚しなくて良かったって思ってるから」

「そうか」

一華のあっけらかんとした表情を見て安心したのか、父が安堵の息を吐いた。

「もしまた結婚の話があったら、俺たちのことは考えずに、自分が幸せになる道を選べよ？　亜樹の世話がどうとか考えなくていいからな。それは本来、親である俺の仕事だ」

考えなくていいと言われても、世話をする人がいなければどうにもならないのだが、一華はそれを言葉にはせず、曖昧《あいまい》に笑い頷いておいた。

結婚の話なんてあるはずもないから、今は考えなくともいいだろう。

第三章

その翌日。

一華はロッカールームで着替えを済ませ、仕事用のスカーフを巻くために鏡の前に立った。ブラウスの隙間から赤い痕が見えて、慌ててスカーフを巻きつける。

指先が赤い痕を掠《かす》めると、ふと、唇で触れられた感触を思い出してしまい、脳裏に乱れまくった自分の姿が浮かんできた。鏡に映る自分の顔は真っ赤に染まっている。

(たしかに忘れられない経験だったけど……何回思い出せば気が済むの)

尊久に散々甘やかされ、言葉通り啼《な》かされた。そして家に帰ったあと、バスルームで自分の身体を見て驚いた。

外から見えないところ、胸や太腿、腹部などに内出血のような痕がたくさんついていたのだ。誰が、なんて考えるまでもない。そのせいで鏡を見るたびに先日の夜を思い出してしまう始末だった。

彼の言葉が何度も頭に浮かび、面映《おもは》ゆくて、嬉しくて、自然と頬が緩《ゆる》んでしまう。尊久に寄りかかり甘える心地好さに包まれた夜は、最高に幸せだった。彼と再会することはないだろうが、落ち込んでしまう日は、これからもきっとあの人を思い出すに違いないと思うほどに。

(よし、今日も頑張ろう)

一華はスカーフで痕が隠れていることを確認すると、ロッカーを閉めてフロントに向かった。

「おはようございます」

夜勤スタッフと交代し、フロントに立つ。

今日、同じシフトに入る予定の同僚はまだ来ていないようだ。

「戻りました」

一華がチェックアウトの客の対応をしていると、考え込んだような顔をした同僚——高橋由梨《たかはしゆり》がフロントに戻ってきた。

「お疲れ様。お客様の案内?」

一華が聞くと、我に返ったような顔をした由梨が、自分の頬を軽く叩く。

「あぁ……ごめん。顔に出てた? いけないいけない」

由梨はいつものように笑みを浮かべ、周囲に客がいないことを確認すると、一華が立つ方に一歩寄ってきた。そしてロビーにいる客に聞こえないように声を潜《ひそ》めて口を開く。

「今、塩崎悦子《しおざきえつこ》様が宿泊されてるの。知ってる？」

一華は、その名前を聞いただけで、だいたいなにがあったかを察する。

悦子は総支配人の母親で、頻繁《ひんぱん》にエグゼクティブフロアを利用する。宿泊の際、まれに三歳の息子を連れてくることもあるようだ。

彼らが宿泊するエグゼクティブルームは、当然、そのフロア専任のコンシェルジュが対応するのだが、悦子はこのホテルにおいて〝幅を利かせたい〟らしく、ホテルのスタッフにあれやこれやと意見をしてくるという。

「知ってる。で、今日は？」

「グランドフロンティアマネジメントに案内してって」

グランドフロンティアマネジメントは、このホテルの運営会社だ。本社としての機能を持っていて、総支配人室と並んで四階にある。その社長は総支配人の父であり、悦子は彼の後妻だった。

「社長に会いに？」

「そう思って確認を取ったんだけど、アポなしだったみたいで、会議が詰まってるからあとで部屋に顔を出すと伝えてくれって言われたの。そうしたら、怒っちゃって」

グランドフロンティアマネジメントのトップの妻であったとしても、悦子はホテルにおいてなんの権限もない。それなのに経営者側のつもりでスタッフに命令をしてくるため、その対応にスタッフたちは毎回てんやわんやだ。

「社長はお忙しいものね。アメリカ本社との会議は夜中から朝にかけてだし、日中はうちの経営企画会議なんかもあるし。いつ寝てるのか不思議よね」

「私もそう思うわ。でね、どこまで社長のスケジュールをお話ししていいか、社長秘書に確認をしてそれを伝えたの。あまりの忙しさに愕然としていて、制度を変えるべきだって」

一般のお客様のクレームよりもやりにくさがあるのは、社長と総支配人の身内だからである。制服がダサいから見直したいとか、二十四時間のルームサービスはどう考えても赤字だから夫に伝えておくだとか、社長にでもなったつもりの物言いをしてくる。

「奥様から社長にそうお伝えくださいって、言うしかないよね」

一華が言うと、その通りだと由梨は頷いた。

「とりあえず顧客情報を更新しておいたから、あとで見ておいて」

「ん、わかった。お疲れ様」

塩崎悦子はホテル側の人間ではなく、一お客様。

そう思って対応しろとマネージャーから言われているため、皆、どうすれば彼女がここで快適に過ごせるかを日々熟考している。フロントサービス係が対応することはほとんどないし、一華もフロント対応以外で顔を合わせたことはないが、常に準備や心構えは欠かさない。

(それって、もちろん総支配人の指示よね。総支配人が直接対応したとは聞かないし、あまり家族仲は良くない……とか？　義理の親子だとそんなものかな？)

一華は総支配人と顔を合わせたことがない。父である社長も総支配人も、辣腕《らつわん》としてスタッフの間では有名だが、プライベートを知る者は少ないらしい。

　このホテルの優秀なスタッフは、上司の愚痴を職場でするようなことは決してしないし、一華の耳に入ってくるものと言えば、仕事ぶりと年齢、それに長身美形であることくらいだった。

（三十二歳でここの総支配人だもんね……麻田さんとの関係があるにしても、一度くらいお目にかかってみたいかな）

　その機会が訪れるかどうかはわからないが、有能な仕事ぶりを間近で見たいと思うのは、自分だけではないはずだ。そんなことを考えながら、一華はフロントを訪れたお客様の対応に勤《いそ》しむのだった。


　一華がいつものように十七時に仕事を終えて帰宅すると、家の近くで背の高い男性が立っていた。遠くからでも目を引く男の姿に、まさかと息を呑みながら近づいていく。

「どうして……」

　一華の声に気づいたのか、外壁を背にして立っていた男――尊久がこちらを見て、あの夜のように微笑んだ。

「一華に会いたかったんです。あなたはもう忘れてしまった？」

　忘れるわけがない。だが、再会を望んでいたわけでもなかった。一華は、一夜だけの関係のつもりでいたし、彼もそうだとばかり思っていたのだ。

　尊久は一華に近づき、その頬に触れて顎《あご》を持ち上げた。

彼の体温を感じると、尊久の胸で泣き喚《わめ》いた夜を思い出し、頬に朱が走る。

それなのに、自分の汚さも身勝手さも知られているからか、彼を前にすると気が抜けたように甘えたくなってしまう。

「俺の前でこんなに安心しきった顔をしているのに、終わらせたかった？」

一華の表情で察したのか、彼がそっと息を吐きつつ苦笑した。

腰に腕を回され引き寄せられると、吐息が聞こえるほど彼の顔が近づく。夜と同じ色の瞳に真っ直ぐに見つめられて、鼓動が跳ねる。

「ごめんなさい」

しかし、会いたかった、なんて言葉を信じられるわけがない。一夜かぎりじゃないと言うのなら、その理由はなんだろう。彼もまた、明彦のような下心があるのではないかと勘繰ってしまう。

「謝らないでください。酔った勢いだと思われても仕方がないと、俺もわかっています。だから、こうして会いに来たんです」

尊久は一華を抱き締めて、目と目を合わせたまま口を開いた。

顎《あご》に触れた手が一華の唇を辿《たど》り、劣情を孕《はら》んだ瞳が向けられる。

「酔った勢いじゃ……なかったって言うんですか？」

「ええ、もちろん。いなくならないと言ったでしょう？」

あの夜の言葉は本心だと彼が言う。

それをまったく信じることができないと思う一方、彼からの告白を戸惑いながらも喜んでしまう自分がいる。

「どうして……会ったばかりなのに」

彼のように見るからにハイスペックな男性が、自分に一目惚れをしたとでも言うのか。思わず心の声をそのまま口に出すと、尊久が驚いたような顔をした。そして手のひらを額《ひたい》に当てて、困ったように天を仰《あお》いだ。

「やはり、酔っていなくても俺を覚えてはいませんか。とんだうぬぼれでしたね。失礼しました」

尊久は苦笑し、胸ポケットから名刺を取りだした。それを一華に手渡してくる。

「は……う、うそ……」

一華は尊久の名刺を手にして、顔から血の気が引いた。

名刺を持つ手が震えて、外であることも忘れて叫ぶ。

「た、大変失礼いたしましたっ!!　総支配人だとは、思ってもおらず……あの、私は……」

塩崎尊久——グランドフロンティアホテル&リゾート東京の総支配人である。つまり一華が働くホテルのトップで、マネジメント会社社長の息子。そして悦子の義理の息子だ。

彼の貴公子然とした立ち居振る舞いも、女性を喜ばせる甘い言葉の数々も、どこか日本人離れしているとは思っていたが、父親の仕事の都合でワシントンD．C．で生まれ育ったという生い立ちを考えれば納得できる。

なぜ彼の名前で気がつかなかったのか。それに思い返せば、あの夜の彼は一華がホテルで働いていることを知っているような口振りだったではないか。総支配人の名前が塩崎尊久だと知っていたのに、どうせ偽名だろうと決めつけて思い至らなかった自分が憎い。

「一華がうちのフロント課で働いていることは、もちろん知っていますよ」

「そう、でしたか。重ね重ね申し訳ありません……総支配人だと気づかないなんて」

いくら家族とケンカして落ち込んでいたにしても、阿呆にも程がある。一度も顔を合わせていなくとも、自社のトップの顔くらい会報などで把握しておくべきだった。

平身低頭する一華に、尊久はやれやれと言いたげに肩を竦《すく》めた。呆れられたのかもしれないと青ざめる。

総支配人に就任したとき、宿泊部にも挨拶《あいさつ》に来たと聞いてはいたが、一華はその日、亜樹が発熱し早退したため会うことが叶わなかったのだ。

そんな人がホテルのバーでたまたま隣に座り、自分を誘ってくるだなんて誰が思うものか。

「そういう意味じゃないんですが……まぁいいです。それに、今は仕事の話をしているわけではありませんよ。俺たちが出会ったのは、あくまでプライベートの場でしょう」

「プライベートの場と仰《おっしゃ》いましても……」

本当にプライベートなのだろうか。彼は、一華が自社の社員だと知っていて声をかけたのではないのか。だとしても理由はわからないが。

「職権乱用をしてあなたの住所を突き止めているので、大きな声では言えませんが」

「だから……ここにいらっしゃったんですね」

どうしてここに来たのか疑問だったが、彼の立場なら社員の住所などいくらでも調べられる。そこまでして、一華と話したいことがあったのか。まさか本当にあの夜を忘れられなかった、などと言うつもりなのか。

「一華……プライベートだと言ったでしょう？　先日のあなたは、もっと親しげに話してくれていましたよ」

「総支配人のお立場を知った今は、あのような口調で話すことはできません」

一華が言うと、尊久は肩を落として、ため息をついた。その仕草がやけに子どもっぽく、つい笑ってしまいそうになるが、ぐっと口角に力を込めて耐える。

「そうですか。そこまで他人行儀になってしまうなら、内緒にしておけばよかったですね」

怖い呟《つぶや》きが聞こえてぎょっとした。総支配人だと知らずにいて万が一ホテルで顔を合わせていたら、一華はその場で土下座をしていたかもしれない。今、教えてくれて心底良かったと思う。

「そんなことござい……ない、ですよ」

最後に小さく「ないですよ」と付けた一華の心境を正しく理解した男が、からかうような眼差しで頬を緩《ゆる》めた。腰をぐいっと引き寄せられて、一華がここは外だと言う前に唇が塞《ふさ》がれる。

「ん～っ」

息継ぎをする暇もないほどの深い口づけに驚き、彼の胸を手で叩いて制止する。

だがそれも叶わず、唇を割って舌が滑り込んでくる。あまりのキスの心地好さに身体から力が抜けてしまった。

「総支配人……っ、ん、待って」

一華が何度も尊久の胸を叩くと、ちゅぱっと卑猥《ひわい》な音を立てて唇が離された。

「総支配人？」

尊久が目を細めて言った。怒っているわけではなさそうだが、呼び方が気に入らなかったのだろう。ふたたび唇が塞《ふさ》がれ、余すところなく口腔《こうこう》を舐められた。

「た……たか……ひさっ、さん！　待ってください！」

叫ぶように言うと、打って変わって嬉しそうに口角を上げた彼が、ようやく唇を離す。

「はい、なんでしょう？」

「なんでしょうって、どうしてキスなんてするんですか？」

尊久の言葉が本心だとは、とても思えない。それに、唯の話が本当だとしたら、彼女とはマンションを行き来するような仲だというのに。

「俺とキスするのはいやですか？」

「そういうことじゃなくて……っ」

「いやではないのなら、なにか問題が？」

「問題はあります！　外です！」

そういうことでもないのだが、このときの一華は混乱を極めていて、それに気づかない。

「夜の住宅街です。誰も俺たちを見ていません」

にっこりと微笑まれて、また顔が近づけられる。誰もいなくても外でキスをするのはどうかと思うのに、愛おしげに頬を包まれると、いやだとは言えなくなってしまう。

彼を信じられないのに、すべてを包み込むように抱き締められると、あの夜と同じように寄りかかり、甘えて、流されてしまいたくなるのだ。

「はぁ……っ、ん」

目を瞑《つぶ》ると、柔らかい唇が重なり、啄《ついば》むように何度も触れられる。

「可愛い、一華」

溶かした砂糖のように甘ったるい声が、一華の強張《こわば》った身体さえも溶かしていく。

背中を撫でる手に力が込められ、より強く身体が触れあう。互いの鼓動が重なるくらい近づいて、縋《すが》りつくように背中に腕を回すと、尊久の舌が唇を割って滑り込んできた。

「ん……」

もっととねだるような鼻にかかった声が漏れる。完全に流されてしまった自分が恥ずかしくて、背中から腕を外そうとすると、その手をしっかりと掴《つか》まれた。

「一華、俺の恋人になってくれますね？」

明彦から結婚を前提とした交際を求められたときには感じなかった衝動に、身震いする。

思わず、頷いてしまいそうになった。それほど彼の声や言葉には人を惹きつける力がある。

「だめ、です」

「なぜ？　俺が嫌い？」

一華は尊久の手を振り解《ほど》くと、俯《うつむ》いたまま首を左右に振った。

「そうじゃ、ありません」

「ならどうして？」

嫌いなわけではない。あの夜を何度も思い出してしまうくらい、幸せな時間を与えてもらった。けれど、好きとか嫌いとか以前に、一華は尊久の恋人になるなんて考えてもいなかったのだ。

「どうして……私なんですか？」

以前から一華を知っていたとしても、今まで仕事で接点はなかったし、好かれるような出来事はなにもないはずだ。

「あの夜にあなたを好きになったと言っても、信じられない？」

一華は小さく頷いた。信じられるはずがない。

彼ならばどんな女性でも虜《とりこ》にできる。すべての事情を知っていながら、わざわざ自分のような面倒な女を選ぶメリットなど、なにもないではないか。

多数いる恋人のうちの一人……ならまだわかる。落ち込んでいる一華の話を聞いて、なにかが彼の興味を引いたのかもしれない。唯と恋人同士であったとしても、本命はあっちでこちらが浮気だろう。

だが、遊びにしては、尊久の雰囲気が真剣そうに見えて、本気で口説かれているような気になってしまう。

「先日、お話ししましたよね？　もう誰かに恋はできないって。出会いがあっても……男性として好きかどうかじゃなく、相手に重荷を背負わせようと考えるような女ですよ？　それに、デートだってなかなかできないし、もちろん外泊も。だから今は、誰かと付き合うのは難しいんです」

一華は弱々しくそう返した。

今は難しい。無意識に告げた言葉の中に、彼への情のようなものが垣間見えて、ひどくいたたまれなくなった。

純粋に一華に好意を伝えてくれていると、そう信じたい気持ちもあるが、もう一人の自分が冷静になれと囁《ささや》く。上司と交際しても揉め事になれば仕事を失う可能性があるし、明彦のときのように現実を知って幻滅するのも、もういやだ。

「一華の気持ちはわかりました。なら、俺がこうして会いに来るのも迷惑ですか？」

「いいえ、迷惑なんて……でも、尊久さんはお忙しいでしょうし」

フロントサービス係の一華よりもよほど仕事量が多く、責任も重いのはたしかだ。

日中はＶＩＰ客の対応に当たり、かつ各部署で問題がないかつぶさにチェックし、指示を出している。そして、夜になると各部署のマネージャーからの報告書を受け取り、それらすべてに目を通していると聞く。逐一《ちくいち》、問題があれば対処しなくてはならないのだから暇なはずがない。

「プライベートの時間を確保するくらいできますよ。迷惑じゃないと聞けただけで、今は十分です。弟さんたちが待っているんでしょう？　忙しいと聞いていたのに、だいぶ引き留めてしまいましたね。また来ます」

一華の頬を軽く撫でてから、尊久が背を向ける。

彼を見送ったあと、一華は信じがたい気持ちで尊久の名刺をしばらくの間、見つめたのだった。

翌日の昼、一華が休憩室でランチを取っていると、ポケットに入れたスマートフォンが振動し着信を知らせた。

画面に現れたメッセージにぎょっとして、思わず周囲を見回す。

登録のない相手からの受信だったが、『帰る前に総支配人室に来てほしい』なんて内容のメッセージを自分に送る人物は一人しかいない。そこにはメールアドレスやＳＮＳのＩＤも記載されていた。おそらく仕事用ではなくプライベート用だろう。

（これは……部下として呼びだされた……ってわけじゃないよね）

部下として一華を呼んでいるのなら、マネージャーから話が伝えられるはずである。つまり、プライベートの用事で一華を総支配人室に呼んでいる、ということ。

（それもどうかと思うんですけど）

一華は周囲を見回し、スマートフォンの画面が見える位置に誰も座っていないことを確認すると、自分が総支配人室を訪れて大丈夫なのかとメッセージを送信した。すると彼も昼休憩中だったのか、すぐさま返信があった。

（大丈夫って言われても。総支配人室って一社員が行くところじゃないから！）

とりあえず、わかりましたと返事をして、どこか落ち着かない気分のまま午後の業務をこなす。

そうして仕事を終えたあと、一華は誰にも見られないように周囲をきょろきょろと見回しながら、四階の総支配人室を訪れた。

尊久は総支配人という立場だけでなく、運営会社の経営企画室にも籍を置いているらしい。

マネージャーが四階を訪れることは度々あるだろうが、一社員がおいそれと来られる場所ではない。同じホテル内だというのに、廊下を歩くのでさえ緊張してしまう。

廊下で誰ともすれ違わなかったことに胸を撫で下ろしていると、ようやく『総支配人室』というプレートのある扉の前に到着した。もう一度周りを見回し、素早くノックをすると、中から尊久の声で応答があった。

「フロントサービス係の林です」

「どうぞ」

「失礼します」

初めて入った総支配人室は、エグゼクティブフロアと同じイタリア製の家具で統一されており、デスクの他に資料の置かれた棚と、打ち合わせ用のテーブルが置かれていた。六十平米のジュニアスイートと同程度の広さだが、ベッドがない分広々として見える。

入り口に立ったまま困惑している一華を手招きした尊久は、申し訳なさそうに眉尻を下げて言った。

「すみません。どうしてもあなたの顔を見たくて、呼びだしてしまいました」

呼びだした理由が、顔が見たかったから、とは。一華が想像していた優秀な総支配人像が、がらがらと崩れ去る。

「それに、話もありましたしね」

「話……ですか？」

「ええ、そう時間は取らせませんから、こちらに」

案内されたのは客室に置かれているのと同じL字型のソファーだ。

一華が恐る恐る腰かけると、当然のごとく隣に尊久が座った。

「仕事の話……では？　総支配人、近いです」

役職で呼ぶことで、今は仕事中だから少し離れてほしいという意図は伝わっただろうに、彼との距離は空かなかった。誰が来るかもわからない総支配人室で尊久と寄り添っているのは、非常に心臓に悪い。

「仕事の話ならマネージャーを通します。プライベートだとわかっているでしょう？　上司として呼び出したわけではありませんから、もっと寛《くつろ》いでいいですよ」

「ですが……」

寛《くつろ》げと言われて、あっさり寛《くつろ》げるほど一華は図々《ずうずう》しい性格をしていない。

かしこまったままの一華を見て嘆息した尊久に、手を取られる。彼の手を振り払うこともできずじっとしていると、尊久が「提案があります」と口に出した。

「提案ですか？」

「昨夜、一華は言ったでしょう？　デートの時間は取れないと。なら、時間が合うときは、俺と一緒に帰りませんか？」

自分よりもはるかに忙しい尊久と一緒に帰る。デートよりもよほど現実味のない提案に驚き、同時に自分に歩み寄ろうとしてくれる彼に対して申し訳なさを覚えた。

「時間が合うときと言っても、私は毎日この時間に仕事を終えて家に帰ります。忙しい総支配人に、私の時間に合わせていただくわけにはいきません」

尊久の仕事がこの時間に終わるはずがない。一華に無理がなくとも、尊久の仕事に支障が出るのは間違いないだろう。

「もちろん毎日とはいきませんが、俺がいなくとも対処できるだけの権限は各スタッフに与えてあります。それは一華も知っているでしょう？　せっかく出会えたのに、あなたとの距離が空いてしまうのはいやなんです」

「私を好きだから……ですか？」

「えぇ、もちろん。ということで行きましょうか」

「はっ⁉」

手を繋《つな》がれたまま立たされ、呆然とする一華を余所《よそ》に、彼はジャケットを腕にかける。そしてビジネスバッグを持って総支配人室を出ると、従業員専用のエレベーターで地下に下りた。

（ちょっと待って！　強引すぎない⁉）

どういうつもりなのかと問《と》い質《ただ》したくても、途中で誰かに見られる可能性もあり下手なことは言えない。結局、尊久の車の助手席に乗せられるまで、一華は黙ってついていくしかなかった。

「尊久さん！　どういうつもりですかっ⁉」

「良かった。他人行儀な話し方に戻ってしまうのかと思いました」

どうやら、総支配人と呼んだのを根に持っていたらしい。誰もが憧《あこが》れる男のはずなのに、名前で呼ばないだけで拗《す》ねる様子が可愛く思えてしまうのは、身体を重ねた情があるからだろうか。

「誰かに見られるかもしれないでしょう」

「俺は、誰に見られても構いませんよ。とはいえ、一華が周囲に知られたくないという気持ちも理解できます」

「なら、どうしてこんなこと……」

総支配人と恋人関係だと周囲に思われて働きにくくなるのはごめんだ。

ホテリエとしての矜持を持ったスタッフばかりだから、表面上はなにもないふりをしてくれるだろうが、内心ではどうかわからない。ただでさえシフトも勤務時間も都合をつけてもらっているのだ。唯のように、一華が特別扱いされていると思う人がもっと出てくるかもしれない。

「俺を知って、好きになってほしいんです。俺の愛情を信じてほしい。そのために対話は必要でしょう？　会いに行くのは迷惑じゃないとあなたは言った」

彼の言葉は純粋に嬉しい。たとえ、興味本位であっても、ここまで心を配られていやだと思う女性はいないだろう。だが、そんな人だからこそ、自分が本気になりたくない。

それに対話が必要だとしても、一華にそんな時間はない。

「でも……本当に時間がないんです。これから帰って食事の用意をしないと……」

特別な用事がない限り、食事の用意は一華がしている。裕樹が一番時間的に余裕はあるが、学費の負担をかけたくないからとアルバイトをたくさん入れているし、家のことをいろいろと手伝ってくれるふたばだって、冬には大学受験を控えている。一華が恋愛にかまけて、家事や育児を疎《おろそ》かにするわけにはいかない。

「わかっています。だから時間が合うときは、俺が一華を家に送っていきます。車なら電車より十五分は早く着くでしょうし、話もできる。その時間を、俺のためにくれませんか？」

「それだけ……でいいんですか？」

「もちろん俺はもっと一緒にいたいですよ。でも、あなたの負担になるようなことはしたくありません」

「私の負担にならなくても、尊久さんの負担になるでしょう？」

「負担になんてなりませんよ。俺がしたくてしていることです」

きっぱりと言われて、一華は困惑する。

尊久の真意はいったいどこにあるのか。

本当に一華を好きだとでも言うのだろうか。まさか、と思いながらも、そうだったらいいなと浮き立つ自分もいて、尊久に惹かれ始めていることに気づかされる。

「したくてしてるなんて、うそです。私と……その、してしまったことで、揉めたくないとか考えているなら、気にしなくて大丈夫です」

「俺が、部下であるあなたを抱いたことを気にしていると？」

そんなバカな、と言いたげに尊久は肩を竦《すく》めた。

「一華……あの夜をなかったことにしないで」

そう言いながら彼は手を伸ばし、一華の頬に触れてきた。

真摯《しんし》に告げてくる彼の目が、本心から一華がほしいと言っている。

「そんな、なかったことになんて、できません……」

あんなに泣かされて、甘やかされた記憶は今までにない。その記憶を鮮明に思い出せるくらい、何度も何度も頭の中でリピートしている。

身体を重ねたというだけではなく、一華にとって尊久はすでに特別な人だ。

ただ、彼にどこまで踏み込んでいいかわからないのだ。唯とどういう関係なのか、聞きたいのに聞けない。信じてほしいと言う彼に対して、女性関係を探るような真似をしたくなかった。

それ以上に、従業員のプライベートな話を総支配人に尋ねるなど御法度《ごはっと》である。彼は従業員を評価する立場にいるのだ。一スタッフである一華に言えないことの方が多いだろう。

「それは嬉しいですね」

「でも、すぐに答えは出せません。お恥ずかしい話ですが、私……今まで家事に育児、それに仕事しかしてこなかったですし、これから先、何年もそうだと思います。先日も言いましたが、デートだって、外泊だってできないんです。普通に付き合うなんて……無理なんです」

無理だと言いながらも、それでも本当に自分でいいのか、と窺《うかが》うように聞いてしまう。

「家族を支えながら必死に仕事をしていた自分を、恥だなんて言わないで。一華が頑張ってきたから、弟さんたちが安心していられるのだと俺は思いますよ。それに、あなたがすぐに交際をＯＫしてくれるとは思っていませんから」

尊久の言葉に胸が詰まる思いがする。何度この人に泣かされるのだろう。

泣き笑いのような顔で頷くと、目尻に唇が触れて涙を舐められる。

それにね、と彼は続けて言った。

「先日のような夜も魅力的ですが、こうして話をするだけでもいい。十分でも十五分でも、一華と一緒にいたい。一華がどうしたら喜んでくれるのか、どんなときに笑うのかを知りたいんです」

「喜ばせたいって、私を？」

一華が喜ぶことを知りたい、だなんて。

お客様を喜ばせたいと、いつもそればかり考えていた一華にとって、彼の言葉は新鮮だった。今まで一華に対してそんなことを言ってくれた人はいない。

「えぇ、好きな人を喜ばせたいと思うのは当然でしょう？　一華は、お母様が亡くなってから諦《あきら》めてきたことがたくさんあったはずです。恋もその一つだった。ほかには？」

「ほかに、ですか……あ」

聞かれるままに思い出して、つい声を漏らしてしまうと、尊久が黙ったまま続きを促《うなが》した。

「私、ホテルが好きなんです。そこで働いている人やお客様の幸せそうな表情を見るのも楽しくて。いつか全国のいろいろなホテルや旅館に泊まってみたいって思っていました。今は無理でも、十年後くらいなら叶えられるかもしれないって」

「そうですか。だからあの夜も、ホテルのバーにいたんですね」

一華が頷くと、納得したように尊久が頷いた。

「もしかして、ホテルで誰かとデートの約束をしているのかもしれないと、実は気が気じゃなかったんです」

彼はそう続けて苦笑する。

「まさか」

ぎょっとして首を振るが、尊久は本心から安堵しているようだった。

「あなたのような美しい人が一人でいたら、俺じゃなくても声をかけますよ。そういえば、一華はどうしてこの業界に？　やはりホテルが好きだから、ですか？」

「ホテルの煌《きら》びやかさが好きっていう理由もありますけど、昔、ハウスキーパーのアルバイトをしていた頃、お客様から手紙をもらったことがあって。直接お客様と顔を合わせなくても、自分の仕事を認めてもらったような気がして嬉しかったんです。もっとお客様に喜んでもらいたいって思うようになりました。そうしたら、そのときの総支配人から面接を受けてみないかと誘われて」

「総支配人があなたを選んでくれたことに感謝したいですね。俺も、一華のように志《こころざし》の高いスタッフがうちで働いてくれることを、誇りに思います」

尊久が感心しきったような口調で言った。

彼に褒められると、嬉しくて、くすぐったい。ちょっとした言葉一つで人を幸せにしてしまえる人だからこそ、グランドフロンティアホテル＆リゾート東京の総支配人という立場に就けるのだと妙に納得してしまう。

「尊久さんは、褒め上手ですね」

「その能力もこの仕事には必須ですが、あなたには本音しか言っていません」

ますます頬を赤らめる一華に、尊久が小さく笑って腕時計を見た。

「そろそろ十五分。タイムリミットです。行きましょうか」

十五分がなんと早いことか。

彼といると、いつの間にか自分の話を聞き出されている。親身になって耳を傾けてくれるからだろうか。楽しくて、ついぺらぺらとよけいなことまで話してしまう。

「ありがとうございます。いろいろと」

「俺がしたいようにしているだけですよ。家に着くまでドライブデートですね」

「そう、ですね」

デートじゃない、と言う気にはならなかった。

尊久がエンジンをかけるのを見てシートベルトを締めると、車がゆっくりと動き出す。あと三十分しか一緒にいられないことを、やけに名残《なご》惜《り》しく感じてしまう自分がいた。

車窓を眺めながら話をしていると、三十分があっという間に過ぎていく。

見慣れた住宅街を車が進み、家の手前でゆっくりとブレーキがかけられた。彼がサイドブレーキをかけたのを確認して、シートベルトに手をかける。

「送ってくださり、ありがとうございました」

すると、シートベルトを外そうとするのを引き留めるように、彼の手が重ねられた。

「あの？」

「明日も……時間が合えば誘っても？」

尊久に手を掴《つか》まれたまま、聞かれる。

明日もまた、今日と同じように過ごせるのだと思ったら、明日の仕事が楽しみになった。まだ交際を承諾したわけでもないのにチョロすぎやしないか。

「はい」

一華は赤くなりそうな頬がバレないよう、俯《うつむ》きがちに首を縦に振った。

早く家に帰らなければ。そう思うのに、尊久と離れることを寂しく思う。昨日のように抱き締めてくれたらいいのに。そんなことを考えながらそろそろと顔を上げると、目が合ってしまった。

「本当にあなたは……」

参った、とでも言うように彼が手のひらで顔を覆った。なにがいけなかったのかわからず困惑していると、掴《つか》まれた腕を引き寄せられ、強引に唇が塞《ふさ》がれる。

「……っ」

髪を崩さないように優しく後頭部を押さえられ、唇を食《は》むように口づけられる。

「ん、ん……っ、はぁ」

唇を割って入り込んできた舌先に口腔《こうこう》を貪《むさぼ》られた。彼の舌が頬裏や口蓋を這い、口の中に唾液が溢《あふ》れる。唇の隙間から漏れる息遣いが荒くなり、エアコンの効いた車内にもかかわらず全身がじっとりと汗ばんできた。

「はっ、あ……たか、ひさ、さっ」

彼の巧みなキスに翻弄《ほんろう》され思わず胸に縋《すが》りつくと、より深く唇が重なった。舌ごと唾液を啜《すす》られているうちに、下腹部に覚えのある熱がじわりと生まれる。

ちゅっと音を立てて唇が離れていくと、互いの唇の間に銀糸が伝う。ふたたび舌でノックをするように、唇の隙間をちょんと突かれ、一華はうっとりと目を開ける。

「一華……もう一度」

一華が薄く口を開けると、今度はゆっくりと口腔《こうこう》を味わうように舐められた。くちゅ、くちゅと唾液がかき混ぜられる音が響き、迫る快感に目の奥がじんと痺《しび》れる。

「ふぁ……っ、ん……ふ……ぅ」

逃れられないように体重をかけられ、唇が離れるたびに追いかけられた。

口づけから逃れるつもりはなかった。尊久もそれをわかっていただろう。けれど、まだ答えを出せずにいる一華にあえて強引に口づけて、キスを受け入れる理由を与えてくれることがありがたかった。

快感に潤《うる》んだ目で尊久を見ると、熱のこもった眼差しに射貫かれた。

「俺は、一華の気持ちが整うまで、待つつもりだったんですよ」

彼は唇を離し、濡れた一華の唇を指先で拭《ぬぐ》いながらぽつりとこぼした。

「……待てなかったんですか？」

「これほど可愛く甘えられて、俺に待てと？」

どこか拗《す》ねたような物言いに笑ってしまう。

甘えている自覚があっただけに、申し訳なくも思った。

「あの、もし良かったら、うちで食事をして行きませんか？　また戻って仕事をするんでしょう？」

彼はおそらく、このあとホテルに戻って仕事をするのだろう。夜の休憩時間を一華の送迎にあてているのだと気づかないはずがない。だから、引き留めても迷惑になるかもしれないと思いつつも誘った。どうせならちゃんと食事をしてからホテルに戻ってほしかったのだ。

一華の誘いに尊久が驚いたように目を瞬《またた》かせて、身体を離した。

「一華が誘ってくれるなら喜んで」

家族と一緒に住んでいることも、小さな弟妹がいることも尊久は知っている。

それでも、彼はいっさい躊躇《ちゅうちょ》しなかった。

車を駐車場に停め、玄関のドアに手をかけると、楽しそうに笑う子どもたちの声が聞こえてきた。

尊久を連れて帰ったらどんな反応をするだろうかと考えて、まず浮かれるふたばの顔が思い浮かぶ。

「ただいま」

一華はドアを開けて、いつもよりも大きめの声でリビングに声をかけた。

今日はきちんとパジャマを着た亜樹が玄関に走ってきた。

「おかえり〜だぁれ？」

亜樹がこてんと首を傾げると、リビングからふたばが出てきて、ぎょっとした表情で尊久を見た。

そしてすぐに顔を赤らめ、髪や服が乱れていないかをチェックし、ふたばは逃げるようにリビングに戻っていく。「イケメンが来た！」という叫び声がこちらに聞こえてくると、隣に立つ尊久がこらえきれない様子で笑った。

亜樹は、尊久が気になるのか玄関に立ったまま彼を見上げている。

「こんばんは。俺は、お姉さんの友人で塩崎尊久と言います」

尊久が玄関にしゃがみ込み、亜樹と視線を合わせた。

そういえば、尊久をどう紹介するのか考えていなかった。友人と名乗ってくれたことに胸を撫で下ろす。上司を家に連れてくるのもおかしいし、恋人付き合いを了承したわけではない。

「しおじゃき」

亜樹の舌っ足らずな口調を笑いもせずに、尊久が丁寧な口調で続けた。

「た、か、ひ、さって言えますか？」

「たかひしゃ、お兄ちゃん？」

「そうです。よろしくお願いしますね」

尊久は亜樹の頭をくしゃくしゃと撫でて立ち上がる。

すると、まったく人見知りしないタイプの亜樹は腕を伸ばし、尊久の手を掴《つか》んだ。ぐいぐいと自分の方に引っ張りながら脚にしがみつく。

「亜樹……お客様よ。すみません、尊久さん、下ろしていいですよ。中にどうぞ」

「大丈夫ですよ」

尊久は軽々と亜樹を抱き上げて、「お邪魔します」と玄関に上がった。

リビングに尊久を案内すると、それまで騒いでいた弟妹たちが一瞬言葉を失い、尊久を凝視した。

「ただいま。お姉ちゃんの……友達を連れてきたの」

「は、はじめまして！　次女のふたばです！」

ふたばは頬を赤く染めながら緊張した様子で口を開いた。

明彦を連れてきたときとずいぶん態度が違うなと思ったものの、気持ちはわかる。

ちなみに、父は仕事に行っており、帰ってくるのは数日後だ。裕樹はアルバイトの予定が入っているので、今日はふたばが弟妹たちの面倒を見てくれている。

「塩崎です。お姉さんとは親しくさせてもらっています」

「え、彼氏？」

ダイニングテーブルで勉強をしていた芳樹が驚いた様子で言った。前の男と別れたばかりなのに、という顔をしているが、ふたばも芳樹もさすがにそれは口に出さなかった。

「彼氏になれたらいいなと口説いているところですが、まだ友人です」

尊久は亜樹を抱き上げたまま、芳樹に答えた。

「な……っ」

一華は絶句して、飄々《ひょうひょう》とする尊久を見る。目が合うと、彼の笑顔に「うそはついていませんよ」という圧を感じて、なにも言えなくなった。

「へぇ～彼氏候補か。姉ちゃん、やるじゃん。そんなことより、俺、腹減ったんだけど」

「あ、え、あ……うん、ごめん、遅くなっちゃったね」

動揺のまま口ごもりながら返すと、尊久がおもしろそうに肩を揺らして笑う。

（この人、私のことからかってない!?）

今日の夕飯はほとんどふたばが用意してくれており、あとは温めて皿に盛りつけるだけだ。とりあえずお茶を用意してから、と芳樹に返そうとすると、隣に立つ尊久が耳元に顔を寄せてきた。

「俺のことは気にしないで。いつも通りでいいですよ」

そんな気を使えるなら、彼氏になれたら……などと言わないでほしかった。その言葉もわざとだと思うが。

「ありがとうございます」

一華がそう言うと、微笑みが向けられる。そのとき、ソファー前のテーブルで学校の宿題をしていた美智と詩織が、つんと尊久の袖を引いた。美智は期待に満ちたきらきらとした目を尊久に向けている。

「私、美智って言うの。お兄ちゃん、こっち来て」

「はい」

尊久はにこにこと笑みを絶やさずに、二人に連れられるがままソファーの前に座った。どうやら美智は学校の宿題で躓《つまず》いていたらしい。

「小学校の宿題ですか？　けっこう難しいですね」

「そうなの。先生、これ三ページもやってこいって言うの。漢字の書き取りもあるのに」

「それは大変ですね。でも、綺麗に書けていますよ。お姉さんも字が綺麗ですが、美智さんもとても上手です」

一華は、今のうちに夕飯を温めてしまおうと、背後の様子を気にしつつもキッチンに立った。ふたばも隣に立ち、食器棚から皿を取りだす。

美智と詩織の楽しそうな声が聞こえてきて、その中に亜樹の声も交じっていた。

静かな部屋ではないのに、尊久の穏やかな話し声はよく通った。

「詩織は～？」

「亜樹も書くの～！」

美智と同じく漢字の宿題をしていた詩織が、自分もとノートを広げて見せているようだ。亜樹は、姉二人が羨《うらや》ましかったのか、まだひらがなも書けないのに練習に参加しようとする。

「では、順番に。亜樹くんは、ここにひらがなの練習をしましょうか。自分の名前は書けますか？」

紙を破る音が聞こえたあと、テーブルに鉛筆が置かれる音が響く。

「書けない」

「じゃあ、練習をしましょう」

「うん！」

ちらりと後ろを見ると、亜樹はおとなしく尊久の隣に座り、字の練習をしていた。美智と詩織も、宿題でわからないところがあると尊久に聞いているが、和気藹々《わきあいあい》と話している。

林家はきょうだいが多いせいか、皆、自己主張が激しく、人見知りをするタイプではない。

だが、ここまで早く知らない人に馴染むのは珍しかった。彼の雰囲気がそうさせるのか、よく子どもの相手をしているのか。一華はそんなことを考えながら、手早く料理を盛りつけていく。

林家では、料理を大皿では出さず、一人一人のお皿に載せる。大皿でテーブルに出すと、皆、好きなものばかり食べて嫌いな食べ物を残すからだ。

ダイニングテーブルは、六人分の椅子と亜樹のチャイルドチェアを置いた七人掛けだ。今日は、ふたばと芳樹、美智、詩織、亜樹に一華と尊久だからちょうど七人である。

「お姉ちゃん、もうご飯よそっていい？」

「お願い」

作って保存しておいた筑前煮と、揚げたてのからあげ、キャベツの千切りを皿に盛りつける。その間にふたばが味噌汁とご飯をよそう。芳樹が勉強道具を片付けて、テーブルを拭いてくれる。料理を並べ終えたタイミングでソファーにいる四人に声をかけた。

「ご飯ができたわよ！　テレビを消して、みんな手を洗ってきて～！」

尊久がいることも忘れ、ついいつものように大声で叫んでしまい、はっと我に返る。恥ずかしさで頬を染めながらちらりと彼を見ると、ジャケットを脱いですっかり寛《くつろ》いだ様子の尊久と目が合った。

「美智さん、詩織さん、亜樹くん、手を洗っておいで」

「はーい」

尊久が言うと、三人が揃って返事をした。美智と詩織はすっかり尊久の虜《とりこ》になってしまったようで、洗面所に行くときも尊久のそばを離れなかった。尊久の手を掴《つか》み、ぐいぐい引っ張っていく。

（モテモテ。手を繋《つな》いでるし）

ほんの少しだけモヤッとしてしまったのは、決して嫉妬ではないはずだ。相手は小学生なのに。

複雑な気持ちのまま彼の背中を追うように見つめていると、近くにいた芳樹がぼそりと呟《つぶや》いた。

「羨《うらや》ましそうに見てんな。すっげぇイケメンだし」

「ち、ちがっ、違う！　私は手を繋《つな》ぎたいなんて……っ」

「俺、そんなこと言ってないけど？」

からかうようににやりと笑われて、顔にぶわっと熱が集まる。

（別に……そんなこと思ってない）

尊久が自分を好きだなんて言うから、付き合ったら彼と手を繋《つな》いで歩くこともあるのか、と想像してしまっただけだ。妹たちが羨《うらや》ましかったわけではない。

（もっとすごいこと、したんだし）

あの夜の行為を思い出し、さらに頬が真っ赤に染まる。

「一華？　どうかしました？　顔が赤いですよ」

そこへ尊久が戻ってきてしまったものだから、どうしていいかわからなくなる。

彼は手の甲で一華の頬に触れると、熱があると思ったのか、一華の額《ひたい》に自分のそれを押し当ててくる。キスでもしそうな距離感に驚いたのは一華だけではない。ふたばは口元を手で塞《ふさ》ぎ真っ赤な顔をしているし、芳樹でさえ顔を赤らめていた。

なにもわかっていない詩織がやたらと嬉しそうに「お姉ちゃんとお兄ちゃん、ちゅーするの？」と空気を読まずに言った。

「しないわよ！　尊久さん……あの、家族の前だから」

彼の胸を押し止《とど》めると、目の前にある顔が嬉しそうに緩《ゆる》み、ほんの少し赤く染まる。

(家族の前だからって、二人きりならいいって言ってるようなものじゃない！)

尊久もそれに気づいたから、あんな表情をしたに違いない。彼の前では泣いたり慌てたり、気持ちがめまぐるしく変化する。自分はいったいどうしてしまったのだろうか。

「私……亜樹のおもちゃを片付けないと……っ、あれ？」

誤魔化すようにリビングに散らばっていたおもちゃを片付けようとするが、ソファー前のテーブルの上も、絨毯《じゅうたん》の上にもおもちゃは落ちていなかった。

「あぁ、それなら――」

「お兄ちゃんとお片付けしたよ！」

チャイルドチェアに座った亜樹がはいっと勢いよく手を挙げた。どうやら尊久と一緒に片付けたらしい。

「どこにしまえばいいか聞いたら、亜樹くんが教えてくれたんですよ。ね？」

尊久が亜樹に目を向けて言うと、得意げな笑みを浮かべた亜樹はきらきらと目を輝かせて頷いた。

「そうだよ！　亜樹が教えてあげたの！」

「尊久さん、ありがとう」

礼を言うと、はにかんだ笑みを返された。なかなか言うことを聞かない亜樹に片付けをさせられるなんて、やはり子ども慣れしている。

「こちらに座ってもらえますか？」

一華が案内したのは自分の隣。いつも父が座っている椅子だ。

全員で「いただきます」と手を合わせると、一拍遅れて尊久も手を合わせた。

「美味《おい》しそうですね」

「お口に合えばいいんですけど。和食は大丈夫ですか？」

肩と肩が触れそうになる距離感にどきどきしながら尋ねると、肯定の返事が返された。

「えぇ。アメリカにももちろん日本食レストランはありますが、やはり帰国して一番ほっとしたのは食事ですね」

「でも、ずっとワシントンD．C．にいたと聞きました」

生まれも育ちも海外ならば、日本人とはいえ食べる機会は少なかったのではないだろうか。

「両親共に日本人ですし、亡くなった母が和食が好きだったんですよ」

「そうだったんですか」

だからか、箸の持ち方、食べ方もここにいる誰よりも綺麗だ。

あの夜の彼の言葉が胸に響いたのは、尊久も母親を亡くしているからかもしれない。義母である悦子との関係はどうなのだろうか。それを聞けるほど、尊久との関係はまだ深くないが、ふと気になってしまった。

「尊久お兄さんって、超エリートって感じがする」

ふたばが目を輝かせて言うと、芳樹が珍しく素直に頷いた。

「で、お姉ちゃんとはどうやって知り合ったんですか？　もしかしてホテルの人？」

「あのね、尊久さんはうちのホテルの総支配人なの」

まさか、数日前にナンパされて一夜を過ごした相手だと言うわけにもいかず、職場の上司で通すことにする。

（そもそも本来なら、総支配人にこんな口の利き方できるわけないんだけど……）

尊久がプライベートだと言い張るから、なるべく堅苦しくならないようにしているが、ホテルで顔を合わせて平静でいられる自信はまるでない。これまで総支配人と会うことはなかったが、今後もそうだとは限らないのだ。

「へぇ～総支配人なんだ！　かっこいい！」

「フロントに立つ一華もかっこいいですよ。一華のサービスを楽しみに、うちのホテルを訪れるお客様もたくさんいるくらいですから」

「そうなのっ⁉　お姉ちゃん、家では仕事の話とか全然しないから。バリキャリなのは見ててわかるけど……どんな感じ？」

ふたばが食事の手を止めて、目を輝かせながら尊久に聞いた。

家族に仕事の話を聞かれるのは、なにやら恥ずかしい。

だが、ふたばを始め、芳樹や美智、詩織まで、尊久に興味津々の目を向けている。

「どのお客様に対しても丁寧なのはホテリエとして当然ですが、一華は困っているお客様にすぐさま手を差し伸べられるスタッフです。遊びに行った先で忘れ物をしてしまったお客様の荷物を、綺麗に洗ってから届けたりしたこともありましたね。誕生日のお客様に手書きのメッセージカードを送って、記念日には部屋に花束を置いておくように手配したりもしています。一華は、お客様の性格や好みを完璧に把握しているので、クレームの対処もスムーズで、そこからリピーターに繫《つな》がることもあるんですよ」

尊久がそれを知っていたことに驚いた。おそらく話したのは大木だと思うが、褒められたくてやったわけではないものの、上司である彼が知っていてくれたことが純粋に嬉しい。

「お姉ちゃんって家でもそうかも。うちらの誕生日を忘れたことないし、なんなら私の彼氏の誕生日まで覚えてるし、何気なく『これほしいな』って言ったものをプレゼントしてくれるし」

「忙しいのに、俺らの話、ちゃんと聞いてくれるよな。かゆいところに手が届くっつうか。洗濯するの忘れて慌ててたら、アイロンかけたシャツをほいって渡してきたりさ」

ふたばに続いて、芳樹が照れくさそうに目を逸らしながら言った。

感謝してほしくてやっていたわけではない。忙しくてどこにも連れていってあげられなかった分、家庭でできることくらいはしてあげたいと思っただけだ。

「私の誕生日プレゼントは、タブレットだった。ずっとほしいって思ってたやつ」

「詩織は小説だったよ！」

美智と詩織までにこにこしながら言うものだから、面映《おもは》ゆくて仕方ない。

「君たちを喜ばせたいという想いが、一華から伝わってくるでしょう？　それを当然のこととしてやってしまえる彼女は、ホテルになくてはならない存在なんです」

「尊久さん、褒めすぎです……っ」

「あ、お姉ちゃん顔真っ赤！　照れてる〜」

ふたばが茶化すように言うと、笑いが伝染し、意味もわからないだろうに亜樹まできゃっきゃと笑いだす。

「それで、尊久お兄さんにとっても、いつの間にかなくてはならない存在になったってわけですか？」

「その通りですが、一華からの返事は保留ですから、あまりプレッシャーを与えないでくださいね」

さながらニュースキャスターにでもなったかのようなふたばからの問いに、釘まで刺した尊久は、その後もホテルでの一華の話を続けた。

弟妹たちが自分の仕事にここまで興味を持ってくれていたとは知らなかった一華としては、なかなかくすぐったい時間を過ごしたのだった。

そして三十分後、一華は尊久を見送りに玄関に出た。

「今日はありがとうございました」

「いえ、こちらこそ美味《おい》しい食事をありがとう。一華……ちょっといいですか？」

尊久に目で車にと告げられ玄関を出ると、助手席のドアが開けられ、中に入るよう促《うなが》される。

「あの？」

仕事に戻らなくていいのだろうか。それに、一華はこの時間からは外出できない。車に乗れと言われて困惑していると、「少しだけ車で話しませんか？」と提案された。

「は、はい」

なにか話があるのだろうか。どきどきしながらも、一華は助手席に乗り込む。尊久は運転席に座り、隣の一華を見た。

「そういえば、車だと手を繋《つな》ぐ機会がほとんどありませんね」

残念そうに言い、尊久は一華の手を取って指を絡ませた。

「たしかに、そう……ですね」

「そのうちこうして、外でもデートをしましょう」

そのうち、なんて本当にあるのだろうか。

あれだけ熱烈に恋《こ》われても、いまだに彼の気持ちを信じ切れない一華は、尊久の言葉に押し黙った。

「俺が最初に惚れたのは、大木マネージャーから聞く、あなたの人となりだったんですよ」

「え……っ？　マネージャーからって」

思ってもみなかった話に驚いていると、種明かしをするように尊久が話を続けた。

「こっちに来てすぐ、日勤しか入っていないスタッフがいるが、なにか事情があるのかとマネージャーに聞いたんです。そこで、あなたが母親代わりとして小さな弟妹たちを育てていることを知りました。ならばもう少し負担のない課への異動を検討したらどうかと、マネージャーに話したんです」

「そうだったんですか」

「えぇ、でもマネージャーは『彼女のサービスを心から楽しみにしているお客様が大勢いる。それはできない』と頑として首を縦には振らなかった。俺が、あなたに興味を持つのは必然でしょう？」

尊久が揚々とした顔で口角を上げた。

「大木マネージャーが……」

直属の上司がそこまで自分を高く買ってくれていたとは思わなかった。

たしかにリピーターのお客様の中には、一華と会うのを楽しみにしてくれているお客様もいる。中にはクレームから始まった出会いもいくつかあった。そんなお客様でも自分のサービスを気に入り、またホテルを利用しようと思ってくれたことが嬉しくて、手を尽くしてきただけだ。

「遊園地にお気に入りの帽子を置いてきてしまったと泣き喚《わめ》く男の子のために、すぐに同じキャラクターのグッズを用意したという話を聞きました。遊園地に連絡をして帽子を探してもらい、後日、届けたとも。こんな話も聞きましたね。毎年同じ日に訪れる男性のお客様から、その日が亡くなった奥様との結婚記念日だと聞き、部屋に奥様が生前に好きだった花を用意したと。男性のお客様は、今でも毎年うちのホテルを訪れています」

「私はただ、ホテルでの思い出を寂しいものにしたくなかったんです。どのお客様にも、笑顔でご自宅に帰ってほしかった。それだけなんです。男の子の帽子は雨に濡れて、泥汚れを落とすのが本当に大変でしたけど」

一華が笑いながら言うと、釣られたように尊久も笑った。

愛おしそうな目に見つめられると、そのまま彼の腕に囚われてしまいたくなる。

「いつの間にか、大木マネージャーからあなたの話を聞くことが楽しみになっていました。その頃には、あなたに会ってみたくて、言葉を交わしたいと思い始めていた。それからしばらくして、偶然、プライベートであなたに会いました。素敵な女性だと思いましたが、そのときは名前も連絡先も聞けなかった」

「本当に？　どこでですか？」

尊久とどこかで会っていたなんて驚いた。これほどの美形を見たら、忘れるはずがない。一華は仕事柄、人の顔や名前を覚えるのは非常に得意なのだ。

「一華が思い出すまでは秘密です」

口元に指を当てた尊久が、からかうような眼差しでこちらを見た。

「……意地悪です」

「あのときの一華は、俺よりほかのことに気を取られていたのでね。でも、ホテルでの夜、俺の顔にまったくぴんと来ていないあなたを見て、少し悔しかったんです。俺はこんなに焦《こ》がれていたのにって」

ほかのことに気を取られる……とはなんだろう。

尊久のような素敵な男性が近くにいて、ほかのなにかに気を取られるようなことがあるだろうか。

「あの、そのうち教えてくれますか？」

「えぇ、結婚するまでに思い出せそうになかったら、教えてあげます」

「結婚って！」

一足飛びにプロポーズされ、一華の頬が真っ赤に染まっていく。

冗談やからかいで告白されているわけじゃないのはわかったが、それにしても急ぎすぎだ。

「急《せ》かすわけではありません。まずは、俺の告白を信じてもらうところからですが、俺はそのつもりでいるのだと知ってほしかっただけです」

「は、はい……」

一華がなんとかそう返すと、尊久は話を続けた。

「その後の話ですが……マネージャーから話を聞いていた女性があなただと知り、嬉しかった。同じ職場ならチャンスがあるってね。顔を見たこともないあなたに恋をして、出会ってさらに好きになりました」

「あの、正直、なんて返していいかわかりません。私……今までこんなに熱烈な告白をされたことなんて、なくて」

あの夜に一目惚れしたわけではないと聞かされたうえ、彼が自分を高く評価してくれていると知った一華は、緩《ゆる》みきった口元を隠すように両手で顔を覆った。

「一華……顔を見せて」

「いやです。恥ずかしい。喜んでるのが、バレちゃうじゃないですか」

「そういうところですよ。本当に参ってしまう」

尊久にやんわりと手のひらを外される。

彼を見上げると、ゆっくりと顔が近づけられた。

「一華がこれほど可愛い人だなんて思わなかった。俺に甘える顔も、泣き顔も……困った顔も、俺を魅了してやまない。どうしてくれるんですか。あなたがいやだと言っても、離してあげられそうにない」

頬にキスをされ、うっとりと目を瞑《つぶ》る。流されてはだめだと思いながらも、抗《あらが》えない。いやではないからだ。彼に触れてほしいと思っているから。

「一華、俺と恋をしましょう。あなたが本心から拒絶しないかぎり、俺が一華から離れていくことはありません。だから、安心して飛び込んできてほしい」

「どうして、そこまで言い切れるんですか……仕事の話だってたまたまなだけで、私はだめなところばかりです。弟たちに怒鳴ることだってあるし、当たり散らすことだってあるって、あなたは知ってるでしょう。楽になりたいばかりに、飛び込んで寄りかかりっぱなしになったらどうするんですか？」

「あなたが寄りかかってくれるなら、それはそれで嬉しいですが、そうはならないと確信しています」

「なぜ？」

「楽になりたいなら、すぐに俺の手を取ればいいんです。俺はね、我慢強くて、人になかなか頼れなくて、必死に一人で立とうとしている一華が好きなんです。でも、鳥だって、ずっと空を飛び続けてはいられない。食事も休息も必要だ。俺は、心が弱り切ったあなたを慰《なぐさ》めたあの夜、あなたにとっての止まり木でありたいと強く思いました。一華が泣くときにはそばにいたい。甘えられる存在でありたいと。だから、俺に寄りかかってみませんか？」

どうして彼は一華が安心するような言葉ばかりくれるのだろう。涙がぼろぼろとこぼれて、言葉にならなかった。このまま頷いてしまいたい衝動に駆られる。

それなのに、どこまでも意固地な自分は、流されるがまま彼の手を取ることができない。だって、甘え方を知らないからどうしていいのかわからないのだ。臆病過ぎるとわかってはいるけれど。

「先ほども言いましたが、頑固な一華にすぐに答えを出してほしいなんて言いません。クリスマスを期限にしましょう。その日に一華からの最終的な答えを聞きます。それまでに考えておいてください」

「……わかりました」

一華が車から降りると、尊久は軽く手を上げて、エンジンをかけた。

期限は約三ヶ月。その話をするために、一華を呼んだのだろう。

それまでに彼の手を取るか否かを考えなければならない。

あなたにとっての止まり木でありたい。その言葉が頭の奥にずっとこびりついて離れなかった。

部屋に戻ると、芳樹とふたばの生温かい視線が注がれる。

「お姉ちゃん、尊久お兄さんと結婚するなら、私、反対しないよ。前にうちに連れて来た彼氏と話してるときは、なんか淡々としてたけど、あの人とは違うもん」

「俺も、あの人ならいいと思う」

「結婚って……付き合うことすら迷ってるのに話が飛躍しすぎでしょ！」

プロポーズに近い言葉をかけられ、嬉しかったのはたしかだ。気持ちの上では、彼の手を取りたいと思っている。恋愛感情もあるだろう。

しかし、総支配人である尊久と自分では立場がまったく違うし、家族のこともある。デートだってままならないし、休憩時間に送ってくれるのも彼の負担になる。そんな無理がいつまで続くのだろうと考えてしまうのだ。

終わってほしくないのに、無理をしてほしくもなくて、今の自分では答えが見つからない。

(お父さんが言うように自分の幸せを考えたとしても、亜樹を放っておくわけにはいかない。美智と詩織だってまだ小学生だし。私たちはお母さんと過ごした時間がそれなりに長いけど、詩織と亜樹はそうじゃないから)

自分の幸せを考えたとき、そこにはやはり弟妹たちの幸せも含まれていた。

自分だけがよければ、なんて決断はできない。

母が生きていた頃と同じだけの愛情を持って彼らを育ててあげたい。一華はそう思っている。恋愛は無理だと諦《あきら》めていたのも、恋人よりも家族を優先してしまうからだ。

どんなに好きでも、無理をし続けていたら交際は続かない。いつか彼が離れていってしまうのなら、手を取らないままでいたい。その思いは変わらない。

ただ、期限を決められたからだろうか。もし三ヶ月後に一華が告白を受け入れなければ、この数十分のデートさえなくなってしまうのだと思うと、胸にぽっかりと穴が空いたような苦しさに襲われる。

（……好きなくせに、受け入れられないなんて）

とりあえず付き合ってみればいいじゃないかと、裕樹とふたばなら言いそうだ。

「もちろん交際はＯＫするんだよね？」

「まだわからないよ」

ふたばに聞かれて、一華はキッチンで洗い物をしながら答えた。

「はぁ!?　なんでっ？」

ふたばは信じられないという顔をしてこちらを見てくる。

付き合って失うのが怖いからだ――だが、一華は答えずに、曖昧《あいまい》に首を傾げたのだった。


初めてのデートから一ヶ月が過ぎた十月中旬。

一華は午前中にチェックアウトのお客様を見送り、客室の清掃業務をハウスキーパーに引き継ぐため、宿泊部のマネージャーである大木にインカムで連絡を取った。

「フロントサービス係の林です。八階のお客様のチェックアウトが完了しました」

『了解しました。ハウスキーパーに引き継ぎます。あ～やられた、またか』

「え？」

謎の言葉を残して通話がぷつりと切られてしまい困惑するも、会話の雰囲気から一華に向けての言葉ではないことはわかった。

おそらく、インカムのスイッチを切ったつもりで発してしまったのだろう。

（でも、やられたってなんだろう？）

不思議に思いながらも、なにかあれば自分たちに情報が共有されるだろうと気にしないことにした。

一華は、本日宿泊予定のお客様リストに目を通すため、フロントの後ろ側にあるドアをノックして開けた。

フロントの壁と同色のドアの向こう側は、宿泊部オフィス課だ。そこにはマネージャーのデスクが置かれていて、そのほか予約客からの電話や問い合わせなどの対応のため何名かのスタッフが常駐している。全員、宿泊部のスタッフで、フロントの人手が足りない場合は、オフィス課のスタッフがフォローに入ってくれることもあった。

一華がリストを取り、フロントに戻ろうとすると、近くにある代表電話が鳴った。デスクに人が座っていないのを確認した一華は、すぐさま受話器を取って対応する。

「はい、グランドフロンティアホテル&リゾート東京でございます」

『総支配人室に繋《つな》いで』

ずいぶん不躾《ぶしつけ》なセリフだが、クレーム客には珍しくない。一華は椅子に座り、顧客情報を確認できるようにシステムを開いた。

「恐れ入りますが、お名前をお伺《うかが》いしてもよろしいでしょうか」

『塩崎よ』

「塩崎様……塩崎、悦子さまでいらっしゃいますか？」

彼女は尊久の義母である。尊久の携帯番号くらいは知っていそうなものだが、どうして代表電話にかけてくるのだろう。疑問に思ったが悦子に聞けるはずもなく、一華は「少々お待ちくださいませ」と電話を総支配人室に転送した。

『はい、塩崎です』

「こちら宿泊部オフィス課です」

『一華でしょう？　今は仕事中でしたね。どうしました？』

フロントからの電話ではないのに声でわかったのかと驚くと同時に、嬉しさが込み上げてくる。仕事中だという声で我に返っていなければ、動揺で声が上擦《うわず》るところだった。

「あ……失礼しました。総支配人に、塩崎悦子さまからお電話が入っております。お繋《つな》ぎしてもよろしいでしょうか？」

一華が言うと、ほんの少しだけ間があり、尊久が『わかりました』と電話を引き継いだ。

（ちょっといやそう？）

気のせいだろうかと思いながら転送して電話を切り、一華はフロントに戻った。

自宅で一緒に食事をしてから、尊久から連絡があった日は駐車場で彼を待つようになり、数十分のドライブデートをしている。

夕食を食べていくときもあるし、そのまま車から降りずに帰ってしまうこともあるが、一華はいつの間にか彼と過ごす時間を心待ちにするようになっていた。

無理をしてまで自分に会いたいと思ってくれている。そのことに優越感さえ覚えてしまい、まるで男を手玉に取る悪女にでもなったような気分だ。

『本日、結婚披露宴でご予約の槌谷《つちや》様、本田《ほんだ》様のご両家の皆様が到着なさいました』

そんなことを考えていると、ドアマンからの連絡がインカムに入り、慌ててフロントに戻る。ロビーの向こうに目を向けると、集団のお客様がドアから入ってきた。

「承知しました」

彼らは十人ほどの団体で、皆、一様に華やかなドレスに身を包んでいた。

ロビーには何台ものソファーがあり、お客様が寛《くつろ》げるスペースとなっている。だが、本日の結婚披露宴は招待客が二百人を超えており、このペースで人が増え続けるとほかのお客様の迷惑となってしまうのは確実だ。

フロントに立つ由梨も一華と同じ考えだったのか、こちらに目配せしてくる。

「高橋さん。私はお客様を控え室にご案内してくるから……」

「了解。じゃあ私は、宴会部に連絡を入れておく。よろしく」

「ありがとう」

一華はフロントを出て、招待客であろうグループに声をかけた。年配の男女が二組、若い男性が一人、計五人ほどが集まりソファーに座っている。

「失礼いたします。槌谷様、本田様のご両家の皆様でいらっしゃいますか？」

「えぇ、そうですが」

黒留袖を着た年配の女性が笑みを浮かべながら頷いた。

「本日はおめでとうございます。皆様おそろいでしたら、親族控え室にご案内させていただきます。お着替えが必要なお客様には更衣室もございますので、控え室におりますスタッフにお声がけください」

「あら、ありがとう。今日はこちらに宿泊の予定なんだけど、チェックインにはまだ時間が早いわよね？」

「いえ、問題ございませんよ。親族控え室でチェックインの手続きを取らせていただきます。お荷物があるようでしたら部屋に運んでおきますが、いかがなさいますか？」

「そうね、部屋に運んでおいてもらえると嬉しいわ」

「かしこまりました」

一華は、彼らを披露宴が行われる会場のフロアに案内し、チェックインの手続きを取った。彼らの荷物を受け取り、ベルボーイと共に各部屋に運ぶ。

フロントに戻るべくベルボーイと別れ、従業員専用のエレベーターに向かっていると、客室から出てくる唯の姿を見かけた。おそらく客室清掃が終わったところなのだろう。

一華は咄嗟《とっさ》に柱の陰に身を隠した。

彼女はいつも一華の顔を見ると、嫌味ばかりを言ってくる。お客様に聞かれる可能性のあるところでは、なるべく顔を合わせないようにしていた。

（そういえば、麻田さん一人？　ハウスキーパーは二人体制のはずだけど）

ここのハウスキーピングは、通常二人一組で行われる。互いに抜けがないようにチェックするためだ。だが唯は一人で、リネン類を運ぶためのワゴンも近くにない。

なにか困っているのなら助けなければ。一華が声をかけようとすると、唯のいるところからさらに奥にある部屋のドアが開き、ワゴンを運んだ四十代くらいの女性が出てきた。ドアの音で気づいた唯が、女性に近づいていく。そのとき、唯のエプロンのポケットからぽろんとなにかが落ちた。分厚い絨毯《じゅうたん》は音を立てずにそれを受け止めて、ころころと転がる。

(これって……まさか)

一華は足下に転がってきたものを拾い上げ、信じがたい思いで唯の背中を見つめた。

「麻田さん、落としたハンカチは見つかった?」

女性が聞くと、唯はポケットからハンカチを出して、さっと見せた。

「あ、はい！　ありました~すみませ~ん」

「気をつけてね。じゃあ、この部屋の清掃も終わったから、一緒に全体のチェックするよ」

「え~終わったんならいいじゃないですか。次の部屋もちゃっちゃとやっちゃいましょうよ」

唯はさも面倒そうな口調で女性の後に続いた。

「そういうわけにはいかないんだよ。一人で点検していると、どうしても甘えが出るからね。ほら、さっさとやらないと終わらないから早く」

「はぁ~めんどくさい」

唯は渋々といった様子を隠そうともせず、女性の後に続き隣の部屋のドアを開ける。

「めんどうくさいって……ここのハウスキーパーになって、そんなこと言う人を初めて見たよ。待遇もいいし、なかなか入れるところじゃないのに」

女性が驚くのも当然だ。このホテルの給料は、雇用形態によって違いはあるが、いずれも同業種の平均より高い。

それにしても、やはり唯の態度は見過ごせない。宿泊部のマネージャーである大木が知らないとは思えないが、この件も報告しておいた方がいいかもしれない。

一華は彼女が落としたものを見つめて、目を細めた。

彼女が落としたのは、客室に置かれている化粧水の瓶だ。

ホテルで使用しているアメニティグッズの基礎化粧品は、海外ブランドと契約を結びホテルのオリジナルグッズとして売り出しており、非常に人気の高い商品だ。

ちなみにそれらは持ち帰り不可となっていて、客室のアメニティの補充も瓶が割れでもしないかぎり交換はしないはずだ。それが彼女のポケットから出てきた、ということは――

一華は、とりあえず化粧水をジャケットのポケットにしまい、唯が出てきた部屋の番号を見る。ロックがかかり今は開けられないが、大木に確認をすればすぐにわかることだ。

なにか事情があるのかもしれない。けれど、それを判断するのは一華ではない。

気持ちを切り替え、一華は従業員通路に向かい歩きだした。廊下を抜けた先の、関係者以外立ち入り禁止のドアを開けて中に入ると、その先にエレベーターがある。

考え事をしながらエレベーターホールで待っていると、エレベーターが到着し、中から人が降りてきた。

げる。

「え、尊久さんっ……し、失礼しましたっ！」

尊久を見て咄嗟《とっさ》に言ってしまったものの、今はプライベートの場ではなかったと慌てて頭を下
げる。

従業員専用のエレベーターとはいえ、公私混同するなんて。

「大丈夫ですよ。誰も見ていませんから」

尊久は苦笑しながら、頭を下げる一華を手で制した。

「浮かない顔をしていましたが、考え事ですか？」

一華は自身の制服のポケットに視線を送った。

唯のことを相談してみようか、と一瞬頭を過《よぎ》ったが、マネージャーを飛び越えて尊久に話すべき内容ではない。それに、根拠のない憶測で忙しい尊久の手を煩《わずら》わせてはいけない。ただでさえ、彼の下《もと》には毎日大量の報告書が届いているのに。

「ええ、ちょっと」

「仕事のことで悩んでいるなら、どんな小さなことでも相談してください」

「いえ……私のことではないんです。ですから、先にマネージャーに判断を仰《あお》いでからと思いまして」

「そうですか。わかりました」

一華の気持ちを察したのだろう、尊久はすぐに引いてくれた。

「では、私はフロントに戻りますので。失礼いたします」

一華は頭を下げて、エレベーターに乗り込もうとする。

しかし「待って」と背後から腕を掴《つか》まれ、引き留められた。

「今夜の予定は？」

そう聞かれて、今日はデートの日だと浮かれそうになる自分を必死に抑えた。掴《つか》まれた腕を離してほしくなくて、けれど、そう思っているのを知られたくない。最近では、自分の気持ちを隠しておくことに限界を感じていた。

「なにも、ありません」

「では、いつものように駐車場で。今日は少しだけ、家にお邪魔してもいいですか？」

「はい……もちろんです。亜樹が懐《なつ》いているので喜びます」

本当は自分が一番喜んでいるくせに、つい亜樹を引き合いに出してしまう。

赤く染まっているだろう頬を軽く撫でられて、小さく笑われた。自分の気持ちなどとうに気づかれている。それでも、一華自身が答えを出すのを彼は待ってくれているのだろう。

「あの、さっきの電話……よく、私だと気づきましたね」

「あなたの声を俺が間違えるはずがないでしょう」

そう言ってほしくて尋ねたのだと、それすらも気づかれていそうだ。つい、甘えるような視線を向けると、彼もまた二人きりのときにしか見せない顔をする。キスをする直前のような熱を、その目に宿して。

「仕事中にそんな顔をするのはいけませんね。甘やかしたくなる」

蕩《とろ》けるような笑みを見せないでほしい。甘い声で囁《ささや》かないでほしい。

今は仕事中だと自分に言い聞かせていても、抱き締めてキスをしてほしくなる。

「総支配人が……私を、甘やかすから、でしょう」

みっともないほど声が震えていた。言葉が途切れがちになってしまったのは、動揺を押し隠すため。尊久が一歩こちらに近づいてきて、一華が顔を上げる。

顔が近づき唇が触れる直前、インカムでフロントの由梨から呼び出しが入り、慌てて意識を切り替える。

『フロントサービス係の高橋です。槌谷様、本田様の招待客の皆様方が到着しました。随時お声がけ中ですが、手が足りないので応援お願いします』

「林です。すぐに向かいます」

インカムに応答し、尊久に向き直ると、彼もこちらを見て頷いた。

「総支配人。私はフロントに戻りますので、失礼します」

「ええ、お疲れ様でした」

尊久に背を向けて歩きながら、一華は肩から力を抜いた。

（キス……するのかと、思った……）

両手で頬に触れて軽く叩く。だが、火照《ほて》った頬はなかなか冷めてはくれず、仕事に集中することで一華はようやく平常心を取り戻したのだった。

フロントに戻り、披露宴の招待客の案内などを終えた後、一華は大木を捜した。しかし、残念ながら大木はお客様対応で席を外しているようだ。その後もタイミングが合わず、次々と訪れる宿泊客のチェックイン手続きをしたり、外国人客に聞かれ観光スポットを一緒に探したりするうちに、定時が迫ってきてしまった。

（あと三十分で定時か……今なら大木マネージャー、時間あるかな）

ロビーは、外で食事をするためエレベーターから降りてくる客で混雑していたが、フロントを訪れる客はほとんどいない。そろそろ交代のスタッフも来てくれるだろう。

「ごめん、少し席を外してもいい？」

一華は隣に立つ由梨にそっと声をかけて、カウンターのさらに奥にある宿泊部オフィス課のドアを指し示す。

「えぇ、大丈夫よ」

「ありがとう。すぐに戻るね」

一華が室内を見回すと、大木はデスクについていて、総支配人に上げるための報告書にペンを走らせていた。

「大木マネージャー、少しお時間よろしいですか？」

「あぁ、もちろん。どうかした？」

一華を買ってくれているというマネージャーの大木は、五十代の男性社員だ。

宿泊部マネージャーの主な仕事は、予約係やフロントサービス係のフォローや研修、アルバイトスタッフの多いハウスキーパーの研修を行い、各課のスタッフに必要ならば指示を出し、問題があれば都度対処する、そして日々の報告を総支配人に上げることだ。

どれだけ小さな問題でも共有し、再発を防ぐべく動くことで従業員同士の繋《つな》がりは深くなる。各部ごとにチーム一丸となって、という雰囲気ができているため、スタッフが相談しやすい環境が整っていた。

一華は少し声を落として話を続ける。

「あの、ハウスキーパーの麻田さんの件で」

「あぁ～すまない。またなにか迷惑をかけてしまったか？」

大木は参ったと天を仰《あお》ぎ、大袈裟なほど深いため息をついた。

彼の反応を見るだけで、唯について報告したのは自分だけではないとわかる。

「彼女の勤務態度については大木マネージャーもご存知だと思いますが、今日はその件ではなく……ちょっと気になることがあって」

「気になること？」

「先ほど……この化粧水が麻田さんの制服のポケットから落ちるのを見ました。彼女は七一〇二室から出てきたところで、一人でした。彼女は、私が拾ったことに気づいていません」

一華は、ポケットにしまっておいた化粧水の瓶を取りだし、大木に手渡した。感情を挟むことなく、昼に起きた出来事をそのまま大木に説明する。話をするうちに大木の目が険しく細められ、和《なご》やかだった顔つきが鋭くなった。

「盗んだのはやっぱり彼女だったか。どうして彼女が一人だったかはわかる？」

大木はなにかを納得したような顔で頷いた。もしかしたら、アメニティグッズが置かれていないというクレームがすでに何件か寄せられていたのかもしれない。

「そのあとの会話で、もう一人のスタッフが『ハンカチは見つかったか』と尋ねていたので、おそらく忘れ物をしたと言って一人で室内に入ったのではないかと……推測ですが」

「わかった。私の方で確認をしてから総支配人に報告をする。ちなみにその部屋って」

「本日、宿泊のお客様はいらっしゃいません」

大木にすぐに確認を取ろうと思っていたのだがそれができなかったため、ルームアサインする際に七一〇二室だけ空けておいたのだ。

「そうか、助かった。さすがだよ、ありがとう。証拠がないとすぐには対処できないかもしれないから、あとはこちらで引き受ける。もうそろそろ帰る時間だろう？」

「はい、よろしくお願いします。では、私は戻りますね」

「あぁ、お疲れ様」

その後の唯への対応を考えるのは一華の仕事ではない。が、一華の想像通りだとしたら、彼女は大変なことをしでかしている。本人はおそらく、ことの重大さをまったく理解していないような気がするが。

(麻田さんを雇ったのが尊久さんなら、彼にまで影響があるかもしれない……大丈夫かな)

コネ入社ならば、彼女を雇用した責任を尊久が取らされる可能性だってあるのだ。

一華がフロントに戻ると、すでに定時となっていて、交代のスタッフが入っていた。

「林さん、もう時間ですよ」

「交代ありがとうございます。では、お先に失礼します」

一華は挨拶《あいさつ》をしてフロントを出ると、従業員通路から更衣室へと急いだ。

すると、仕事を終えて帰るところなのか、そこには唯の姿があった。なんというタイミングだろう。

「……お疲れ様です」

「お疲れ様で～す」

唯はロッカーの鏡の前で鼻歌を歌いながら化粧直しをしており、すこぶる機嫌が良さそうだった。

「なんだか嬉しそうですね」

用でもない限り自分から話しかけないのに、一華はつい聞いてしまった。化粧水の件で、彼女がなにを考えてこんなことをしているのか、知りたかったのもある。

すると、唯は嬉々とした顔で答えた。

「あ、わかります～？　そうなんですよ～。実は今日、総支配人のお宅にお邪魔することになっているんです。きっとお父様もいらっしゃるでしょうし、おめかししなくちゃ！　私、急ぐので、じゃあ！」

唯はばたんとロッカーを閉めると、高いヒールの音を立てながら更衣室を出ていった。

残された一華は、突然のことに訳もわからず呆然としてしまう。

（尊久さんの家に行くの？　麻田さんが？　どうして？）

彼からはなにも聞いていない。そもそも、唯と尊久の関係すら知らされていないのだ。胸の中にもやもやしたものが溜まっていき、知らず知らずのうちに一華は重苦しいため息をついていた。

（尊久さん……どうして？）

唯が尊久を慕っているのは態度でわかる。

仕事中にも堂々と彼にアプローチしているのだから、周知の事実だろう。尊久だって気づいているはずだ。

（それなのに、麻田さんと会うの？　お父様も一緒に？）

尊久の隣に彼女が立つ。そんな未来を想像し一華は青ざめた。尊久が、一華にするように唯に接したら。一華を抱くように、彼女を抱いたら。

（そんなの……そんなの、絶対にいや……っ）

彼を唯に渡したくない。自分が彼の手を取れないままずっと迷っていたら、彼女に奪われてしまうかもしれない。

尊久の口から唯の名前が出てきたことは一度もない。それに無理をしてまで自分と会う時間を作ってくれる彼の気持ちは疑うべくもないが、だからと言って安心できない。

だって一華は、尊久にまだなにも告げていないのだから。

（答えなんて、とっくに出てるじゃない）

三ケ月待ってくれると尊久は言っていたのに。一華の方がもう待ちきれなかった。

早く彼に好きだと言いたい。好きなのは自分だけだと言って安心させてほしい。

一華は急いで化粧を直すと、従業員専用エレベーターで地下に降りた。尊久の車を見つけ、運転席に座っている彼を確認してから助手席の窓をこつんと叩く。ロックが解除され、助手席に乗り込むと、勢いよく尊久に抱きついた。

「一華?」

尊久は急に抱きついた一華に驚きながらも、抱き締め返してくれた。

この人を誰にも渡したくない。自分だけに愛情を向けてほしい。

「どうしたの?」

あやすように髪に口づけられると、興奮で弾んでいた息が少し落ち着いた。

「今日……誰かと会う予定が、あるんですか?」

違うと言ってほしくて、一華は彼の胸に顔を埋《うず》めたまま試すように聞いてしまった。

尊久がどんな表情をしているのか、怖くて見られない。緊張のせいか、耳の奥で心臓の音が激しく鳴り響いている。

「予定? 特になにもありませんよ」

尊久はそう言うと、一華の顎《あご》に触れて顔を持ち上げた。

「一華。なにか不安があるなら、言ってください」

彼の言葉に泣きそうになりながらも、一華は声を絞りだした。

「尊久さん……あの、私……」

「はい」

尊久は一華の言葉を急《せ》かさずに待つ。もしかしたら一華の気持ちなど手に取るようにわかっているのかもしれない。それでも、一華が自分から言いだすのを待ってくれているのだ。

「私……尊久さんが、好きなんです」

そう告げた途端、尊久の目に喜色が浮かんだ。

一華はあまりの恥ずかしさに耐えきれず、ふたたび彼の胸に顔を埋《うず》めた。尊久の胸の中で彼の心音に耳を傾けている一華の髪に、何度も口づけが落とされる。

「もう、答えを出してもいいの？」

優しく穏やかな声が降ってきた。

その声を聞いていると、いつだって泣きそうになる。彼の腕に包まれていると、どきどきするのに、同じくらい安心もする。こんな気持ちになったのは尊久が初めてだった。

一華は胸に顔を埋《うず》めたまま、何度も頷いた。

「尊久さんが望むようなデートはできないし、あなたに無理ばかりさせてしまってるけど、私も……頑張りますから。あなたにずっと好きでいてもらえるように。だから、私と付き合ってください」

一華が勇気を出して告げると、当然だとでも言うように強く抱き締められた。

尊久の顔が近づいてきて、一華は彼の口元を指先で押し止める。

「一華？　キスはいや？」

「そうじゃなくて……一つだけ、聞いてもいいですか？　答えられないことだったら、そう言ってください」

「えぇ、どんなことでも」

尊久は一華の手を取り、唇へのキスの代わりであるかのように口づけた。早くキスをしたいと急《せ》かされている気がして、胸が高鳴る。

「麻田さんとの関係を、教えてくれませんか？」

一華が聞くと、尊久は眉を寄せ、苦い表情をした。やはり聞いてはいけないことだったのかもしれない。たとえば、悦子と繋《つな》がりのあるＶＩＰ客の娘だとしたら、お客様のプライベートに関わることは一華に教えられないだろう。

やっぱり言わなくていい、と口に出そうとしたところで、尊久がため息交じりに口を開いた。

「俺にとって麻田さんは、ただの一スタッフでしかありませんが……彼女がなにか言いましたか？」

尊久は苦虫を噛みつぶしたような顔をしていた。普段、穏やかな笑顔しか見せない彼にしては珍しい。

「今日、尊久さんの家にお邪魔すると言っていました。あと、自分がこのホテルで働いているのは、あなたのお義母様《かあさま》に頼まれたからだと。もし……話しにくいことでしたら、聞きません。でも、あなたの恋人は、私だけがいいんです」

先ほどの大木への報告には、個人的な感情を混ぜていない。それは断言できる。けれど、彼女と顔を合わせるたびに、彼のことを聞くたびに、心の中がもやもやしてしまうのだ。

一華が膝に視線を落として言うと、勢いよく腕を引き寄せられて、唇が塞《ふさ》がれた。

「んっ」

驚きのあまり彼の胸を叩くものの、強い力で後頭部を掴《つか》まれ、口腔《こうこう》を貪《むさぼ》られる。

お客様用の駐車場が別であることだけは救いだが、誰が見ているかもわからないのにこんなに激しいキスをするなんて。

息も絶え絶えになりながら唇を離すと、唾液で濡れた唇を指先で拭《ぬぐ》われる。

「キスで、誤魔化さないで……くださいっ」

「俺を喜ばせる一華がいけないんですよ。麻田さんに嫉妬してくれたんでしょう？　だから、クリスマスを待たずに答えを出してくれたんですか？」

図星を突かれると、顔中に熱が集まってきて、まともに尊久の目を見られなくなる。

「ちゃんと教えてください。俺ばかりが好きなわけじゃないと、思ってもいい？」

「はい」

恥ずかしさから声が震えて、唇を噛みそうになる。顎《あご》をすくわれ上を向かされると、あの夜のように唇に人差し指が触れた。荒れてかさついていた唇はすっかり治っている。今はキスのせいで、互いの唾液で濡れていた。

「良かった」

尊久は、心底安堵した表情で一華の身体を抱き締めた。

「私の気持ち、バレバレでしたよね？」

「嫌われてはいない、とは思っていましたよ。でも、俺の立場のせいで断りにくいのかとも考えました。嫉妬するほど好きになってくれていたのは予想外です。嬉しくて、誤魔化したように見えたならすみません」

たしかに尊久の立場で交際を迫られたら断りにくい、という話は納得できる。ただ、あのとき今後の仕事のことは頭を過《よぎ》ったものの、一華にその考えはなかった。

「たぶん……私は、名前しか知らなかったあの夜に、すでにあなたに惹かれていたんだと思います」

「そうですか」

尊久は微笑み、一華の髪を撫でながら自分の額《ひたい》を押し当ててくる。

一華の身体に常に触れていたいのか、尊久は額《ひたい》を離すと今度は頬に口づけをし、指と指を絡めた。

「麻田さんですが……義母のいとこなんですよ。小さい頃から姉妹のように育った間柄だそうです」

「お義母様《かあさま》の？」

彼の義母と言えば、悦子である。唯は悦子の親戚だったのか。

「ワシントンと東京間の引き継ぎで俺が日本にいないときに、義母が雇い入れました。俺の名前を勝手に使ったようで……あぁ、このことは秘密にしておいてくださいね。今、対応中ですから。で、俺が戻ってきたときには、すでに雇われたあとだったんです。彼女の評価に関わるので詳しくは話せませんが、彼女に問題行動が多いことは知っているでしょう？　各スタッフから度々報告が上がっていますから」

「ええ、まぁ」

今日も大木に報告を上げたばかりだ。

それにしても、尊久の名前を勝手に使って人事に口を出すなんて。あの悦子ならばそれくらいしそうではあるが、尊久からすれば迷惑極まりないだろう。

そんなコネ入社がまかり通って、真面目に仕事をしないのに自分たちと同じ給料をもらっていると周囲が知ったら、スタッフの士気に関わる。彼が秘密だと言うのも当然だ。

「でもどうして、塩崎様は麻田さんをうちのホテルで働かせたかったのでしょう？」

「どうやら義母が、麻田さんを俺の結婚相手にと画策しているようでして」

「あぁ……麻田さんがあんなに強気な理由がやっとわかりました」

ようやく合点がいく答えが見つかった。唯の完全な片思いだとしても、義母である悦子が味方にいるから、あれだけ大きな顔ができるのだろう。

「父が五年前に帰国し、四年前に義母の妊娠をきっかけに結婚しました。父は人間的におもしろおかしい人が好きなタイプでして、義母のことを借金まみれで可哀想だから拾った、と言っていたんですよ。正直、耳を疑いましたが、そう顔を合わせることもないだろうし好きにすればいいと思っていたんです。ただ義母は、俺を手中に収めればホテルも自分の好きなようにできると思っているようでして」

「いや……無理ですよね？　どう考えても」

いくら尊久が総支配人でかなりの権限を持っていたとしても、グランドフロンティアホテル&リゾート東京を好きにできるわけがない。

利益を出せなかったり、なにか問題を起こしたりすれば、すぐ総支配人が交代させられることだってあるのだ。

「えぇ、もちろんです。義母はお客様として対応できるので、そこまで問題はないのですが……麻田さんは一応、うちのスタッフですからね」

「ですよね……その意識はあまりなさそうですが」

「義母との繋《つな》がりがあるからでしょうね。義母にはなんの権限もないと知らないようですが」

本来ホテルの全スタッフが受けるはずのアルバイトフォロー研修、マナー研修、職種別能力研修をまったく受けていないのだと尊久は言った。

そのため、早々に今の持ち場を離れて、しばらくの間、研修を受けるように伝えたらしい。これ以上問題を起こす前に現場から離そうという判断なのかもしれない。だが、それを聞いた彼女は、掃除をしなくていいならラッキーと喜んだと聞き、一華は唖然としてしまった。

アルバイトであっても研修は数週間にも及ぶ。しかも、語学やマナー能力を試される大変過酷なものだ。あの唯に耐えられるとは思えない。尊久も同じ考えなのだろう、厳しい目をして頷いていた。

（すぐってわけじゃないだろうけど、今日のこともあるし、退職を勧められる可能性は大きいかも……）

尊久は部下に対して偉ぶることはなく、仕事のやり方も褒めて伸ばすタイプだが、有用ではない人材を放置しないことでも有名だ。

個人の裁量で使える十万円を私用で使った社員は、気づいた時にはいなくなっていた。クレーム対応に文句を言っていた派遣スタッフの契約をすぐに切った、などという話をよく聞く。

唯は働いて一年近くになるが、かなり問題行動が多い。尊久がいつまでも唯の雇用を継続するとは思えない。

「研修後は、彼女次第です。立場的にあなたに伝えられるのはここまでですが、俺が彼女に対してスタッフ以上の感情を持っていないのは、わかっていただけましたか？」

「はい……もともと、そこを疑っていたわけじゃないんです」

ただ、尊久のことを話す彼女に対して、もやもやする気持ちがあっただけだ。

彼に想いを伝えないでいるのがもう限界だっただけで、唯のことがなくても一華はクリスマスまで待てなかっただろう。

「それなら良かった。そろそろ送りますね。みんな、待っているでしょう？」

「本当だ。尊久さんといると、時間の流れが早く感じます」

一華が笑って言うと、からかうような眼差しが送られる。

「それは、もっと一緒にいたいという意味ですか？」

「わかってるなら……聞かないでください」

恥ずかしそうに答える一華に、運転席に座った尊久が嬉しそうに含み笑いを漏らした。

車の時計を見ると、約束の十五分はとうに過ぎていた。

だいぶ話し込んでしまったようだ。尊久がエンジンをかけて、車を発進させる。

「そういえば、お腹が空くと芳樹の機嫌がよけいに悪くなるんですよね」

芳樹の機嫌が悪くなると、ふたばとケンカを始め、小学生組は泣き喚《わめ》き、釣られた亜樹も泣く。

裕樹が家にいればいいが、残念ながら今日もアルバイトだ。

尊久は芳樹が反抗期真っ只中であることも知っていて、いつも家に来ると、いい意味で芳樹に触れないでいてくれる。話しかけられると返すが、積極的に質問をしない。その気遣いが嬉しいのか芳樹も尊久には懐《なつ》いていた。

「あぁ……俺にも覚えがあります」

「尊久さんにも⁉」

驚いていると、尊久はおもしろそうに笑って「俺をなんだと思ってるんですか」と言った。

「だって、反抗期とかなさそうですし」

「ありましたよ。思い出すと恥ずかしいですが、母親代わりをしてくれていた住み込みの家政婦に八つ当たりをして。特に空腹時なんて、ただ話しかけられるだけでも苛立《いらだ》ってましたね」

「全然、想像つかないです」

「そうですか？　たしかに芳樹くんみたいにわかりやすくはなかったですが、ふてくされて部屋に閉じこもったこともありますよ」

「それで、どうなったんですか？」

尊久は苦笑しながら、首を横に振った。

「それが、どうにもならなかったんですよ。母は亡くなっていて、父は放任主義の仕事人間で家に帰ってきませんでしたし、家政婦も死ななければいいというスタンスの女性だったので、きちんと食事だけ部屋の前に置いていて。三日で飽きましたね。反抗したところで無意味だと気づきました。父はその間帰って来なかったので、俺に反抗期があったことも知らないと思います」

「あははっ、そうなんですか」

こらえきれず噴きだすと、尊久も目を細めて笑みを浮かべた。

「一華は、反抗期なかったでしょう？」

尊久はハンドルを切りながらも、視線だけをこちらに向けて口を開いた。

「どうしてわかるんですか？」

一華が中学生になった頃、芳樹が生まれた。その三年後に美智が生まれ、裕樹やふたばの面倒を見ながら、芳樹のおむつを替えたりミルクの準備をしたりと、反抗する暇もなかったのだ。

「その時期は、芳樹くんや美智さんが生まれた頃でしょう。一華なら、思うところがあってもお母様のために必死に育児を手伝っていただろうなと簡単に想像できますから」

「……そうですね、内心は思うところばかりでした」

もっと友人と遊びに行きたいのに、どうして自分ばかりと今と似たようなことを思っていた気がする。ただ、大変そうな母を見ていたら、手伝わずにはいられなかっただけで。

「でも、口には出さなかったでしょう？」

「当然です。そんなにわがままじゃありません」

これでも八人きょうだいの長女なのだ。

空気は誰よりも読めるし、フォローも得意。わがままを言える空気じゃないのは察していた。

「じゃあ、俺にはもっと甘えてわがままを言ってくださいね」

「わがまま……なかなか難しいです」

「そんなあなたが好きなんです。だから俺は、一華を甘やかすことに全力を注ぎます」

「なんですか、それ」

一華が噴きだすと、信号待ちで停まったタイミングで頭ごと引き寄せられた。

額《ひたい》に唇が触れて、すぐさま離れる。

わがままを言って許されるのならば、このままどこかに連れ去ってほしい。そんな思いに駆られながら、一華は数十分のドライブを楽しんだのだった。

＊　＊　＊

つい数時間前に一華から告白の返事をもらった尊久は、浮かれた気分で休憩を終えて、総支配人室に戻った。

嫌われてはいないと思っていたし、時間をかければ気持ちが通じあっていくであろうとも想像していたが、まさか唯に嫉妬してまで自分を想ってくれているとは予想していなかった。

それに、約束のクリスマスはまだ二ヶ月も先なのに、こんなに早く両想いになるとは。

一華に恋心を抱いてから、半年近く声をかけるタイミングがなかった。職場で一華になにかを求めれば、それは命令となってしまうだろうと考えたからだ。

あの夜、肩を落として歩く一華を見かけたのは偶然だが、彼女を追いかけてホテルのバーに足を運び、弱った心につけ込み関係を迫ったのは尊久の意思だった。

絶対にこのタイミングを逃せないと思った。

散々愛を囁《ささや》いたが彼女にはまったく伝わらず、一夜かぎりの関係だと思われていたと知り落ち込んだものの、そのときにはすでに手放せないくらい溺れていた。

けれど、母親代わりが自分の役目だと頑《かたく》なに思い込んでいる一華の心を解きほぐすのは、そう簡単ではなかった。一華にとっては家族が一番で、そこに入り込むのはたやすくはない。

そんな一華が、家族と同等とはいかないまでも、自分に心を預けてくれたのだと思うと、嬉しくてたまらない。

唯とはなんの関係もないが、彼女がいなかったら、一華との交際にもっと時間がかかったかもしれない。そこだけはあの迷惑な女にも多少感謝してもいいと思えた。

関係がない――尊久としてはそう思っているが、義母や唯にとっては違うことも知っていた。

(またですか……)

尊久は胸の中で振動するスマートフォンを取りだし、発信元の表示を見てため息を漏らした。

着信を無視すれば、今日の昼のように代表電話にかけてくるに決まっている。面倒な女と結婚した父に文句の一つも言いたい。

悦子はまだ三十代と若く、父よりも自分との方が年が近い。

高級クラブの元ホステスで、五年前に日本に帰国した父と出会い、結婚した。財産目当てであることは父も気づいているが、別にいいのだと言っていた。

グランドフロンティアホテル&リゾートワシントンで総支配人を務めてきた父は、根っからのホテリエだ。誰かに喜んでもらうことが好きで、そのためには私財をなげうっても構わないとさえ思っている。悦子からすれば鴨が葱《ねぎ》を背負ってやって来たように見えただろう。

「はい」

尊久は通話をタップすると、低い声で電話に出た。

『尊久さん？　今日は、久嗣《ひさつぐ》さんと唯ちゃんと食事をする予定だと連絡したでしょう。どうしてこちらに来ないの？』

「悦子さん。私は忙しいと伝えたはずです。どうぞ父とあなた方で楽しんでください」

『唯ちゃんもあなたと話をしたいって言っているのよ？　仕事中じゃなかなか話す機会がなくて寂しいんですって。彼女は長く接客業として働いていたし、尊久さんと話が合うと思うの。せっかく家に呼んだのに、私の顔をつぶすつもり？』

「顔をつぶすもなにも、昼の電話でも断ったでしょう。一スタッフと個人的な付き合いをするつもりはありませんし、彼女のためにもなりませんよ」

『久嗣さんだって、あなたがいい歳をしてお相手がいないことを気にしているわ。あなたのような立場だと、下心のある女が次々と近づいてきて大変だって。変な女に騙《だま》されて、塩崎家の財産を食いつぶされたらたまったものじゃないものね。その点、唯ちゃんなら私のいとこだし信用できるわ』

下心のある女の筆頭であった悦子の言葉とは思えない。唯は悦子以上にわかりやすく、尊久の地位と立場に擦《す》り寄ってきていることを知らないのだろうか。

悦子は、結婚した当初、父にこのホテルでの地位をねだったらしいが、さすがにそれは許されなかった。当然である。

だが、強欲な悦子は断られたことが気に食わなかったのだろう。

尊久が総支配人の地位に就いてからというもの、客としてホテルに宿泊し始め、尊久の母親であることを笠に着て口を出してくるようになった。

適当にあしらっていると、尊久には一言の相談もなく人事に話をつけて、唯を働かせていた。その際、勝手に尊久の名前を出したようだ。

もしも自分がその場にいたら、いつも通り面接を行っていたはずだが、その時は前総支配人との引き継ぎの関係でワシントン支社と日本を行ったり来たりしており、気づいたのはアルバイトとして配置されたあとだったのだ。

悦子はどうしても、自分の子飼いである唯を尊久に近づけ、ここでの実権を握りたいらしい。

「彼女はうちで働ける力量ではありません。適性に欠けているとマネージャーから報告を受けていますし、私も同意見です。近々、フォロー研修やマナー研修を受けるように伝えましたが、結果次第では退職勧告もあり得ます。わざわざ手を回して、彼女をアルバイトとして入社させたあなたには申し訳ないですが」

『そのマネージャー無能ね。誰よ』

「あなたに人事に口を出す権利はありませんよ」

『唯ちゃんが無能だって言うなら、配属先に問題があるのではないの？　唯ちゃんに掃除をさせているって聞いたわよ。掃除程度の仕事を彼女にやらせるなんて……唯ちゃんは優秀なホステスだったの。お客様には会社の経営者が多かったし、一晩で一千万の売上を上げたことだってあるわ』

同じサービス業であっても、ホテルとクラブでは求められる能力はまったく違う。

尊久は深く息を吐きながら、口を開いた。

「あなたがバカにする〝掃除程度〟も、麻田さんはまともにできていませんが」

『ふんっ、わかったわよ……ほら、勇斗《ゆうと》、代わりなさい』

スマートフォンから聞こえてきたのは、幼い子どもの声だ。

『尊久お兄ちゃん？』

「勇斗……」

尊久はため息をこらえて、眦《まなじり》を細める。自分では分《ぶ》が悪いと踏んで、息子である勇斗に尊久を家に呼ぶように言って聞かせたのだろう。子どもを都合よく利用する悦子のやり方は、やはり気に食わない。

『今日お兄ちゃんが来るって、お母さんが言ってたから、みんなご飯を待ってるよ』

「勇斗もまだ食べてないの？」

勇斗は父である久嗣と悦子の間に生まれた子どもで、まだ三歳なのにとても利発だ。

父としては当初、借金返済に追われていた悦子に同情し、多少の援助をしてあげるだけのつもりだったらしい。悦子が父の子どもを妊娠しなければ、結婚することはなかったはずだ。

悦子からすれば、父は天の佑助《ゆうじょ》であっただろうし、そんな相手を離すわけがない。都合よく妊娠したものだとは思うが、勇斗が父の子であることは間違いなかった。悦子に似ていないことがせめてもの救いである。

『うん……お母さんが、お兄ちゃんが来るまでは待っていてあげてって』

もう二十一時を回る時間だ。尊久は今度こそ深いため息をついた。

「わかった。これから行くから、勇斗は先に食べていて。お腹が空いただろう。それに、もう寝る時間だよ」

『わかった。ご飯食べながら待ってる』

通話を終えて、帰り支度をしていると、ドアをノックする音が聞こえた。

「はい」

「失礼します……すみません、お帰りのところ」

「いえ、大丈夫ですよ。報告書ですか？」

ドアを開けて入ってきたのは、宿泊部のマネージャーである大木だ。手が空いたため報告に来たのだろうと思っていたが、なにやら疲れた様子で肩を落としている。

「ええ、報告書をお持ちしました。あと……フロントサービス係の林さんから帰り際に報告があったのですが……」

尊久は大木から報告書を受け取り、話を聞いた。

一華は特になにも言っていなかったが、そういえば、エレベーター前で会ったときになにか考え込んでいるようだった。マネージャーに報告を上げると言っていたから、その件だろう。

「実は……ハウスキーパーの麻田さんなのですが……」

大木から語られた内容に尊久の目が鋭くなっていく。

父は、本当に面倒な女と結婚してくれたものだ。

尊久は先ほどと同じことを考えながら、大木にいくつか指示を出し、帰路に就いたのだった。

第四章

尊久と付き合い始めてから二ヶ月が経った。

今日はクリスマスイブ、しかも土曜日ともあってホテルの部屋は宿泊客でいっぱいだ。

唯からの嫌味がストレスになっていた一華としては、彼女が研修でいないだけで平穏な日常が戻ってきたように感じ、どれだけ忙しくてもほっとする日々だった。

尊久とは、相変わらず週に数度、数十分のデートを重ねている。

彼はそんなデート内容にもまったく不満を見せないし、むしろ、一華の方が寂しさを覚えてしまうほどだった。それに、一華の家族からも会うたびに歓迎されており、一ヶ月ほど前には父を交えての食事会をした。

いつの間にか、父を始め裕樹やふたば、芳樹ともメッセージアプリで繋《つな》がっていたようで、姉として少しだけ彼に嫉妬してしまう。

(でも、一度目以来……キスだけ、なんだよね)

彼と運良く休みが合ったとしても、一華には自由になる時間が極端に少ない。

当然、あの夜のようにホテルで過ごせるような時間は皆無だ。

正直に言えば、もっと二人だけで過ごしたいし、キスだけでは物足りないと思う日もある。けれど、彼に我慢を強《し》いている自分が寂しいなどとわがままを言えるはずもなく、それを言ったところで叶える手立てもない。

(ふたばと芳樹の受験も大詰めだしね……我慢するしかないか)

それなのにことさら寂しいと思ってしまうのは、今日がクリスマスイブというのも理由だろう。手を繋《つな》いでフロントに現れるカップルを、今日だけで何組も見ているフロントサービス係の面々は、恋人の有無にかかわらず同じ心境のはずだ。

(何年もそんなこと気にしてなかったのにね)

尊久という恋人ができたからだろう。

今まで家族と仕事のことで頭がいっぱいだったのに、最近ではそこに尊久も加わり、しかも大半を占めているなんて。

とはいえ、これ以上考えたところで、より寂しさが増すだけだ。

一華は、仕方がないと自分を納得させて、仕事をこなしていった。

「すみませ～ん」

「はい、ご予約のお客様でいらっしゃいますか？」

一華は、フロントに来た男女が予約客ではないとわかっていながらも、そう尋ねた。

彼らは、おそらくウォークイン――予約なしで、空き部屋があるか探しに来たお客様だろう。

「部屋、どこでもいいので空いてないですか？　どこもいっぱいで」

「申し訳ございません。あいにく本日はすべてご予約でいっぱいとなっております」

「え～空いてないんですか？」

男性が不服そうな声で言った。女性も隣で肩を落としている。

「当ホテルには空きがございませんが、近隣のホテルで空きがあるかをお調べいたしますので、こちらにおかけになってお待ちいただけますか？　ただいまお飲み物をお持ちします」

一華はお客様をロビーの空いているソファーへ案内した。時間がかかることを見越してインカムで宿泊部のオフィス課に連絡を取り、手の空いているスタッフに飲み物を頼む。

「探してもらえるんならいいじゃない。待ってようよ。歩き疲れちゃったし」

「仕方ないな～早めに探してくれよ」

「かしこまりました」

フロントに戻ると、スタッフを総動員し近くのホテルの空き状況を調べた。二十分かかりようやくキャンセルが出た近隣ホテルを見つけ、カップルに案内し終わったときには、とっくに定時を回っていた。

「調べてくれてありがとうございました」

「いってらっしゃいませ」

一華が頭を下げると、もう一度礼を言い、カップルは腕を組んでホテルを出ていった。彼らがいつかうちのホテルを利用してくれますようにと願いつつ、交代のスタッフに引き継ぎを済ませる。

（疲れた……さすがに今日は休憩する暇もなかったし）

一華は夜勤スタッフに挨拶《あいさつ》して更衣室へ向かった。

今日の夜勤に入る人数は通常の倍を予定している。これほど忙しい日だ。同僚への罪悪感はあるが、大木が自分を高く買ってくれていることがわかった今、これからの働きで恩を返すしかない。

クリスマスを彼と過ごせないことを寂しがるより、もっと仕事を頑張らなければ。

（でも、私もクリスマスに尊久さんといちゃいちゃしたい……って思うくらいは、いいよね）

エレベーターの階数表示を横目に見ながら、一華は更衣室のドアを開けた。

彼は今、総支配人室にいるだろうか。今日はなんの連絡もなかった。もともと会える日ではないし、忙しいとわかっていたため最初から期待していなかったが。

（迷惑だってわかってるけど、ほんの少しだけ顔を見るのも、難しいかな）

とはいえ総支配人室に乗り込むわけにはいかないので、メッセージを入れて、すぐに既読がつかなかったら諦《あきら》めようと考える。

わがままを言って甘えろと言ったのは尊久だ。一華はそう決めて、ダメ元でメッセージを送った。帰る前に、少しでいいから会えないかと。

すると、メッセージを送ると同時に尊久からメッセージが入り、驚く。

（あれ、同じタイミングで送ってた？）

尊久からのメッセージは『話があります。エグゼクティブスイートに部屋を取ったから、そこで待っていてください』というもの。

話とはなんだろう。不思議に思いながらも、彼に会えるのは嬉しかった。

（泊まっていければいいのにね）

父は今日の夕方に帰宅予定だが、美智も詩織も亜樹もいる。ふたばと芳樹は図書館かどこかで勉強しているので、裕樹が下の子たちの面倒を見てくれているだろうが、一人では大変だ。早めに帰らなければならない。

十五分も話せないかもしれないと考えながら、一刻も早く尊久に会うべく、一華は手早く着替えを済ませた。

ロッカーの鏡を見ながら化粧を直して、従業員専用のエレベーターで最上階にあるエグゼクティブフロアへ向かう。

「お疲れ様です」

「総支配人から話は聞いています。どうぞ」

「ありがとうございます」

エグゼクティブフロアにいる専任コンシェルジュは、なにも尋ねることはなく一華を部屋に案内してくれた。尊久はまだ来ていないらしい。

従業員として何度か室内に足を踏み入れたことはあるが、今は仕事ではない。この部屋で朝まで彼と過ごせたらどんなにいいだろう。ついそんな想像をしてしまい、頬に熱がこもった。我慢ができていないのは、やはり自分のようだ。

「こんなんじゃ尊久さんに変に思われちゃう」

一華は手に持ったコートを近くにあった椅子にかけて、室内を見て回った。

エグゼクティブスイートは一泊百万円を超える部屋で、ここを利用するのは誰もが知る有名人や政治家、外国からの賓客だ。

当然、家具も調度品もそのどれもが一級品だし、清掃は完璧に行われている。入り口の近くには書斎があり、大きなデスクが置かれていた。その奥にリビング、寝室と続く。

部屋を見回ったあとソファーに座り、窓から夜景を見ていると、部屋のチャイムが鳴り、ドアが開いた。

中に入ってきたのは尊久で、彼の手には赤い薔薇《ばら》の花束が抱えられていた。

「お待たせしました」

「尊久さん……それ」

「一華に。メリークリスマス」

まだ彼の仕事は終わっていないはずだ。それでも初めて一緒に過ごすクリスマスだから、恋人らしいことをしたいと考えてくれたのだろう。

尊久はいつも、一華を喜ばせようとしてくれる。彼と付き合っていると自分ばかりが嬉しい。その想いに一華は応《こた》えられているのだろうか。どうすれば、彼を喜ばせられるのだろう。

「ありがとうございます。嬉しい」

花束を受け取り、一華は涙をこらえるように唇を引き結ぶ。

「いつも……少ししか一緒にいられなくて、ごめんなさい。今日だって……」

この部屋に来てからどれだけ時間が経っているだろう。そろそろ一華は帰らなければならない。今日は、時計を見るのがいやだった。まだもう少しだけ大丈夫なはずだと、気づかないふりをしてしまう。

(だめだよ……なによりも、あの子たちを優先するって決めてるのに)

尊久を好きになってから、一華はどんどん欲張りになった。数十分のデートでは満足できなくなり、毎日彼の顔を見たい、声が聞きたいと思うようになった。さらに、忙しいのをわかっていてクリスマスイブに会いたいだなんて。

「今日は時間を気にしないで一緒に過ごしましょう。一華、メッセージを見て」

そんなことできるはずがないのに、どういうことだろう。一華が戸惑いながらも顔を上げると、尊久はスマートフォンを取りだして、父とのメッセージのやりとりを見せてくれた。

「お父さん？　え、これって……」

メッセージアプリには、一ヶ月ほど前からの父と尊久のやりとりが残されていた。

尊久からの最初のメッセージは、『クリスマスイブの夜は一華と二人で過ごしたい』。そして『ベビーシッターとケータリングサービスを手配したので、裕樹やふたばにも伝えてほしい』というメッセージだった。

父は、そこまでしてもらわなくてもこちらでなんとかすると返信していたが、弟妹たちにも楽しいクリスマスを過ごしてほしいという尊久からの説得に折れたようだ。

そのとき一華のスマートフォンが小さく振動し受信を知らせた。まさかと思いアプリを確認すると、案の定、家族からのグループメッセージへの受信だった。

「裕樹……それにふたばまで……」

ふたばからは、メリークリスマスというスタンプと共に、『たまには尊久お兄さんとゆっくりデートして来なよ』というメッセージが送られていた。

裕樹からは、『ケータリングで朝食も手配してくれたみたいだから、朝も帰って来ないでそのまま仕事に行けば』と、こちらを気遣う内容だった。

「尊久さん……こんなにしてもらって、よかったんですか？」

「俺が、一華と一緒に過ごしたかったんです。それに、デートの時間が少ないことを気にしていたでしょう？」

「知ってたんですね」

「本当は、もっと会いたいからなんとかしてほしいと、一華に甘えられることを期待していたんですよ。でも、それより前に、俺が一華を抱きたくて耐えられなくなりました」

尊久は拗《す》ねた表情を見せたあと、からかうような眼差しで一華を見つめた。

（もっと会いたいって……言ってよかったの？）

どうせ叶わないと諦《あきら》めず、思いのままに尊久に打ち明けていればよかった。尊久はきっと、たやすく一華の願いを叶えてくれていただろう。

「私も、同じです。困らせちゃいけないってわかってたのに、あなたに会いたくて、どうしても我慢できなかった」

一華が言うと、腕に抱えた花束とスマートフォンを取り上げられ、近くのデスクに置かれる。彼の胸に抱き留められると、もう限界だった。

喉が詰まり、涙が溢《あふ》れる。一緒にいられることがこんなにも嬉しくて、声を上げて泣いてしまいそうだった。震える唇を開き、言葉を詰まらせながら彼に想いを伝える。

「本当は……いつも、車で帰るとき、このままどこかに連れていってくれればいいのにって、思ってたんです。一時間も一緒にいられないことが、寂しくて、もっと一緒にいたいって、ずっと。デートの時間が少なくて、申し訳ないって気持ちも、もちろんありましたけど、それより、私が尊久さんに抱かれたか……っ」

言葉の途中で食らいつくような口づけを贈られ、みだりがわしく舌を搦《から》め取られる。手のひらで背中を撫でられると、腰から覚えのある疼《うず》きが湧き上がってきて、全身が熱く昂《たかぶ》っていく。

「はぁ……っ、ん、ふ……ぅっ」

「俺に、抱かれたかったんですか？」

キスの合間に囁《ささや》かれて、熱い吐息が唇にかかる。

息遣いにさえ感じてしまいそうで、一華は全身を小さく震わせながら首を縦に振った。

「俺も、ずっと抱きたかった」

感情が胸の中から溢《あふ》れて、涙が止まらなくなる。

想いを伝え合うように口づけあいながら、一華は車中でのデートを思い出す。

車の中でキスはしていたけれど、いつだって情欲を伴う口づけに至る前に身体を離していた。尊久は、いつも通りの時間に家に送る、という約束を決して破らない。それをもどかしく思うほど、一華は彼に焦《こ》がれていた。

彼もまた、そんな一華と同じ気持ちでいてくれたのか。

「ん、んっ、はぁ……」

舌を舐めしゃぶられ、強く啜《すす》られる。キスに溺れ、頭の奥が陶然としてくる。

気づくと、アップにした髪が解《ほど》かれていた。頭皮をマッサージするように後頭部に差し入れられた手のひらが動き、その刺激さえ甘い快感となり身体を駆け抜ける。

「だ、め……っ、立って、いられな……っ」

膝から崩れ落ちそうになると、一華の腰を支えた尊久が軽く身体を持ち上げた。そして、真後ろにあったデスクに押し倒される。硬い木の感触が背中に伝わり、デスクに置かれたライトが振動でかたんと揺れた。一華の背丈ほどの横幅がある大きなデスクは、人が二人乗ったくらいでは軋《きし》む音すらしない。

「一華、ベッドまで我慢できそうにありません。このまま、いいですか？」

答えの代わりに覆い被さってくる尊久の背中に腕を回すと、ふたたび口づけが始まった。

尊久は口腔《こうこう》を舐めしゃぶりながら、布越しに乳房を上下左右に揉みしだく。彼にしてはやや性急な手つきで、着ているブラウスのボタンを外していった。ブラジャーを強引にずらすと、熱を持った手のひらが乳房の上を這う。

「たかひ、さ……さっ、好き」

「俺も、あなたが好きで、好きで、たまりませんよ」

柔らかい胸の肉を堪能するような淫《みだ》らな動きによって、乳首が硬く凝ってくる。

もう片方の手で、髪をかき乱すように頭を押さえられるが、どこに触れられても気持ち良かった。

「胸……気持ち、いいっ」

乳房を押し回しながら、赤く色づいた乳首を指先で転がされる。乳首を上下に爪弾《つまび》かれ、時折、引っ張り上げられる。すると痛みにも似た快感が胸の先端から生まれ、びくりと一華の腰が震えた。

「乳首が硬くなってきましたね。これも気持ちいいですか？」

彼は、摘まめるほどに硬く尖《とが》った乳嘴《にゅうし》を、指の腹で素早くくるくると転がした。

「あ、あっ、それ……好き、いい……もっと」

「本当に可愛い人ですね」

一華は、スカートが捲《めく》り上がるのも構わずに腰をくねらせ、彼の身体に腰を押し当てた。

スラックスの前はすでに硬く張っており、脚の間に屹立《きつりつ》をぐいぐいと押しつけてくる彼からは、いつもの静謐《せいひつ》な空気など欠片《かけら》も感じない。欲望のままに貪《むさぼ》らんとする雄の気配に包まれている彼を見るだけで、全身がぞくぞくと甘く痺《しび》れる。

「全部、脱がしますよ」

中途半端に腕に引っかかっていたブラウスとブラジャーを脱がされ、スカートを脚から引き抜くと、丁寧にストッキングを下ろされた。

明るい部屋でショーツ一枚の姿を見られる恥ずかしさから、つい太腿に力を入れて、腕で胸を隠してしまう。

「そういう振る舞いは、男を悦《よろこ》ばせるだけだと知っていますか？」

口元を緩《ゆる》めた尊久は、そう言いながら楽しそうにショーツのクロッチに指を這わせてきた。そこはすでにじっとりと濡れていて、指で擦《こす》られるたびに濃い色のしみが浮かぶ。

「し、知らな……ひぁ……っ、あ、あぁっ」

きつく閉じた脚から力が抜けて、尊久の手を受け入れるべく膝が開いていく。指の腹で陰唇を撫でられていくうちに蕩《とろ》け切った蜜壺がぱっくりと口を開け、たらたらと愛液をこぼす。濡れて肌に張りつく感触を不快に思っていると、ショーツをするすると下ろされた。

「全部、俺に見せてください」

膝を持ち上げられ、左右に開かれる。濡れそぼった秘部に熱のこもった視線が注がれた。胸を隠している手を太腿に持っていくが、なんの目隠しにもならない。欲情した尊久の表情を見ているうちに、羞恥心《しゅうちしん》すらも甘い媚薬に変わっていった。

「あ……っ」

見つめられれば見つめられるほどに、興奮が高まっていく。触れられてもいないのに愛液が溢《あふ》れ、つぅっと陰唇を伝い、臀部《でんぶ》へと流れ落ちていく。

「物ほしそうにヒクついて、とてもいやらしい」

尊久は感に堪《た》えない声を漏らし、喉を鳴らした。濡れた秘裂に指を這わせ、襞を開き、蜜穴を露《あら》わにする。飢えた獣のように乾いた唇を舐めると、媚肉の浅い部分に指を差し入れた。

「は……だって、あぁっ、早く……ほしっ」

一華がそう言う間にも前後に指を揺らされ、愛液がとろとろと溢《あふ》れだす。ゆっくりとした指の動きに合わせて、くちゃ、くちゅっという淫音が響き、デスクに流れ落ちていった。

「俺がほしくて、これほど濡らしてるの？」

彼は指を引き抜き、一華に見せつけるように手を翳《かざ》した。血液が沸騰したかのように全身が熱く火照《ほて》り、思わず目を逸らすと、脚の付け根がつるほどに太腿を大きく左右に押し開かれる。

「そんなに……見ないでください。恥ずかしい」

「俺に見られるのは、いや？」

一華の心意を探るように見つめられ、それ以上なにも言えなくなってしまう。一華がいやだと言えば、彼が手を止めてしまうのをわかっているから。

「いやじゃないって……わかってるでしょう。でも、恥ずかしいの」

「先ほども言ったでしょう。そういう言葉は俺を悦《よろこ》ばせるだけだと。では、そのうち慣れてくださいね」

尊久はそう言って、ふたたび蜜口に指を押し込んだ。そして脚の間に顔を埋《うず》めてくる。

「あ、あぁっ、舐めちゃ、や」

ぴちゃりと卑猥《ひわい》な水音が立つ。敏感な陰核を舌で転がされる感触に、背筋がじんと痺《しび》れる。

ぴんとそそり勃ったクリトリスを唇で挟まれ、舌の先で舐め回されると、目の前で火花が散るような強烈な快感が頭の先まで突き抜けた。

「ひぁ、あっ、あぁあっ」

一華はびくびくと腰を波打たせながら、きっちりとセットされた尊久の髪をくしゃくしゃにかき乱した。ぬるぬると舌を動かされるたびに、全身が淫《みだ》らに跳ねてヒクついた蜜穴から愛液がじゅわりと迸《ほとばし》る。

「先に達《い》かせてあげたいですが、俺も……けっこう、限界なので」

くちゅ、くちゅと音を立てながらクリトリスをしゃぶる尊久に、やや性急な指の動きで媚肉を擦《こす》り上げられた。膣穴が解されていき絶えず蜜が流れだすと、指が隘路《あいろ》の奥深くに入ってくる。

ざらついた媚肉を指の腹で擦《こす》られ、さらに美味《おい》しそうにちゅうちゅうと花芯を啜《すす》られる。強烈な快感が引っ切りなしに迫り、一華の身体にじりじりと焼けつくような焦燥感が迫ってくる。

中を拡げるように指をばらばらに動かされると、最奥がきゅうっと痛いほどに疼《うず》いた。

「あ、あっ……もう……いい、から……早く」

一華は髪を振り乱しながら、息も絶え絶えに訴えた。脚の間から顔を上げた尊久が、濡れた口元を手の甲で拭《ぬぐ》い、自分のジャケットに手をかけた。いつもの彼には似つかわしくない乱暴な仕草でそれを脱ぎ捨て、ネクタイを緩《ゆる》める。

ワイシャツのボタンを外し、汗に濡れた髪をかき上げる尊久は、目を瞠《みは》るほどの色香を湛《たた》えていた。そこにいつもの余裕はない。自分をほしがっていることが嬉しくて、一華は誘うように腕を伸ばす。

「尊久さんが、ほしいの。挿《い》れてください」

その言葉が合図であるかのように、尊久はベルトを勢いよく引き抜き一華に覆い被さった。いきり勃つ男根に避妊具を被せ、蕩《とろ》けきった蜜口に押し当てると一気に最奥を貫《つらぬ》く。

「あぁぁっ！」

ぐじゅっと愛液の泡立つ音が響き、隙間なく下肢が密着する。その瞬間、意識が遠退きそうなほどの快感に襲われ、一華の全身が痺《しび》れた。散々、快感を与えられ続けた身体があっという間に絶頂に押し上げられてしまう。

「あ、あっ、あ……今、動いたら……すぐ……達《い》っちゃう……っ」

「いいですよ。一緒に達《い》きましょうか」

心地好さの余韻に浸《ひた》る暇もなく、両足を抱え上げられ、ゆっくりと引き抜いた男根をふたたび最奥まで一気に貫《つらぬ》かれた。さらに腰をぐいぐいと押しつけられ、硬く張った雁首で媚肉を擦《こす》り上げられる。襞を巻き込みながらずるりと男根が引き抜かれると、それを一気に押し戻す勢いで穿《うが》たれた。

それを何度も何度も繰り返される。

「はぁ、あ、ん、あぁぁっ」

快感の最中にいた一華は、終わりのない絶頂の波に攫《さら》われる。

「触れてもいないのに、乳首をこんなに勃たせて。どれだけ俺を溺れさせるつもりですか」

腰を動かしながらも、彼は自《みずか》らの舌で指を湿らせると、つんと尖《とが》った乳嘴《にゅうし》を指で弾いた。

「ひゃ、あっん」

「あまり弄《いじ》ると、取れてしまいそうだ」

乳房を鷲掴《わしづか》みにされ、押し回すように捏《こ》ねられた。そして濡れた指先で、乳首を転がされる。

「こちら側は、舐めてあげますね」

突きだした舌で反対側の乳嘴《にゅうし》を舐められ、口の中で転がされた。じゅっ、じゅっと乳嘴《にゅうし》をいやらしく啜《すす》る音が響く中、下肢から聞こえる水音も激しさを増していく。

尊久は先端ぎりぎりまで引き抜いた男根を、根元まで一気に押し込んだ。

子宮口を押し上げるような動きで蜜襞を擦《こす》り上げ、今度は親指の腹で愛液にまみれた陰核をぬるぬると弄《いじ》る。

「それ……んんっ、すぐ、気持ち良く、なっちゃう……からぁっ」

一華は左右に髪を振り乱しながら、甲高い嬌声《きょうせい》を上げる。あまりの快感に涙がぼろぼろと溢《あふ》れて、止められない。思わず太腿を押さえる彼の腕を掴《つか》むと、空いた手が繋《つな》がれた。

「もっと見せて。俺の手で乱れるあなたは、とても可愛いですよ」

興奮しきった尊久の息遣いに煽《あお》られるように、隘路《あいろ》が収縮して彼のものをさらに奥へと引き込もうとする。止めどなく溢《あふ》れる愛液が花芽を弄《いじ》る尊久の指を濡らし、ますます滑りが良くなっていく。

「ここを強く弄《いじ》ると、もっと可愛い反応を見せてくれるでしょう？」

クリトリスを素早くくるくると捏《こ》ねられると同時に、ゆっくりとした腰の動きで隘路《あいろ》を穿《うが》たれた。

たんたんと叩きつけるような律動で追い詰められると、目眩《めまい》がするほどの強烈な快感が引っ切りなしに訪れる。

「も……あ、達《い》く……っ、達《い》っちゃ」

がくがくと全身が揺さぶられて、彼の腕をぎゅっと強く掴《つか》みながら激しくいきむ。すると、身体の中で脈動する怒張がさらに大きく膨れ上がり、一華を攻め立ててきた。

「あぁ……一華……そんなに締めつけないで。我慢できなくなる」

「締めつけて、なっ……あ、無理っ……ん、あっ、あぁあぁぁっ」

下腹部がきゅうっと痛いほどに収縮し、目の前が真っ白に染まっていく。

全身が硬直し絶頂に達すると、男のものを奥へと引き込むような動きで、媚肉が蠢《うごめ》いた。

腰をびくびくと小刻みに震わせながら、迫りくる法悦の波に襲われる。目の奥がじんと熱くなり、涙が頬を伝いこぼれ落ちた。

するとさらに激しい動きで容赦のない律動を送られる。

「あぁっ、待って……達《い》ってるの、今、だめぇっ」

「すみません……止められない……っ」

ぐちゅ、ぐちゅっと絶え間なく卑猥《ひわい》な音が響き、彼の口から荒い息が漏れた。

腰を押し回しながら感じやすい部分をごりごりと擦《こす》られ、本能のままに混じり合う。折り重なるように身体が密着し、唇が塞《ふさ》がれる。

「ん、んんん〜っ」

口腔《こうこう》を余すところなく舐めしゃぶられ、びくびくと身体を震わせながら迫りくる絶頂感に耐えていると、ふいに両手を取られ、真上で括《くく》られる。

「たかひ、さ……さん?」

穏やかな仮面に隠された尊久の獰猛《どうもう》な気配を感じた途端、さらに深く腰を叩きつけられた。

両手が塞《ふさ》がれて身体の動きを制限されているせいか、より深く快感を拾ってしまう。

「ひぁ、あぁっ、だめっ、そんな、奥……っ」

隘路《あいろ》が彼で埋め尽くされる。これ以上ないほど深い部分をがつがつと貪《むさぼ》られ、身動きの取れない身体が激しく波打った。下半身が重くなり、さらに強く彼を締めつける。

「一華……一華……っ」

「ふ……う、ん、ん……っ」

欲情が灯《とも》った目に射貫かれたあと、食らいつくような口づけが贈られる。

じゅっと強く舌を啜《すす》られて、突きだした舌の先をくるくると舐め回された。舌を辿《たど》り尊久の唾液が口腔《こうこう》に注がれる。言葉にしなくとも視線だけで呑めと言われているのがわかる。一華が喉を鳴らすと満足そうに目を細められた。

舌先を弄《もてあそ》ぶようにちろちろと舐《ねぶ》られ、時折、深く唇を重ねられる。

「はぁ、あぁぁっ、ん、あっ」

隘路《あいろ》を埋め尽くす彼の怒張ははち切れんばかりに膨らみ、雁首で柔襞を削り取るように擦《こす》り上げてくる。ずっと絶頂の余韻の中にいるような心地好さの中、一華は恍惚《こうこつ》と宙を仰《あお》いだ。

「あ、あっ、あっ、はぁ、いい、気持ち、んっ」

ずぼずぼと容赦のない抜き差しが繰り返され、感じ入った声が止められない。切羽詰《せっぱつ》まったような途切れがちの声が響き、全身の肌が快感で震えた。

結合部からは愛液が噴きだし、互いの下肢を淫《みだ》らな蜜で濡らす。肌と肌がぶつかり、ざらりと互いの恥毛が擦《こす》れあう。やがて真上から腰を叩きつける体勢となり、恥骨で陰核をごりごりと刺激された。

「ごりごり……すごい……あぁっ……これ、もっと」

「いくらでも、してあげますよ」

そう言って、尊久は一華の弱い部分を容赦ないスピードで穿《うが》つ。

一華が彼の腰に足を絡ませ、より身体を密着させると、天を向いたつま先が全身の揺れに合わせてびくびくと震えた。

「はぁ、はっ、あ……そこ、一緒、好き……っ」

過ぎる快感に苛《さいな》まれ、涙がぼろぼろとこぼれ落ちた。堰《せき》を切ったように感情が溢《あふ》れだし、本能のままに彼を求めてしまう。結合部から溢《あふ》れた愛液がデスクを濡らし、律動に合わせて臀部《でんぶ》が滑る。

「一華……俺も、もう……っ」

尊久の苦しげな声が胸元から聞こえた。顔を上げた彼は眉を寄せて、腰をさらに激しく振り立てる。そして一華の両腕を押さえたまま、食らいつくように口づけた。

下腹部がじんと疼《うず》き彼のものをいっそう強く締めつけると、身体の中で脈打つ怒張がさらに大きく膨らんだ。

「あぁっ、おっきく、しないで……っ」

そう叫ぶも、口づけの合間に漏れる息遣いは荒々しく、乳房を揉みしだく手の動きにも遠慮がない。

「ひ、あ、あっ……もう……も、達《い》く、あぁあぁっ」

痛いほどの愛撫にもかかわらず、なにをされても心地好さしか感じず、何度も高みへと押し上げられる。

やがて隘路《あいろ》の奥で怒張が脈打ち、彼が腰を大きく震わせた。尊久は、避妊具越しに精をすべて出し切るように何度か腰を揺らした。

「はっ……はぁ、はぁ……たかひさ、さん……」

呼びかける一華の声は掠《かす》れきっていて、弱々しい。

全身からどっと汗が噴きだしてきて、四肢に力が入らない。同じように肩で息をする尊久を見つめていると、括《くく》られた両腕を離され、瞼《まぶた》や頬に優しい口づけが降ってきた。

「一華……愛してます」

「私も、です」

デスクで抱かれていたからか、背中が痛む。痺《しび》れたように力の入らなくなった腕を持ち上げて彼の首に回すと、力強く抱き締められ、身体を起こされた。

頬を包まれ、軽い音を立てて唇が啄《ついば》まれると、一華はこてんと彼の胸に額《ひたい》を押し当て、もたれかかる。

全身が気怠《けだる》く力が入らない。ともすれば眠ってしまいそうな心地好さの中、彼の胸に顔を埋《うず》めて、シャツ越しの匂いをすんと吸った。そして、名残《なごり》惜しい気持ちを隠さず、胸から顔を上げる。

「一華？」

「離れがたいですけど……待ってますから、ここに戻ってきてくれますか？」

一華のために部屋を用意し来てくれたが、総支配人である彼がこんな時間に仕事を終えられるはずがない。

毎年、クリスマスイブはスタッフを総動員し、お客様の対応に当たっている。本来ならば、一華だって自宅に帰る必要がないのなら、彼と共に行かなければならないのだ。

「当たり前でしょう」

尊久は申し訳なさそうに眉尻を下げ、微笑んだ。

それを見て、一華は勇気を出して自分の気持ちを伝える。

「あなたにばかり、無理をさせたくないんです。いつもより長くデートできただけでも本当は十分だけど、今夜は尊久さんに抱き締められて眠りたい……そのわがままを聞いてくれますか？」

「それはわがままとは言いません。俺だってそうしたい」

一華は腕を伸ばし、尊久の乱れたワイシャツのボタンを留めていく。シャツは汗で濡れていたが、乱れた服装で部屋を出るわけには行かない。

手櫛《てぐし》で髪を直し、ネクタイを結ぶ間、彼はされるがままだった。

なるべく一緒にいる時間を引き延ばそうと、一華の手つきがゆっくりだったことに彼も気づいているだろう。

「シャツ……ずっと掴《つか》んでたから、しわになっちゃいました」

一華が言うと、尊久の視線がシャツの袖に移った。

彼は薄く微笑み、スラックスのファスナーを上げてベルトを締めると、床に放ったジャケットを拾い上げて軽くはたき、それを羽織った。

「ジャケットを着てしまえばわかりませんよ」

尊久はブラウスを拾うと、一華の肩にかけた。

「夜、遅くなってしまうかもしれませんが、ここで待っていてくれますか？　朝、一緒に出勤しても？」

「はい……でも、誰かに見られたら……」

悪いことをしているわけではないのだが、あまり周囲には知られたくなかった。ただでさえ勤務時間などを優遇してもらっている身だ。職場恋愛が禁止されているわけではなくとも、どう見られるかは気に掛かる。

「別にバレても構いませんよ。それに、俺たちの関係を吹聴して回るような愚かなスタッフはここにはいません。でももし一華がいやなら、部屋を出るときは別々でもいいですよ」

寂しそうに言われて、一華はぶんぶんと首を振った。

「違います……っ、いやなわけじゃありません！　今は……あなたは私のものだって、みんなに見せつけたいと思っていますから。ただ、勤務時間のこととかで、尊久さんが私に肩入れしていると思われたら、いやなだけです」

「一華の仕事ぶりを見ていれば、俺が肩入れなどしていないとすぐにわかります。それに、家庭の事情で勤務時間を調整しているのは、一華だけじゃないんですよ」

「え……？」

尊久は一華を安心させるような顔でにこりと笑った。

「優秀なスタッフが勤務時間の縛りがあるために働けず、退職するのは惜しいでしょう。宴会部にも料飲部にも、一華と同じように日勤のみで働いている社員がいるんです。彼女たちも土日祝日の出勤がなかなか難しい。それでも従業員から不満は出ていません。もちろん、今まで一華に対しての不満が俺に上がってきたこともありません。あなたが、それだけ周囲から認められているということでしょう」

「私……ちゃんと皆さんに、お返ししないといけませんね」

一華が笑みを返すと、頭ごと胸の中に引き寄せられる。

「ディナーは一人きりにさせてしまうけど、朝食は一緒に。ルームサービスを頼んでおきますから、ちゃんと着替えてから出てください。俺以外にこんな格好を見せたら、許しません」

ブラウス越しに胸の突起をいたずらに弄《いじ》られ、ぴくりと肩が跳ねた。

「ん……っ」

「男に抱かれて蕩《とろ》けきったこの顔を見るのも、俺だけでいい」

「尊久さんだけに……決まってます」

よくできましたとばかりに微笑まれて、軽い口づけが贈られた。

それだけでおかしいくらいに胸が高鳴るのだから、一華はすっかりこの恋に溺れているのだろう。

尊久に着替えを手伝ってもらい、仕事に戻る彼を見送った。

一華は、彼が頼んでくれた豪華な料理に舌鼓《したつづみ》を打ちながら、浮き立つ気持ちのまま、尊久が戻ってくるのを待ったのだった。


翌朝、一華は尊久と共にエグゼクティブフロアから従業員専用のエレベーターに乗り込んだ。

エグゼクティブフロアのコンシェルジュには生温かい目で見られたものの、自分と尊久のプライベートな話は噂にはならないだろう。

この階を任された専任のコンシェルジュは、ときに政府の要人や芸能関係者を相手にしているベテランだ。客の個人情報を漏らすような真似は絶対にしない。

それがたとえ総支配人と一社員であったとしても。

「総支配人は、四階でよろしいですか？」

一華が役職で呼んだことに不服そうな顔を見せた尊久は首を横に振り、自分で一階のボタンを押した。

「このあと、宿泊部のマネージャーと打ち合わせがあるんです」

「大木さんと？」

そういえば、大木に報告した唯の件はどうなっただろうか。当然、大木から尊久に報告はいったはずだ。

気にはなっていたものの、総支配人としての彼においそれと尋ねられるような話ではない。あれから二ヶ月経っているが、そもそも唯が研修でいないため、戻ってきたら詳しく聞くという話になったのかもしれない。

「えぇ。それより、エレベーターが一階に着くまでは、恋人でいてくれませんか？　そうあっさり切り替えられると、俺が寂しい」

尊久の言い様に笑ってしまう。エレベーターが一階に到着するまで、あと数十秒もないのに。

「尊久さん、行ってらっしゃい」

一華が彼の胸に手を当てて言うと、その手を取られ、唇が触れた。

「行ってきます。残念ですが、今日は一緒に帰れないと思います」

「ちょっと寂しいです。昨日の今日だから」

彼の胸に額《ひたい》を押し当て、甘えるように言うと、尊久が照れたように口元を手のひらで押さえた。

身体を引き寄せられて、苦しいほどに抱き締められる。

「尊久さん？」

「いや、甘えられたいとは思っていましたけど、可愛すぎて……やに下がった顔になりそうです」

「やに下がっていても、かっこいいですよ」

そろそろかと顔を上げて、エレベーターの階数表示を見る。

ちょうど一階についたところで、ドアが開く直前、尊久に掠《かす》めるように口づけられた。

「尊久さ……っ」

「行ってらっしゃい」

職場でなんてことをするのだと睨《にら》むように目を細めると、愛おしそうな微笑みが返される。閉まるエレベーターのドアを見つめ、一華はぽつりと言葉を漏らした。

「行ってきます」

ロッカールームでリップを塗り直さなければ。

一華は溢《あふ》れる愛おしさを押し隠すように、彼の触れた唇を手で覆い隠したのだった。

第五章

ゴールデンウィークを月末に控えた四月の中旬。

一華はいつものように仕事を終えて更衣室を出ると、尊久との待ち合わせ場所である駐車場に向かった。

明日から一華は五日間の振替休暇だ。

繁忙期のゴールデンウィークに休みを取れないため、社員たちはこの時期に交代で振替休暇を取っている。

家事などやることは多いが、弟妹たちが学校に行っている間、多少は自分の時間を持てるため、こういった長期の休暇は楽しみにしていた。

(尊久さんと休みは合わないだろうけど、ちょっとは一緒に過ごせるかな)

少し前に振替休暇の日程を聞いたが、仕事の調整があり、まだ決まっていないと言っていた。できれば休みの日を合わせて一緒に過ごしたかったけれど、彼の仕事の都合もあるだろうし、そこまでのわがままは言えない。

それに、一回のデート時間は少なくとも、家族一丸となって尊久と一華の恋を応援してくれているため、わりと頻繁《ひんぱん》に会えているのだ。

ドライブデートのあとに尊久が一華の家に寄ることがもはや定番化しており、見送りの際にも二人きりになれる。クリスマス以降お泊まりはないが、それでも一華の気持ちは満たされていた。

「お待たせしました」

こつんと窓ガラスを叩いて助手席に乗り込むと、尊久が嬉しそうに微笑んだ。こうして笑いかけてもらえることを当然だとは思っていないが、だいぶ慣れてきたように思う。

「お疲れ様です」

立場の違いから尊久に対して多少の遠慮はあるし、彼を自分に繋《つな》ぎ止めておける自信はいまだにないが、それでも安心していられるのは、彼が常に愛情を言葉にして伝えてくれるからだろう。

「そうだ、一華……明日からの休みを一緒に過ごしませんか？」

「明日からって、もしかして尊久さんも休みなんですか？」

一華が目を丸くして聞くと、してやったりといった顔で尊久が頷いた。彼はこういうサプライズが好きな人で、初めて会った夜然《しか》り、クリスマス然《しか》りで、たびたび一華は驚かされている。

ふと、ここ数ケ月の家族の様子を思い出した。父には、申し訳なさそうにゴールデンウィークの予定を告げられた。家族で旅行に行こうと思うのだが、一華を連れていってやれなくてすまないと。

それに、裕樹とふたばがやたらと一華の振替休暇の予定を確認してきた。いつも通り、特に予定はないと告げるとほっとしたように顔を見合わせていたのだ。おかしいなと思いつつも追及しなかったのは怪しい雰囲気を感じなかったからだが、その理由がようやく腑に落ちた。

「えぇ、一華と旅行に行きたかったので合わせました」

「旅行……ですか。もしかして……」

尊久の得意気な顔を見れば、クリスマスのときと同様に家族の協力を得ているのではないかという考えが当たりだとわかる。

「お父様と裕樹くんとふたばさんに、協力をお願いしてあります」

やっぱり、と一華は脱力した。

もともと尊久は人を使う能力に長《た》けていて、それでいて人を喜ばせるのも抜群に上手い。もはや林家のきょうだい全員が尊久のシンパのようだ。

「ゴールデンウィークに、お父さんたちが旅行を計画してるのも、尊久さんが？」

「そうです。今回、一華の予定をもらうためにプレゼントさせていただきました。俺たちは、ゴールデンウィークは仕事ですが」

ふたばも芳樹も無事に受験が終わり、それぞれ大学生と高校生になった。

芳樹は高校に上がり一気に大人っぽくなり、一時期の反抗期はいったいなんだったのだと思うほど家事にも育児にも協力的だ。

裕樹を含めた三人はアルバイトのシフトが被らないようにしているようで、誰かしらが必ず家にいて、幼い弟妹たちの面倒を見てくれているため助かっている。

「一緒に……過ごせるんですね……」

一華が感動しきった声で言うと、尊久が顔を覗《のぞ》き込んでくる。

「喜んでくれましたか？」

「はいっ、すごく嬉しいです！」

「五日間、一緒にいましょうね。俺と毎日一緒に過ごすことに慣れてください」

彼と一緒に休日を過ごせることが嬉しくて、一華は思わず尊久の首に抱きついた。

優しく抱き留めてくれた尊久の胸に顔を寄せる。

「こんなに幸せで、いいんでしょうか」

「まだまだでしょう。一華の願いを叶えるのは俺の楽しみですから、もっとわがままでいいんですよ。まあ、俺としては、一華が自分の希望を言わないことでサプライズになるのも楽しいですが」

休日の予定を合わせたいという願いを知られていたとは。言わなかったのは、尊久の仕事を案じてのことだというのにも気づいているだろう。

「でも、尊久さんの仕事の邪魔はしたくなかったんです。また無理をさせてしまうと思って」

「一華と一緒に過ごしたいのは、俺の望みでもあるんですよ」

尊久の胸の中で顔を上げて笑うと、彼は一華のシートベルトを伸ばして締めた。

いつもは十五分ほど話をしてからエンジンをかけるのに、今日はもう出発するのだろうか。一華が疑問に思っていると、尊久がエンジンをかけながら口を開いた。

「俺の荷物は用意してあります。あとは一華の着替えを家に取りに行って、そのまま出発しましょう」

「今からですか⁉　っていうか、どこに？」

「お父さんから、一華が旅行雑誌でチェックしていたホテルを聞きました。その中にあった伊豆のリゾートホテルを予約してあります。今日から三日間はホテルで過ごして、あとの二日間は俺の家で過ごしましょう」

旅行雑誌でチェックしていたのは、静岡県の有名な観光地にあるリゾートホテルだ。客室数は二十六と少ないが、どれも感動的なオーシャンビューで、すべての客室に露天風呂がついている。直営のレストランでは、駿河湾で採れた新鮮な魚介類が提供されると聞き、ぜひ一度足を運んでみたいと思っていた。

だがそれ以上に、旅行のあと尊久の家で過ごすという言葉の方が衝撃だった。

「尊久さんの家ですかっ？」

思わず目を輝かせて言うと、尊久が意外そうな顔をする。

「ホテルより嬉しそうですね」

「実は……ずっと行ってみたいなと思っていたので」

当然、伊豆のリゾートホテルも嬉しい。ただ、それよりも尊久の自宅に行けることが嬉しかった。過ごす場所が一華の家ばかりなことに不満はなかった。彼が最大限長く一緒に過ごせるようにドライブデートを考えてくれたのを知っていたから。

ただ、以前、尊久の部屋を訪れたことがあると唯に聞かされてから、自分はまだなのに……と考えてしまったのもたしかだった。

(でも、こんな小さなことで嫉妬してるって知られたくなかったし……)

一華の表情でなにかを察したのか、尊久の唇が宥《なだ》めるように額《ひたい》や頬に触れた。

「言ってくれればいつだって招きますよ」

「わ、わかってます……っ」

嫉妬していることがバレバレで、あまりのいたたまれなさに顔を覆いたくなる。

「いずれ父にも会ってほしいですが、父と義母が暮らす家に、あまりあなたを連れていきたくないんです。俺も足が遠退いていますしね」

「義理のお母様がいらっしゃるから、ですか？」

一華が首を傾げて聞くと、尊久が苦笑しながら頷いた。

「ええ、まだ俺と麻田さんを結婚させようと目論《もくろ》んでいるようですから。義母のいる家に連れていけばなにを言われるかわかりません。仕事ならまだしも、俺と付き合っているせいで、一華を傷つけたくない」

なにを言われても、尊久が自分を愛してくれるかぎり傷つきなどしないのに。彼の優しさは嬉しいが、守られてばかりなのはいやだ。

「尊久さん、私はあなたの恋人です。だからご両親にも、お付き合いを認めてほしいと思っています。あなたと、ずっと一緒にいたいから」

尊久は一華の言葉に目を瞠《みは》った。一華から結婚を匂わせる発言が出るとは思っていなかったのだろう。

冗談のようなプロポーズをされてから、一華は尊久との将来を考えるようになった。具体的な結婚の話は出ていないが、一華の中で彼の手を取ることに迷いはいっさいない。以前のように、結婚を逃げ道にしたいわけではなく、ただこの人とずっと一緒にいられたらと思うのだ。

だから、尊久が父と会ってくれたように、一華も彼の両親に挨拶《あいさつ》をきちんとしておきたかった。

「そうですね。俺も同じ想いです。でも……参りました。一華を守りたいと思っているのに、あなたは強くてかっこよくて、ちっとも守られていてくれませんね」

「尊久さんは、私のそういうところを好きになってくれたんだと思っていたんですけど」

「その通りです」

そう言って尊久は軽く唇を重ね、すぐに離した。一華が名残惜《なごり》しく思っていたのがバレていたようで、もう一度触れるだけのキスが贈られる。

「続きは、着いたらたくさんしましょうね」

誰もいないのに密かに耳元で告げられ、頭の奥が沸騰したように熱くなる。

「一華？　いやですか？」

「……わかっていて聞いてますよね」

一華が言うと、尊久がおもしろそうにクスクスと声を立てて笑った。冗談にしてくれたおかげで頬の熱は冷めたが、久しぶりに彼と抱きあえるのだという期待はまったく治まらない。

そうして話をしながら、いつものように尊久の車で一華の自宅に向かった。

尊久にはリビングで待っていてもらい、その間に旅行の準備をすることにした。だが、自分が数日いなくなると知ったら、亜樹がごねそうだ。頭を悩ませながらも、尊久と過ごせる休日を想像して浮かれてしまうのを止められない。

「ただいま」

リビングに声をかけて玄関を上がると、奥からボストンバッグを持ったふたばがやって来た。足音を忍ばせ、唇に人差し指を押し当てている。

「お姉ちゃん、亜樹には上手く言っておくから、楽しんできてね」

ふたばは亜樹にバレないよう小さな声でそう言い、尊久に向かってウィンクした。

「え……用意しておいてくれたの？」

「当たり前！　お姉ちゃんが五日も帰って来ないって知ったら、亜樹が泣くでしょ。ちゃんと上手く伝えておくからさ。その代わり、帰ってきたらいっぱい甘やかしてあげてよね」

「うん、もちろん。ありがとう、ふたば」

一華はボストンバッグを受け取り、脱ぎかけていた靴を履いた。

「尊久お兄さんには、素敵な旅行をプレゼントしてもらったしね。私も今度は家族とじゃなくて、彼氏と旅行に行きたいなぁ～」

ふたばは、ちらちらと尊久を見ながらねだるように言った。我が妹ながらちゃっかりしている。

「お父様の許可が出たら、もちろんいいですよ」

「やった～！」

尊久の言葉に、ふたばは両手を上げてバンザイをするが、我に返って口元を塞《ふさ》いだ。

そして、早く行ってと一華たちに手で指し示す。

「じゃあ行ってくるね。なにかあったら連絡して」

「うちらのことは気にしないで楽しんできてね。お土産《みやげ》よろしく」

音を立てないようにそっと玄関を出ると、尊久がボストンバッグを車の後部座席に載せてくれた。

一華が助手席に乗り込むと、エンジンをかけて車が出発する。

東名高速に乗り、途中のサービスエリアで軽く食事をしてから伊豆方面へと向かう。

ホテルに着いたのは、二十二時を過ぎたころだった。車の窓を開けると、海の音が聞こえてくる。

「潮の香りがしますね」

「明日は海に出てみましょうか。海水浴には早いですが、スキューバダイビングができるところもあるようですし」

「はい、ぜひ！」

このホテルは、L字型に二つの建物が並んでいる。

車を駐車場に停めて、エントランスのある建物に入ると、フロントのすぐ横にあるガラス張りの窓いっぱいにオーシャンビューが広がっていた。といっても、今は真っ黒な海しか見えないが。

駐車場とフロントのあるところは高台となっているようで、視界を遮《さえぎ》るものはなにもなかった。

フロントの奥側もはめ込みのガラス窓になっていて、日中であれば格別に良い景色が見えるだろう。

「開放感がありますね」

「ええ、それに静かです」

景色を眺めながらほぅっと息を吐く一華に、尊久が穏やかな声で言う。

チェックイン手続きをして、案内に従い、渡り廊下を通りエレベーターで三階へ向かう。グランドフロンティアホテル&リゾート東京とは違い、室内の窓も大きく開放的だ。

西側にあるこの部屋は、玄関を入るとすぐに広々としたリビングがあった。左側にはベッドが二台並べられ、その前にはソファーが置かれている。

よけいなものはなにもないシンプルな部屋の造りで、壁一面がガラス張りのスライドドアとなっているので、ベッドからもソファーからもテラスと海を眺められる。

「素敵！　海が近いですね。あ、荷物ありがとうございます。すみません、持たせてしまって」

「クローゼットに服を掛けておきましょうか」

「そうですね。しわになるものだけでいいかな」

一華はボストンバッグを開けて、ふたばが用意してくれた服をハンガーに掛けていく。足りないものがあればあとで買えばいいけれど、念のためなにが入っているか確認をしていると、小さい箱のようなものがいくつも出てきた。

（ん？　なんでトランプが入ってるの？）

バッグの中に入っていたのは、トランプとカードゲームだ。これをふたばが用意したとは思えない。誰の仕業かわかって、思わず肩を震わせていると、それに気づいた尊久が視線をこちらに向けた。

「どうしました？」

「これが中に入っていて……たぶん入れたのは芳樹だと思うんですけど。修学旅行みたいでおかしくて」

ついこの間まで中学生だった芳樹は、まだまだ考え方が幼いところがある。それがまた可愛いのだが、言うと怒るため心の中だけで思うことにする。

「トランプですか。それを芳樹くんが？　最近は全然やってないな。せっかくですし、あとでやりましょうか」

「ふふ……そうですね」

一足先に服をかけ終えた尊久が、スライドドアの鍵を開けた。ドアを横にずらしていくと、まるで海と一体となったかのような開放感を覚える。

「あ～風が気持ちいい」

「出てみましょうか」

「はい！」

胸を弾ませながら外に出ると、広々としたテラスから満天の星が眺められた。テラスにはソファーや椅子が並べられており、一華はその一つに座って空を仰《あお》ぐ。

「贅沢《ぜいたく》ですね」

「こういう景色だけは、東京では味わえませんからね」

隣に座った尊久も同じように遠くを見る。

「まさか、旅行できる日が来るなんて思わなかったです。ありがとうございます」

大袈裟なほど感動しきった声で言うと、尊久が小さく笑った。

「これで終わりじゃありませんよ。次の夏季休暇には、ほかのホテルにも足を運びましょう」

「いいんですか!?」

家事も育児も、姉である自分がやらなければと頑《かたく》なに思い込んでいたが、尊久のおかげでここ最近は肩の力が抜けている。一人で頑張っていると思うことは、ある意味傲慢だった。裕樹やふたば、それに芳樹も、一華にばかり負担がいかないように考えてくれていたのだと気づかされたのだ。

だからこそ、旅行の提案にも素直に頷けるようになった。少し前の自分だったら、幼い弟妹たちを置いて家を空けるわけにはいかないと、考えもせずに断っていただろう。

「もちろんです。俺の望みでもあると言ったでしょう？」

「……やっぱり、私ばかり嬉しい気がします。私だって尊久さんを喜ばせたいのに、全然あなたには敵《かな》わない」

尊久と会っていると、いつだって自分だけが喜ばされている。なにか返したいと思っていても、その隙がないのはホテリエとして悔しくもあった。

「約束の日を待たずに、俺を好きだと言ってくれた。クリスマスイブの夜、会いたいと言ってくれた。それがどれだけ嬉しかったか、わかりませんか？」

「そうやって、尊久さんはまた私を喜ばせるんです」

拗《す》ねたように唇を尖《とが》らせると、掠《かす》めるように口づけられた。

「いいじゃないですか。俺の特権です。それにね、俺は、一華の家で温かい家庭というものを知りました。うちは父が仕事で滅多に帰ってこないうえ、きょうだいがいませんし一人が当たり前だったんです。実は、一華の家庭環境を知ったとき、少し羨《うらや》ましくもありました。だから、義母に思うところはあっても、年の離れた弟ができたと聞いて嬉しかったんですよ。兄と慕ってくれるから、つい甘やかしてしまって」

一華の家で過ごすことを、彼が本当に楽しんでくれているとは思っていなかった。家族を慮《おもんぱか》ってくれることはありがたかったけれど、申し訳ない気持ちもあったのだ。

（まさか……羨《うらや》ましいなんて）

悦子がたまにホテルに連れてくる息子は、尊久の異母弟だ。子どもに慣れている様子だったのも、異母弟とよく遊んでいたからなのかもしれない。

（名前はたしか……勇斗くん、だったかな）

あまり顔は見えなかったが、同い年の亜樹が幼く見えてしまうほど利発そうな少年だった。

悦子と違い、ホテルのスタッフをキラキラした尊敬の目で見てくるため、スタッフの間では癒《い》やしだと密かに話題になっている。

一華がそんなことを考えていると、尊久は目を覗《のぞ》き込みながら口を開いた。

「さて、一華。俺と毎日一緒に過ごすことに慣れてほしい、と言ったでしょう？　意味はわかりましたか？」

「意味？」

そのままではないのだろうか。

一華が首を傾げると、突然、覆い被さってきた尊久にソファーに押し倒された。広がる星空など見えないほど間近に彼の顔がある。触れるだけの口づけが贈られると、ちゅっと音を立ててすぐに離された。それを名残《なごり》惜しく見つめていると、何度も唇を啄《ついば》まれて、舐めるように唇を食《は》まれる。

「一華、俺と結婚しましょう」

彼が、一華との将来を考えてくれているのは知っていた。けれど、まさかこれほど早く正式にプロポーズされるとは思ってもおらず、驚きと喜びでなにも言えなくなる。

彼の中では一華との結婚がすでに決定事項であったかのように、何の迷いも感じられない。

一華は彼を男性として好きだし、この気持ちは恋以外にあり得ない。自分も、尊久と同じくらい、いやそれ以上に彼との将来を切望しているのだ。

一華が口を開こうとすると、イエス以外の答えはいらないとばかりに、ふたたび唇が塞《ふさ》がれた。口腔《こうこう》を執拗《しつよう》に舐められ、開いた足の間に尊久の身体が入ってくる。

「ん、なん、ん〜っ」

プロポーズに喜ぶ間もなく、性急に身体を弄《いじ》られ、口から漏れる息遣いが喘《あえ》ぎ声に変わってしまう。

ブラウスのボタンもブラジャーもあっという間に外されて、スカートを捲り上げられる。ショーツの中に手が差し込まれると、キスだけで濡れたそこをゆるゆると撫でられた。

「このまま挿《い》れてもいいくらい濡れてますね」

キスの合間に囁《ささや》かれ、頭の奥が沸騰するほどの羞恥《しゅうち》に襲われる。尊久が陰唇を撫でるたびに、くちゅくちゅと卑猥《ひわい》な音が聞こえてきた。それ以外は波の音しかしない。

「俺と、したいと思ってくれていましたか？」

一華が小さく頷くと、尊久は口元を緩《ゆる》ませ、ますます手の動きを速めていく。

「あ、んんっ……たか、ひさ、さっ……だめ、それ……すぐ達《い》っちゃう」

思っていたに決まっている。クリスマスの夜から、約四ヶ月。次が来るのを待ち侘《わ》びていた。

五日間一緒に過ごせると聞いて、毎日抱いてくれるだろうかと密かに期待してしまったくらい、一華は彼に焦《こ》がれていたのだ。

蜜壺をぐちゃぐちゃにかき混ぜられると、頭の奥がじんと痺《しび》れて、プロポーズされたことすら意識のどこかに追いやられてしまう。早く尊久に満たされたくてたまらなくなる。

「や……手で、達《い》くの、いや」

一華は頭をいやいやと左右に振り、縋《すが》りつくように尊久の腕にしがみつく。すると手の動きが止まり、真上から劣情を孕《はら》んだ目を向けられる。彼は利き腕とは反対側の手でネクタイを引き抜き、荒々しく息を吐きだした。

「挿《い》れて、尊久さんが、いい」

「俺も……今すぐ一華がほしい」

彼は一華の服をすべて脱がすと、自身の服をソファーの上に放り投げる。そして一華の身体を横抱きにして、テラスに置かれた衝立の奥へと入った。そこは露天風呂となっており、ドア一枚を隔《へだ》てて部屋側にあるシャワールームへも繋《つな》がっている。

「一華を初めて抱いた夜も、バスルームでしたね」

彼は笑いながら言った。

一華を抱けると思ったら余裕がなくなり、バスルームでことに及んでしまったのだと。

まだ数ヶ月前の話で、こうして身体を重ねるのも三度目だ。それなのに、彼と過ごした蜜月が甘すぎるからか、まるで長年一緒に過ごしてきたように感じる。

湯船に下ろされ足がお湯に浸《つ》かると、じんと痺《しび》れるような熱さが下半身から広がっていく。掛け流しの湯が溢《あふ》れ、浴槽の縁から流れでていった。

「一華……背中を向けて腕をついて」

一華は言われるがまま浴槽の縁に掴《つか》まり、彼に尻を突きだすような体勢になる。まだ夜は肌寒い季節だが、足が熱めの湯に浸《つ》かっているからか、裸でも寒さは感じなかった。

尊久は一華の臀部《でんぶ》を撫でると、その狭間にいきり勃った肉棒を押し当て、腰を揺らしてきた。背後から回された手で乳房を揉みしだいたあと、やや乱暴な手つきで押し回す。

「いつだって、一華に触れると、余裕なんて欠片《かけら》もなくなります」

「はっ、あ……擦《こす》っちゃ、あぁっ」

背後で興奮しきった息を吐きだしながら、尊久はみだりがわしく腰を振り立て、尻の谷間を屹立《きつりつ》で擦《こす》り上げた。挿《い》れられているわけでもないのに、彼が腰を揺らすたびに開いた足の間からたらたらと愛液が溢《あふ》れだす。

「あ、ん、ん……っ、尊久さん……早く……っ」

一華も余裕などない。空っぽの隘路《あいろ》がじんじんと熱く疼《うず》き、彼のものを欲して淫《みだ》らにうねる。臀《でん》部《ぶ》を行き来する陰茎を早く中に挿《い》れてほしくてたまらない。

「一華……すみません、ゴムを取ってきます」

尊久は汗で濡れた髪をかき上げて息を吐いた。避妊具を失念していたと言わんばかりの渋い顔だ。

「待って」

一華は、部屋に戻ろうとする彼の腕を掴《つか》み引き留める。

「一華？」

「尊久さん……プロポーズしてくれたでしょう。だから、あの……外に、出してくれれば、いいです」

しどろもどろになってしまったのは、自分でもこの発言に驚いたからだ。

膣外射精であったとしても妊娠する可能性はある。それに彼のプロポーズを受けるには、乗り越えなければならない問題だってあった。自分の家族のことや、彼の家族のこと。

だが、一華は彼の子どもを授かってもいいと思った。もしこのタイミングで妊娠したとしても、彼ならば喜んでくれるという確信もある。一華の発言は、プロポーズを受け入れると言っているようなものだった。

尊久にもそれが伝わったのか、驚きつつも喜びの笑みをたたえてかすかに頬を染めた。

「一華が妊娠したら、嬉しいですね」

そう言うと、尊久は体勢を変えて、壁に寄りかかり浴槽の縁に腰かけた。一華の腕を引き、膝の上に座らせる。

「そのまま、体重をかけて」

「んっ、尊久さっ……入っちゃう」

雄々しく勃ち上がった陰茎が足の間に押し当てられる。尊久が腰を揺らすたびに隘路《あいろ》をかきわけ、長大なものがずぶずぶと入ってきた。真下から貫《つらぬ》かれる初めての体勢は少し怖かったが、それ以上に快感を得たい気持ちが大きかった。

「はぁ……あ、あっ……これ……ふか、い……気持ちい」

一華は尊久の肩に手を置き、ゆっくりと腰を下ろした。慣らしていないこともあり、抜き差しをしながら時間をかけて深い部分に到達する。

「ほら、全部入りましたよ」

「あっ……ん、揺らすの、だめ」

リズミカルな腰の動きでとんとんと最奥を穿《うが》たれると、全身がぞくぞくとし、軽い絶頂感が漣《さざなみ》のようにやってくる。

避妊具越しではないからだろうか。身体が上下に揺れて、敏感な部分が雁首で擦《こす》られる感触をよりリアルに感じる。ぶるりと腰を震わせる一華を見て、尊久はくすりと笑った。

「一華……挿《い》れただけなのにもう達《い》きそうになってますね。可愛い」

恥ずかしさを誤魔化すように彼の頭にぎゅうぎゅうとしがみついていると、ぱくりと乳首を咥《くわ》えられた。乳首をちゅるちゅると吸われ、乳輪ごと舐め回される。

「ひぁっ……ん、ぁっ」

口腔《こうこう》で舐め転がされ、時折、痛いほどの強さで啜《すす》られた。なにかが乳首の先から出てしまいそうな強い感覚が押し寄せてきて、隘路《あいろ》がいやらしく収縮を繰り返す。

うねる蜜襞が怒張を締めつけ、男の精を搾り取ろうといやらしく蠢《うごめ》いた。

「締めすぎ……っ、ですよ」

尊久が辛そうに眉を寄せた。艶《なま》めかしい彼の声に煽《あお》られるように、陰道が彼のものを引き込もうとますます淫《みだ》らに震える。

「だって……こんなの、奥が……変に、なっちゃうっ」

深く息を吐きだしながら言うと、ふたたび強く乳嘴《にゅうし》を吸われた。けれど、その痛みさえ快感の呼び水となり、おびただしい量の愛液が噴きだして彼の太腿を濡らす。結合部からは引っ切りなしに淫音が響き、身体を揺らす動きに合わせて湯が跳ねた。

「はぁ……ふっ、あ、んぅ……」

指が食い込むほど強く臀部《でんぶ》を揉みしだかれて、全身を揺さぶられる。

腰を押し回しながら張りだした亀頭をぐりぐりと捻じ込まれると、迫る快感にたまらなくなって彼にしがみついた。雄めいた尊久の匂いに頭がくらくらして、全身が彼でいっぱいになると、気持ち良さが引きも切らずに押し寄せてくる。

「あぁ、ぅ……っ、ん……っ」

最奥をごつごつと穿《うが》たれるたび、下腹部が痛いほどに張り詰める。一華はびくびくと背筋を震わせながら、漏れそうになるよがり声を必死に抑えた。

外でこんなに淫《みだ》らな行為をしていることに羞恥《しゅうち》を覚えるのに、自分ではどうすることもできない。ただ、波の音の中に響く自分の嬌声《きょうせい》を聞いていると、わずかに残る理性が抵抗するのか、下肢にきゅっと力が入ってしまう。

「恥ずかしくなったんですか?」

尊久の甘ったるい声が真下から聞こえる。

「だって……外、です」

いつかと同じ一華の言葉に、尊久が笑った。

「ここは隣の部屋から離れているから、聞こえませんよ」

尊久は見せつけるように舌先で乳首を舐めながら、内緒話でもするように密やかな声で言った。

その間もごんごんと最奥を穿《うが》たれて、理性と本能の狭間で意識が揺れる。

「でも、静かで……っ、恥ずかしい……んです」

「あぁ、だからよけいに感じているんですね。中、ぐちゃぐちゃです」

「言わないでっ……」

図星を突かれて、一華の頬に熱が集まっていく。

ソファーに押し倒されたときから、外でキスをしているシチュエーションに気持ちが昂《たかぶ》っていたことを知られ、恥ずかしくてたまらなくなる。

胸の中でくすくすと笑われた一華は、仕返しとばかりに下腹部に力を込めて隘路《あいろ》を締めつけた。

「……っ、こら」

「尊久さんが、意地悪するからです」

彼の額《ひたい》に口づけを落とし、ぺろりと舌を出す。すると後頭部を引き寄せられて、深く唇が重なり、先ほどよりも激しく腰を叩きつけられた。

「ん、むぅ、んっ……はぁ、ふ……うっ！」

全身を揺さぶられて、昂《たかぶ》った雄を突き挿《い》れられる。愛液をぐちゅ、ぐちゅとかき混ぜながら血管の浮きでた陰茎で貫《つらぬ》かれると、律動に合わせて乳房が上下に揺れた。

胸の先端が尊久の肌で擦《こす》れて、勃起した乳首がさらに真っ赤に腫《は》れていく。

「はぁ……あぁ、も……達《い》き、そ……はぁ……っ」

「俺も、すごく、いい」

気持ち良さが増し、下腹部が痛いほどに甘く疼《うず》く。やがて絶頂感が波のように押し寄せてくると、彼のものが身体の中で一回り大きくなったのがわかった。

「あぁ、はっ……もう、達《い》くの……達《い》く……ぅ、んっ」

キスの合間に訴えると、また深く唇を重ねられ、貪《むさぼ》るように口腔《こうこう》を犯された。それと同時に、がつがつと叩きつけるように、はち切れんばかりに膨らんだ肉棒で貫《つらぬ》かれる。頭の中が陶然とするほどの快感が腰から湧き上がり、一華の全身を駆け抜ける。

「ひ、あっ、あっ、だめ、も……っ」

「俺も……もう……っ」

結合部からは、ぐちゅ、ぐちゃっと音を立てながら粘ついた愛液が弾け飛び、尊久の下肢を濡らしていく。彼の息遣いも荒々しさが増し、余裕のない腰使いで一華を追い詰めた。

気づくと、一華は彼の肩に掴《つか》まり、自《みずか》ら腰を上下に揺らしていた。自分の気持ちのいいところに雁首の尖《とが》りを押し当て蜜襞を擦《こす》ると、得も言われぬ心地好さに襲われ、意識が遠退くほどの絶頂感に包まれる。

「――っ！」

一華は、声も出せずに恍惚《こうこつ》と宙を仰《あお》いだ。腰をびくびくと震わせ、隘路《あいろ》がきつく収縮する。すると蜜壺からどっと大量の愛液が溢《あふ》れだし、彼の恥毛を濡らした。

「達《い》ったの？　すごく色っぽいですよ」

尊久は一華の身体をひょいと抱え、身体を反転させて浴槽の縁に座らせた。

一華が壁に背中を預けると、片足を持ち上げられ、さらに深い部分を突くような激しい腰の動きで追い詰められる。

達《たっ》したばかりの敏感な身体にふたたび強烈な快感を与えられると、理性と本能の間で揺れていた針が振り切れ、頭の芯が焼けつくほどの愉悦が突き抜けてくる。

「はぁ、あぁぁっ、まっ……待って、今、達《い》った、の……」

全身をぶるぶると震わせながら絶頂の余韻に耐えていると、苦しさの中にふたたび甘やかな熱が生まれた。それが下肢から全身へ広がっていく。

「もう一回、一緒に……ね？」

甘い声で囁《ささや》かれて、下腹部にずんと衝撃が走った。腰を激しく叩きつけられて、肌が擦《す》り合わさるだけで達《たっ》しそうになってしまう。

尊久の汗がぽたぽたと滴《したた》り落ちて、肌を濡らす。子宮口を硬く張った亀頭で穿《うが》たれると、膣からまたどっと愛液が噴きだしてきた。粘ついた愛液が結合部で、くちゅ、ぐちゅっと卑猥《ひわい》な音を立てる。

「はぁ、ひっ……はっ、は……ぅ……っ」

抜き差しのたびに彼の恥毛が触れて、そのざりざりとする感触にすら耐えがたいほど感じてしまう。それが恥ずかしいのに、甘く喘《あえ》ぐ声は止められなかった。

「ん……一華……もう」

脈打つ怒張がひときわ大きく膨れ上がり、彼が腰を震わせた。臀部《でんぶ》を強く掴《つか》まれて、勢いよく長大な陰茎が引き抜かれる。ずるりと抜けでる感覚にまた達《たっ》してしまい、一華は目眩《めまい》がするほどの絶頂感に襲われた。

「あぁぁっ……はぁ、ん、んっ」

下腹部に熱い飛沫《しぶき》を浴びせかけられたあと、すぐに唇が重なり口腔《こうこう》を貪《むさぼ》られる。荒い呼吸ごと食らい尽くすようなキスに溺れ、頭の中が真っ白に染まっていった。

「はぁ……はっ、はぁ」

全身が小刻みにびくびくと震え、あらゆるところから汗が噴きだしてきた。四肢には力が入らず、浴槽に投げだすようにだらしなく足を伸ばす。

「一華……愛しています。プロポーズの返事は、イエスでいいですね」

尊久は一華の額《ひたい》に自分のそれを押し当て、尋ねる。

一華はただ、溢《あふ》れるほどの愛しさのままに頷いた。

そして肩で息をしながらも、なんとか返事を言葉にする。

「尊久さんと……ずっと、一緒にいたいです」

「俺もです」

愛おしそうな瞳で見つめられながら唇が重なると、ふたたび滾《たぎ》った肉塊が中に押し入ってくる。

初めての夜と同じように、バスルームで愛し合ったあとは、ベッドに移動しまた肌を重ねた。抱きあえない日の寂しさを埋めるように求め合い、夜が明ける頃、二人はようやく眠りについたのだった。

旅行二日目。遅い朝食を終えてホテル内の探検をしたあと、一華は尊久と共に近くの公園へと足を伸ばし、ダイビングやバーベキューをした。その翌日は果樹園でいちご狩りを楽しんだ。

毎晩、尊久に抱かれ、目覚めたときに彼が隣にいる幸せは、想像よりもずっと大きかった。こんなに密度の濃い時間を過ごしたら、その分離れることが辛くなってしまうだろう。

あっという間に三日間が過ぎ、尊久の運転する車で帰路に就く。尊久は一華の実家には寄らず、そのまま港区にあるマンションへ向かった。

尊久が住むマンションは、ひときわ高く聳《そび》え立つ高層マンション。

地下鉄の駅からも近く、東京のシンボルとも言える電波塔が間近に建っている。職場であるホテルまでも車で十分ほどらしい。

地下駐車場に入り、メインエントランスに出るまでにも高いセキュリティ体制が取られており、さらにエレベーターホールへ入るためにもキーが必要だという。エレベーターに乗り込むと、自動的に十階のボタンが光る。

一華は音もなく上がっていくエレベーターで、階数表示を見ながらそっと息を吐きだした。

フロントサービス係として、ハイクラスなお客様の暮らしを見慣れているため挙動不審になることはなかったが、改めて彼と自分との違いに愕然とする。

「疲れましたか？」

尊久の気遣う言葉に、一華は首を横に振った。

「いえ……疲れなんて。楽しみにしていましたから。ただ、すごいマンションだなって思っただけです」

「一華の実家の方が広いですよ」

「これだけ豪華なマンションとあの古い家を比べないでください」

エレベーターはあっという間に十階につき、ドアが開いた。

尊久はボストンバッグを持ってくれただけでなく、空いた手でエスコートもしてくれる。

重厚なドアの前で尊久がカードキーを翳《かざ》すと、ロックが解除された。

中へ促《うなが》されて、玄関に入る。

「入り口から別世界でしたけど、お部屋もホテルみたいですね」

人の住まいをじろじろと見るのは不躾《ぶしつけ》だとわかっていても、興味からつい視線を動かしてしまう。ホテルの部屋と同じイタリア家具メーカーの丸いダイニングテーブルとソファー、ローテーブルが置かれており、テーブルの上には経済新聞が何部も重ねられている。料理をする暇がないのか、キッチンは使われた形跡がなかった。

室内には埃《ほこり》一つ落ちておらず、ハウスキーパーを頼んでいるのが窺《うかが》い知れる。旅行中に新聞をテーブルに置いたのもハウスキーパーだろう。

間取りは２ＬＤＫだが、おそらく家賃だけで一華の給料の数倍はするはずだ。一華がそっとため息をつくと、荷物を床に置いた尊久が肩を引き寄せてきた。

「なにか不安ですか？」

「……尊久さんは、こういうところに住むのが当然な人なんだって思ったら、少し不安になってしまっただけです。私には、あなたに返せるものがなにもありませんから」

尊久は一華がいいと言ってくれているし、一華も結婚するならば尊久でなければいやだ。

一華が不安になるたびに、彼は言葉を尽くしてくれる。ただ、一方的に守られているだけの今の状態は、自分自身のためにも良くないのだと改めて思い知っただけだ。

「でも私は、もう諦《あきら》めたくないんです。ほしいものをほしいと言いたい。だから、私があなたを尊敬しているように、いつかあなたに尊敬されるようなホテリエになります。そう言ったら、笑いますか？」

一華が言うと、眩《まぶ》しいものでも見るように目を細めた尊久が、頬に触れる。

「笑うわけないでしょう」

尊久の言葉に、一華は胸を撫で下ろした。

「まだ話はしていませんでしたが、そのうち、リーダー研修に一華を推薦したいと思っています。いずれはアシスタントマネージャーとして、部下の育成にも携《たずさ》わってほしい。当然、恋人の欲目などではありませんよ。あなたの実力を見込んだ上での話です」

「アシスタントマネージャー……ですか。私が？」

驚いたのも無理はなかった。アシスタントマネージャーは、副支配人として、支配人のサポートや部下の育成に携《たずさ》わる。当然、責任は今の比ではない。

「挑戦してみたい……気持ちはあります。尊久さんがそこまで私を評価してくれるのは嬉しいです。でも……」

昇級など自分とは無関係だとずっと思っていたが、このチャンスを逃したくはない。

ただ問題は、一華が日勤のみで働き、弟妹たちの学校行事などで土曜日も休みがちなことである。

そんな不安を察したのか、尊久は一華の手を引き、ソファーに座らせる。

「いずれは、と言ったでしょう。焦らなくて大丈夫です。さすがにこの話を受けるとなると、日勤のみとはいきません。土日の繁忙期は率先して出勤してもらうことになります。だから、亜樹くんがもう少し大きくなってからでもいい。ただ、一華には昇級を無理だと諦《あきら》めずに、そこを目指してほしいという話です」

尊久は仕事に甘い男ではない。能力のない社員を容赦なく切り捨てる一面もあり、それによりホテルの利益を伸ばしてきたのだ。もちろん突然解雇を言い渡されるわけではなく、定期的なテストが行われ、その結果次第ではあるのだが。

そのときにもし一華が研修で実力を示せなければ、この話自体がなくなるだろう。たとえ恋人であったとしても、甘い採点をしてくれるような男ではないと知っている。そうでなければ総支配人という職は務まらない。

しかし、一華にはリーダー研修を通過できない怖さよりも、楽しみが大きかった。諦《あきら》めなくていい。上を目指してもいいのだと知ることができただけで嬉しかった。

「一華……こういった話は負担ですか？」

黙り込んでしまった一華を案じるように、尊久が顔を覗《のぞ》き込んでくる。

一華は顔を上げ、繋《つな》いだままの尊久の手をぎゅっと握りしめた。

「いえ、ただ嬉しくて言葉にならなかっただけです。このホテルで働けるだけでも満足しなければと思っていましたから。私……キャリアアップを目指せるんですね」

そう言うと、握った拳《こぶし》の上に反対側の尊久の手が重ねられた。

左手を持ち上げられて、薬指に口づけられる。

「あなたならきっと大丈夫です。一華だけの肩を持つことはできませんが、そう信じています。でも、まず一華が考えなければならないのは俺との結婚ですよ。そういえば、俺とどこで出会ったか思い出せましたか？」

からかうような眼差しを向けられて、一華は言葉に詰まった。

プライベートの場で彼と顔を合わせていたらしいが、一華にはやはり思い当たる節がなかった。

彼のような美形ならば、すれ違っていただけでも顔を覚えていると思うのだが。

「すみません……」

「じゃあ、答え合わせをしましょうか」

尊久は背後から一華を抱き締めると、服の上から乳房を包み、指が食い込むほどに強く揉みしだく。

「ん……っ……はぁ、これ、答え合わせ、じゃ……ないでしょう」

答え合わせをするのではなかったのか、と尊久を睨《にら》むが、耳元に唇を寄せられ耳朶《じだ》を舐められると、もうそれどころではなくなった。耳の中を舌で舐め回され、ちゅくちゅくと湿った音が響くと、一華の口から甘やかな声が漏れでる。

「時間はまだたっぷりありますから。ゆっくり、教えてあげますよ」

尊久の低く艶《つや》めいた声に腰がずんと重くなり、ここ数日ですっかり快感に弱くなった身体は、淫《みだ》らに反応を示してしまう。

やがてショーツがはしたなく濡れて、肌に張りつく。胸を上下左右に押し回されるが、決定的な快感には至らず、もどかしさばかりが募《つの》る。

「焦《じ》らさないで……ください」

一華は、はぁはぁと肩で呼吸をしながら訴えるが、彼の手は止まらない。スカートを捲り上げ、太腿を撫でる手が足の付け根に触れると、敏感な部分を掠《かす》めるように行ったり来たりする。たまらない刺激に一華は腰をくねらせるものの、じっとりと濡れたそこには触れてもらえなかった。

「やっ、あ……早く……っ」

「思い出したら、触ってあげる。ヒントは……」

彼がそう口に出したとき、部屋のインターフォンが鳴り響いた。

「尊久さん……誰か」

「無視してください」

どうやらエントランスのオートロックのインターフォンのようだが、彼はそれを無視し手を動かす。しかし、ふたたびインターフォンが鳴らされると、深くため息をついた。

「尊久さん」

一華が腕を叩くと、彼は渋々といった様子で身体を離し、インターフォンに応答した。

スピーカーから聞こえてきたのは、幼い子どもの声だ。

「勇斗？　お母さんはどうした？　あぁ、また、君ですか……」

彼が驚いたように口に出した名前は、悦子の一人息子で彼の異母弟のものだ。

後半の言葉はいかにも面倒だという雰囲気で口にしていたが、勇斗はいったい誰と来たのだろうか。

尊久はオートロックのインターフォンを切り、ため息をつきながら一華に向き直る。

「一華……すみません」

「私は、お暇《いとま》した方がいいですよね」

一華がそう言って立ち上がるが、引き留めるように腕を掴《つか》まれる。

「帰らないでください。あと二日一緒に過ごす約束でしょう。ただ、この部屋に麻田さんと弟の勇斗が来ます。麻田さんが俺の家を知っているのは、義母が教えたからで、以前にも何度か押しかけてきたことがあるんです。居留守を使うと、勇斗を伴うようになりまして。ですが、誓ってなにもありませんから誤解しないでくださいね。彼女にあなたを恋人として紹介したいと思いますが、よろしいですか？」

「はい……それは、大丈夫です」

尊久に一気にまくし立てられ、一華はぽかんとしながらも頷いた。

ひとまず、帰れと言われたわけではないと知りほっとする。

聡《さと》そうに見えた勇斗が唯に懐《なつ》くとは思えなかったが、どうやら唯は悦子と勇斗の前では子ども好きを装《よそお》っていると聞き納得した。塩崎家の運転手を使い、毎回勇斗を伴いここに来るのだという。

相手を待たせている状態で、これ以上長話をするわけにはいかない。

一華が促《うなが》すと、尊久がオートロックを解除し、インターフォン越しに「どうぞ」と言った。彼は、乱れた一華の服を手早く直し、キッチンへと向かう。

「尊久さん、荷物をあっちの部屋に置かせてもらってもいいですか？」

「もちろんです」

この部屋に元気いっぱいの三歳児が来るのならば、尊久と自分のボストンバッグは邪魔だし、ほかの部屋に移動させておいた方がいいだろう。

隣の部屋は寝室で、ウォークインクローゼットがあるほかは、大人が三人は寝られそうな大きなベッド、それに重厚なデスクが置かれていた。

散々、尊久と一緒に寝たのに、慣れるどころか今夜もここで一緒に寝られるのだと胸が期待に疼《うず》く。

一華はなるべくベッドを意識しないようにして、荷物をクローゼットの前に置かせてもらう。するとちょうど、部屋のインターフォンが鳴り、尊久が玄関に向かった。

「ご用件は？」

「ご用件はって、いつもひどいですね！　勇斗くんと一緒に遊びに来たんです～！　入ってもいいですよね？」

「えぇ、どうぞ」

彼の声に続いて唯の声が聞こえてくる。勇斗が一緒にいるからだろう、尊久は迷惑そうな雰囲気を抑え、あくまで歓迎するという体《てい》で出迎えていた。

一華も慌てて玄関に向かうと、亜樹と同じ背丈の男の子が靴を脱ぎながら、きょとんとした顔でこちらを見ていた。間近で見た勇斗は、彼の子だと言われてもおかしくないほど尊久にそっくりだった。芯の太い黒髪も目鼻立ちの整った顔も。

「こんにちは、勇斗くん」

唯に軽く頭を下げてから、一華は勇斗に視線を合わせてしゃがみ込む。戸惑うような視線で見つめつつも、しっかりした子なのか「こんにちは」と挨拶《あいさつ》が返された。

（あれ？）

これほど近くで勇斗と接するのは初めてだが、ホテル以外のどこかで彼を見たような気がする。それに声にも聞き覚えがあった。どこかで会っただろうか。

「なんで林さんがここにいるんですかっ！」

一華が思い出そうと頭を捻《ひね》っていると、それを遮《さえぎ》るように唯が耳をつんざくような大声を上げた。

びくりと肩を震わせた勇斗の目に涙が浮かぶ。

すると、尊久が大きく息を吐きだしながら口を開いた。

「林さんとはお付き合いをしていますから。五日前から休日を一緒に過ごしていたんですよ」

尊久の言葉には、暗に邪魔をするなという意味が含まれていた。ただし、勇斗にはわからないように。

一華にとって彼女はあくまでホテルのスタッフの一人で、彼にとってもそれは同じ。だが勇斗は違う。尊久にとっては半分血の繋《つな》がった大事な弟で、無下《むげ》にできるはずもない。

「どうしてこの人と？　尊久さんは私と結婚するんでしょう？　前だって家に上げてくれたし……」

「勘違いしないように。何度も言いますが、私は麻田さんと交際も結婚もするつもりはありません。以前、部屋に上げたのは今日と同じ理由で、勇斗が一緒だからに決まってるでしょう」

唯の突拍子もない訴えに、尊久は冷たく返す。

そういえば、尊久は一華の前以外では一人称に「私」を使う。唯と話しているときも普段の仕事中もそうらしい。一華だけには素を見せてくれていると思うと、純粋に嬉しくなる。

「一華……申し訳ありませんが……」

「わかりました」

尊久の渋い表情から、これからどういう話をするのか想像できる。

一華はすぐに察して、おいでと勇斗を手招きする。

「勇斗くん」

「なぁに？」

「トランプあるから、あっちで一緒にやろうか」

一華のボストンバッグの中には、芳樹の入れたトランプやカードゲームが入っている。

亜樹はまだ数字やひらがなを覚えている最中だが、勇斗はすでにひらがなもカタカナも数字も読み書きができると顧客情報に載っていた。成長の早い勇斗ならカードゲームも問題なくできるかもしれない。

とはいえ、勇斗はまだ三歳だ。昼を過ぎたこの時間なら眠くなるはず。今は眠気もないようだが、少し遊べばそのうち寝てしまうだろう。

「うん、やる」

「じゃあ、おいで」

手招きすると、勇斗が靴を脱いで玄関を上がった。

「お邪魔します」

勇斗は三歳のわりに礼儀正しく、とても素直だ。

この子がスタッフの間で癒《い》やしだと思われている所以《ゆえん》がわかる。

尊久が幼い頃もこうだったのかもしれない、と想像すると可愛さが倍増した。

「はい、どうぞ」

一華は勇斗と手を繋《つな》ぎ、リビングへ行く。

すると、背後から唯の声が聞こえてくる。

「あんな女より私の方がいいですよ。尊久さんを満足させてあげられると思いますけど」

「私が誰と付き合おうが、あなたには関係ありません」

一華は慌てて寝室のドアを閉めた。おそらく勇斗は会話の意味はわかっていないだろうが、なるべく聞かせたくない内容だ。もっと早くドアを閉めればよかったと後悔する。

ようやく静かになった部屋で、一華はボストンバッグの中を漁《あさ》るとトランプを取りだした。

「勇斗くん。トランプのゲーム、なにか知ってる？」

そう言って、一華はフローリングに座り、床にトランプを並べていく。

勇斗は興味深そうにそれを見ながら、首を横に振った。

「ゲーム？　知らない」

「じゃあ、七並べなら簡単かな」

三歳でもわかるようにルールを説明すると、勇斗はすぐに理解した。やはり利発な子だ。相手が出せないようにカードを止めるなんて意地悪はもちろんせずに、一華は勇斗が悩まなくて済むようにカードを出していく。だが、そうしているうちに勝つための方法を理解したのか、次第に一華が苦戦し始めた。

しかし、そこはまだ三歳。三十分も経たずに勇斗が船をこぎ出す。やがて、ベッドにもたれかかり完全に寝入ってしまった。

あと二、三回遊んでいたら、今度こそ負けていたかもしれない。その前で良かったと思いながら、勇斗を起こさないようにそっと抱き上げ、ベッドに寝かせた。熟睡しているようで、抱き上げても勇斗はまったく起きなかった。

「可愛い」

頬をぷにぷにすると、眉を寄せて「うぅん」と寝苦しそうな息を吐く。

一華はトランプを片付けたあと、寝室からそっとリビングを窺《うかが》う。ドアを閉めているものの、話し声がかすかに聞こえてきた。

「で、話はそれだけですか？　それでしたらお帰りを」

尊久は淡々とした口調で言った。

「違いますよ～！　尊久さんが休暇を取ってるって聞いたから、家にいるのかなって。前に来たときと変わってないんですね～おしゃれな部屋」

唯の大きい声で勇斗が起きてしまわないかとハラハラしたが、幸いぐっすり寝入っているようだ。

唯は、勇斗のことなど忘れたのか、今どう過ごしているのか心配の一つもしない。尊久の義母といとこ関係にあるのなら、勇斗は親族――従甥《いとこおい》であるだろうに。

「突然訪ねてきて相手に迷惑になるとは考えませんか？　私は彼女とゆっくり休日を過ごしていたのですが」

尊久の言葉を聞いて、唯が来る直前まで妖しい雰囲気だったのを思い出し、一華の頬に熱が集まる。

「迷惑なんてひどい」

「触れるのを許した覚えはありません」

唯の非難する言葉のあと、地を這うような低い声が室内に響いた。

その声が一瞬、誰のものか一華はわからなかった。落ち着きがありながらも、温度のない冷たい声。それを自分に向けられているわけでもないのに、身が竦《すく》んだ。

彼の怒りを買った唯はもっと恐ろしいに違いない。

「え……え、なんで？　そんなに怒らなくてもいいじゃないですか……」

隣から唯の泣き声が聞こえてくる。間近で怒気を向けられ、泣きたくなる気持ちは理解できるが、そもそもは彼女が尊久の家に勝手に押し掛けたことが原因だ。

「研修の報告は受けています。ほとんどの試験をクリアできていないうえ、研修にも来なくなった。そして、無断でハウスキーパーの仕事に戻っていると」

「だってあんなの無理です。意地悪なことばっかり言うし、何回もやり直しさせられるし。そもそも私は、悦子さんに頼まれてホテルに入ったんですよ。尊久さんと結婚してほしいって頼まれたからここにいるのに……婚約者じゃないですか、それならちょっとぐらい優遇してくれたって……」

「婚約を承諾した覚えはありません。それに、義母に人事権はありません」

尊久は酷薄な態度を崩さず、感情のこもらない口調で続けた。

「休み明けに伝えるつもりで書類を揃えさせていますが、麻田唯さん、君は四月末付けでの懲戒解雇処分となりました。理由はわかっていますね？」

「えっ、理由なんてわかりません……私はちゃんとやってます。また、林さんがチクったんですか？」

唯は腹立たしげにそう言った。彼女の件で大木に報告を上げていたのは、一華だけではない。同僚のハウスキーパーからも業務態度について報告されているはずである。

「バスルームが濡れたまま。ゴミが床に落ちていた。アメニティグッズの数が足りない……これは、君とペアを組んだ担当者から何度も出ているクレームです。それに君は、ホテルの備品を盗み、それを転売していますね？」

尊久の言葉に唯が押し黙った。

（やっぱり、そうだったんだ……）

予想はついていたものの、自社のスタッフがそんなことをするなど信じたくない思いもあり、一華は重いため息を漏らした。プライドを持って働いているだけに、そういうスタッフのせいでホテルの評判が落ちるかもしれないことが許しがたい。

「私、そんなことしてない！　証拠はどこにあるんですか……っ」

唯は言い逃れできると思っているのか、またぐすぐすと鼻を鳴らして訴えた。

「証拠ならありますよ」

「へっ？」

「報告だけを鵜呑《うの》みにするわけがないでしょう。研修を言い渡し様子を見ていたのは、君を泳がせて窃盗の証拠を集めるためです。案の定、オークションサイトにうちのホテルの備品が多数出品されていました。情報開示請求を行い、警察に被害届を出していますから、せいぜい大事ないとこ殿に守ってもらえばよろしいのでは？」

唯はようやく尊久の本気の怒りが伝わったらしく、言葉をなくしていた。

「では、そういうことで。もうお帰りになってけっこうです。あとは警察でお話を。まったく気にしていないと思いますが、勇斗は私が家に送っていきますから」

早く出ていけ、と匂わせた尊久の言葉を、このときばかりは正確に理解したようで、唯の足音が遠ざかっていく。

玄関のドアにロックがかかる音が聞こえて、ようやく肩の力が抜けた。寝室のドアを開けてリビングに行くと、椅子に座りため息をついた尊久と目が合う。

「とんだ休みになってしまい、申し訳ありません。あと……」

「わかっています。誰にも言いません」

本来なら、唯が懲戒解雇処分になったことも、ホテルの備品を盗み、オークションサイトで転売していたことも、一華のような一般の社員が知れることではない。情報共有は大事だが、社員たちの士気に関わるような内容については、上役たちの胸に収められる場合がほとんどだ。

「助かります。一華には、迷惑ばかりかけてしまっていますね」

尊久は申し訳なさそうに苦笑する。

一華は床に膝を突き、尊久の膝に置かれた彼の手を取った。

「そんなこと言わないでください。私は、あなたにも寄りかかってほしいって思ってるんですから」

「じゃあ今、抱き締めてくれますか?」

「ふふ、もちろんです」

腕を伸ばした尊久の膝の上に座り、一華は彼の背中に腕を回した。

椅子が二人分の体重を受けて軽く軋《きし》む。

「これでいいですか？」

尊久の胸の中で顔を上げて聞くと、まだだと言わんばかりに強く抱き締められ、唇が深く重なった。

「尊久さんの怒ってる声、初めて聞きました」

「怖がらせてしまいましたか？　いいところで邪魔をされたので、少し苛立《いらだ》っていたかもしれません。俺もまだまだですね」

あれが少しか、と思うも、今の彼はいつもと同じで一華に甘く優しい。

腰に回った尊久の手が妖しく動く。そしてもう一度唇が触れそうになったところで、寝室のドアが開き、勇斗が目を擦《こす》りながら部屋から出てきた。

「ゆ、勇斗くんっ……どうしたの？　起きちゃった？」

「ん～トイレ……」

「そっか、トイレね！　ちゃんと起きられて偉いね！」

一華が慌てて勇斗の手を引き、廊下側にあるトイレに連れていこうとすると、勇斗が首を傾げて言った。

「お姉ちゃん、お兄ちゃんにぎゅうってしてもらったの？　いいなぁ」

「う、うん……あとで勇斗くんもしてもらおうね～あははは……」

乾いた笑いが漏れて、真っ赤な顔を隠すように勇斗から目を逸らしていると、真後ろで笑いをこらえている様子の尊久が「すみません」と呟《つぶや》いた。


第六章

「では、また」

勇斗を連れて実家に戻った尊久は、玄関前で勇斗に別れを告げた。上がれば悦子に引き留められることは間違いないし、一華が部屋で待っているため、早く帰りたかった。

そんな尊久を引き留めたのは勇斗だ。

「お兄ちゃん、もう帰っちゃうの？」

至極残念そうに言われると弱い。

悦子もそれをわかっていて、尊久の元に勇斗を差し向けているのだろう。

「今日は、あのお姉ちゃんが部屋で待っているんだ。今度ゆっくり遊ぼう」

「うん……」

しょぼくれる勇斗の髪を撫でて、家に入るのを見送ると、玄関から悦子が出てきた。

顔を合わせないようにすぐ帰ろうと思っていたのに。尊久は煩《わずら》わしさを隠すことなく、息を吐いた。

「そんなにすぐに帰らなくてもいいじゃない。尊久さんの家でもあるんだし。勇斗はあまりあなたに会えないって寂しがっているのよ。それで唯ちゃんは？　一緒じゃないの？」

「帰しましたよ。あぁ、それと、麻田さんは今月末付けで懲戒解雇処分となりました」

「はぁ？　どういうことよ！」

唯はまだ悦子に連絡していなかったらしい。今頃、荷物をまとめて雲隠れの準備をしているか、キャバクラで働いていたときの知り合いに助けを求めているかのどちらかだろう。

「具体的な話はできませんが、ホテルに多大なる損害を与えた……とだけ言っておきましょう。警察に被害届も出していますから、この先うちが彼女を雇用し続けることはあり得ません。ご承知おきください」

「損害って……ホテルは大丈夫なんでしょうね」

悦子が不安そうな表情で言う。彼女の心配は唯ではなく、自分がこの先に特権を得られるかどうかであるらしい。

「それはもちろん。あぁ……この生活を失いたくないのなら、これ以上下手な真似はしない方がよろしいかと。そのときは父も黙っていないでしょうから。話はそれだけです。では」

尊久が鋭い目を向けると、悦子がびくりと肩を震わせた。

悦子にとってなによりも大事なものは、今の自分の生活だろう。それを守るためならば妹分である唯すら切り捨てる女だ。今回のことでおとなしくなってくれればいいが。

尊久は重苦しいため息をつきながら車に乗り込んだ。

（早く一華の待つ家に帰りたい）

そう思うようになった自分に驚いた。

尊久にとって家族とは、亡くなった母だけだった。父は家庭を顧《かえり》みない仕事人間だったが、そんな父を恨まなくて済んだのも、母が決して父を悪く言わなかったからだろう。

だが、尊久もまた父に似たのか、ホテリエの仕事に生きがいを感じてしまった。仕事に没頭するとほかに目が行かなくなるのも同じで、部屋に帰るより職場に泊まった方が時間を無駄にしなくていいとさえ思っていた。

そんな自分が、一華と家庭を作りたいと願うようになったのだ。

今の尊久にとって、家族に近しい相手は一華だけ。一緒にいて安らぎを覚えるのも、仕事を忘れて素の自分を出せるのも、思えば初めから彼女だけだった。

（一華は……まだ俺を思い出せないみたいですけどね）

尊久は、初めて一華と顔を合わせたあの日を思い出しながら、車を走らせた。


尊久が日本に帰国して二ヶ月。朝からなんの用事もなくゆっくりできる日は久しぶりだった。

前総支配人からの引き継ぎや、各マネージャーからの報告書に目を通すだけでも膨大な仕事量。それだけではなく、各部を回り問題がないかをチェックしたり、ＶＩＰ客の対応をしたりするのも尊久の仕事だ。

ホテルに泊まり込み仕事をこなすのはもはや日常と化していたが、ようやくここ最近はそれも落ち着いてきて、久しぶりに自宅に帰っている。

だが、最近ではあるスタッフの問題行動によって、仕事とは別のストレスを抱えていた。

（どうするべきか……）

彼女は、アルバイトとして働き始めた当初から、周囲に自分が尊久の義母の親戚であることを自慢げに告げ、総支配人である尊久を〝尊久さん〟と親しげに呼んでくる。

グランドフロンティアホテル＆リゾートは、どの支店でもコネ入社は認められていない。けれど彼女の言い方では、尊久が権限を使い入社させたように聞こえる。社員の士気にも関わる問題だ。

尊久はそのアルバイトスタッフを呼びだし、注意をした。だが、彼女はまったく悪びれることなく、自分は悦子に頼まれてアルバイトをしているだけだと言い放った。

しかも、総支配人室に呼ばれたことで、さらに自分は特別だと増長したようで、彼女の態度はますます見過ごせないものになっていった。

女性から声をかけられるのは日常茶飯事《にちじょうさはんじ》で、尊久はそういった相手を躱《かわ》す手腕にも長《た》けていた。だが、ここまで常識の通じない相手は初めてだった。

マンションの部屋にいると、オートロック側のインターフォンが鳴らされた。画面に映った顔は、今し方想像していた相手だ。居留守を決意するが、ふたたびインターフォンが鳴らされ、今度は画面に幼い弟の顔が映る。

（勘弁してほしいですね……本当に）

日本に帰国してすぐ父の家に顔を出すと、父が結婚したという若い女性を紹介された。父が日本に帰国してから五年近く、尊久は一度も帰っていなかったため、顔を合わせるのは実質初めてだ。

母親を必要とする年齢でもないし、会う機会も多くないだろうと思っていたのだが——なんと義母は、尊久が引き継ぎで日本を離れている間に唯をアルバイトスタッフとして入社させていた。尊久がいれば起こりえないミスだ。

義母の狙いはわかりやすかった。権威主義の悦子は、父を手中に収めただけでは飽き足らず、尊久を駒として自分の思うように動かしたいらしい。妹分である唯を差し向け、結婚させればいいと考えたようだ。

「はい」

『尊久さん、こんにちは。唯です』

「どういったご用件で？」

『今日、お休みですよね。遊びにきました〜』

「お帰りください」

『唯ちゃん、お兄ちゃん、遊べないの？　僕、喉渇いたし、疲れた』

『大丈夫だよ。勇斗くん、尊久さんと遊べるの楽しみにしてたもんね〜』

勝ち誇ったような唯の声に苛《いら》つくが、落ち込んだ勇斗の声が聞こえると、突き放すことはできない。

六月の日射しは強い。特に今日はかなり天気が良く真夏日だった。塩崎家の車で来ているだろうが、勇斗を涼しい室内で休ませた方がいいだろう。尊久は仕方なくオートロックを解除した。

飲み物を用意し彼らを招くと、図々《ずうずう》しくも唯はソファーに腰を下ろした。

肩と胸が大きく開いたTシャツに、下着が見えそうなほど短いタイトスカートを穿《は》いている。ほんの少しだけ足を開いているのはわざとだろう。

勇斗はテーブルの前にちょこんと座り、お行儀よくマグカップを傾けていた。

「いいところに住んでるんですね〜さすが尊久さん」

まだ二歳半とはいえ、勇斗に唯との話を聞かせたくはない。

「勇斗、こっちでテレビでも観る？」

「うん！」

尊久は、契約している動画配信サイトで子ども向けのアニメを探した。勇斗を手招きして、寄りかかれるようにクッションを置いてやる。唯は、先ほど勇斗に向けていた猫なで声はなんだったのかと思うほど、彼から興味を失っていた。

「ありがと」

「いいえ、どういたしまして」

勇斗がお礼を言う様子を見て、尊久は微笑ましくなる。

勇斗は真っ直ぐにすくすくと育っている。悦子が育児をするとは思えないから、使用人の教育のたまものだろう。

「で、麻田さんは私の家を見に来たわけではないでしょう。ご用件は？」

尊久が聞くと、彼女は想像通りの言葉を続けた。

「ご用件って……仕事中じゃ全然話す時間がないから、ここに来たんですよ〜」

「あなたとはプライベートで会うような関係ではありません」

「婚約者なのに、つれないなぁ。ねぇ、尊久さん、聞いてくださいよ」

唯は拗《す》ねたように唇を尖《とが》らせると、尊久がなにを言う間もなく仕事の不満を語った。

「私、フロントを希望してたのに、なんでか掃除の係になっちゃったんです。全然やる気がない女がフロントで、私が掃除っておかしいですよね～」

「やる気がないとは？」

尊久が興味を示したと思ったのか、唯は前のめりになって話しだす。

「その女、日勤しか入ってないんです。で、子育てがどうのとかって土曜日も休むし、マネージャーも困ってるみたいですよ」

「それは、林さんのことですか？」

唯がこき下ろしているのは、フロントサービス係の林一華だろう。

一華の境遇は大木から聞いており、唯が言うような人物ではないこともわかっている。迷惑をかけるからと本人が異動を希望したのを引き留めたのは、唯が困っていると言う大木なのだから。

「たしかそんな名前だったかも～。でね、そんな人より、私の方がフロントに向いてると思うんです。私をフロントサービス係にしてくれませんか？　尊久さんならなんとかなりますよね？　悦子さんに頼んだら無理だって言うし。肝心なところで役に立たないんだから、あの人」

おそらく唯は自分の外見に相当自信があるのだろう。たしかに美人ではあるが、毒々しい化粧の仕方を見ていると、心の醜《みにく》さが外見に表れているのではないかと思う。他者を見下し、恨み言を発している己《おのれ》の顔を一度鏡で見てほしいものだ。

(今まで、そういうそで周囲を騙《だま》してきたんでしょうね)

唯は、ハウスキーパーの職務を見下しており、グランドフロンティアホテル＆リゾート東京のスタッフの一人だという誇りさえない。今のところは新人ということで注意で済んでいるが、このままなにも変わらなければ早々に退職勧告もあり得る。

「無理です。まず、君がそのままハウスキーパーとして働けるかどうかも、今後の働き次第だと言っておきます」

アップ・オア・アウト——〝昇進するか、そうでなければ退職するか〟という意味だが、外資系ホテルとはいえ、多少の失敗で社員を解雇するような真似はしない。

顧客満足度を高めるためには、従業員満足度も気にしなければならないからだ。むしろ失敗したあとの対処方法こそが、尊久は大事だと考えていた。

とはいえ、多くの日本企業のように能力のない社員を定年まで守るような風潮はない。そのため、ミスの多い社員やなかなか結果を出せない社員には、再度研修を受けさせ、それでも改善されなければ退職勧告を行っていた。唯にも近いうちに再研修を勧めるつもりだ。

「私はちゃんと仕事してますよ～」

唯が頬を膨らませながら、唇を尖《とが》らせた。ふてくされ方が成人した女性とは思えない。

尊久は「本人から退職を願い出てくれないものか」と考えながら、じりじりと近づいてくる唯と距離を取った。

「尊久さん、私……けっこう可愛いと思うんですけど……好みじゃないですかぁ？」

猫なで声が癪《しゃく》に障る。しかも、すぐそこに小さな子どもがいるのに、この女はなにを言っているのだろう。いよいよ耐えられなくなった尊久は、スマートフォンをテーブルに置いておき、強い口調で告げた。

「まったく好みではありませんのでお帰り願えますか？　なにかあってからでは遅いですし、身を守るためにこちらに録音しておきますから」

腕力で女性に負けることはないが、こういった輩《やから》はなにをしてくるかわからないため面倒だ。

案の定、唯は憤慨した様子でスマートフォンの録音を止めようとしてくる。

「なんで録音なんてしてるんですか～！　ひどい！　エッチ！」

頭の中が色ボケしているのは君だろう、と心の中で罵倒しながら、尊久は冷ややかな目を向けた。

「帰ってくださいと言っています。迷惑です」

「も～婚約者に冷たいって悦子さんに言いつけちゃいますからね！」

「婚約者ではありませんので、どうぞご自由に」

取りつく島もないのが伝わったのか、唯はふんっと鼻を鳴らし立ち上がった。

尊久が出口を指差すと、どすんどすんと足音を立てながら、唯が玄関に向かう。鍵がかかったのを確認するために、尊久も唯のあとに続く。

「あぁ、そうだ。麻田さん」

「はい……っ、やっぱりその気になりましたっ？」

「いえ、まったく。そうではなく、フロントサービス係の林さんは、若いながらに優秀な女性です。うちのホテルでこのまま働き続けたいのなら、彼女のような人を手本とすることをお勧めします」

「なっ」

尊久の言葉に、唯は怒りで顔を真っ赤に染めて、乱暴にドアを閉めて出ていった。彼女の頭には、部屋に残された勇斗の存在など欠片《かけら》もないのだろう。

尊久がリビングに戻ると、勇斗がつまらなそうにテレビを観ていることに気づいた。

「勇斗？　おもしろくない？」

「お外……いきたい」

勇斗はテレビの前に座ったまま、おずおずと尊久を見上げた。

「わかった。じゃあ家に送るついでに公園に寄ろう」

「うんっ！」

義母に思うところはあるが、目を輝かせて喜ぶ勇斗を見ていると、純粋に愛おしいと思える。

それに、幼い頃からずっと一人で過ごしてきた尊久は、広い邸《やしき》で親に構ってもらえない勇斗の寂しさが痛いほどにわかった。

父は子どもよりも仕事を優先するだろうし、悦子が勇斗をそこまで大事にしているとも思えない。勇斗の面倒は使用人に任せっきりのはずだ。金に困っていないことがせめてもの救いだが、とにかくこの小さな弟が健《すこ》やかであればいいと願う。

尊久は二人分の飲み物を持ち、車で近くにある公園に向かった。駅からも近いこの公園は大きな噴水が特徴的で、土日には度々イベントが催《もよお》されていることで有名だ。公共の駐車場もあり、子どもの遊具もあるはずなので、勇斗でも楽しめるだろう。

尊久は駐車場に車を停めて、勇斗と共に広場に向かった。日射しが強く、大人でも厳しい暑さだ。どこかで帽子でも買ってやればよかったかもしれない。

「勇斗、水を飲んでから遊ぼう」

「うん」

勇斗に水を飲ませ、手を繋《つな》いで歩く。勇斗を可愛いとは思うものの、子どもの命を預かっているという緊張感は仕事以上に重かった。尊久に子育ての経験などはなく、グランドフロンティアホテル&リゾートワシントンにいた頃、お客様のために育児書を読み込んだ程度だ。

広場には滑り台やブランコ、動物の形をした遊具などがあった。

「どれで遊ぼうか？」

「えっと」

尊久が聞くと、勇斗は落ち着きなく足を擦《す》りあわせながら、滑り台を指差した。首を傾げながらも、勇斗と手を繋《つな》ぎ滑り台へ向かう。

「……っこ」

「え？」

急に足を止めた勇斗が泣きそうな顔をして尊久を見た。なにかを言ったようだが、声が小さくて聞き取れず、尊久はしゃがみ込んで彼の顔を見た。

「どうかしたの？」

「おし……おしっこ」

「ちょっと待ってて。近くに……あぁ、あそこにトイレがあるから行こう」

尊久が広場の奥を指差した瞬間、身体を震わせた勇斗が泣きそうな顔で謝った。

「ご、め……なさい」

気づくと、ズボンもその下の地面も雨が降ったあとのように濡れていて、物事に動じない尊久でさえ、どうするべきか焦ってしまった。着替えを持っているはずもなく、服を買いに行くにしても濡れたまま連れていくことになってしまう。

「大丈夫だよ。部屋を出る前にトイレに行っておけばよかったね。俺が忘れていてごめん」

尊久が勇斗の髪をくしゃくしゃと撫でると、彼の頬を涙が伝った。

そういえば、トイレトレーニングは大変だと育児教本にも書いてあったな、と思い出しながら、このあとどうしようかと考える。すると——

「あの……よかったら着替えを使いますか？」

背後から声をかけられ振り向くと、子どもを二人連れた女性がいた。彼女は勇斗を心配そうに見つめている。隣で「早く行こうよ」「なにしてるの」と彼女の腕をぐいぐい引っ張る子どもたちに、少しだけ待っててと言い聞かせて、バッグを漁《あさ》った。

「荷物をなにも持っていないなと思いまして。もし、ご迷惑でなければもらってください。古い服なのでお返しいただく必要はありませんから。濡れたままだと気持ち悪いでしょうし、早く着替えさせてあげてください」

彼女はバッグから取りだしたタオルと服、紙オムツを尊久に渡した。

強引に押しつけられた形ではあったが、まったく不快ではない。彼女が心底勇斗を案じてくれているとわかったからだ。

「ねぇ、まだ～？」

「ごめんね、もう行こうね」

女性を見ると、まだ二十代前半くらいの若さだった。疲れた顔をしているが、目はくりっと丸く、化粧をしていないように見えるのに肌は綺麗だ。話し方からも知性があり、芯がしっかりしているとわかる。さすが二人も子どもがいると違うなと尊久は感心する。

「ありがとうございます。実は困っていて……お言葉に甘えてしまってもよろしいですか？」

慣れない育児に翻弄《ほんろう》されている父親だと思われたのだろう。尊久が彼女から服やタオルを受け取り、広場の奥にあるトイレに行こうとすると「待ってください」と止められた。

「こっちのお手洗いの方が近いです。ベビーベッドもありますので」

彼女が指差した先は、尊久の後方だった。振り返ると、たしかに十メートルほど先にトイレのような建物がある。

「ご親切にありがとうございます」

「いいえ。詩織、亜樹、お友だちにバイバイは？」

「ばいばーい」

二人の明るい声が揃い、手を振られたことで、勇斗にようやく笑顔が戻る。

尊久は勇斗の手を引き、トイレへと急いだ。

そして着替え終えた勇斗は、広場で遊んでいた詩織と亜樹と遊び始めた。だが、母親と思われる彼女は、こちらに軽く会釈《えしゃく》をしたあとは三人をずっと見ており、話す機会はなかった。

勇斗の父親だと思われていたのなら、積極的に話しかけられないだろう。そう思い至ったのは家に戻ってからだったが、どうしてか彼女が母親であることが残念に思えてならなかった。

彼女のような人を妻に迎えられた夫は幸せ者だ、などと珍しく他人を羨《うらや》むような感情まで芽生えて、ひどく困惑したのを覚えている。

それから一ヶ月が経った頃。

仕事の打ち合わせのあと、フロントにいる彼女——一華を見かけたときは、驚いたなんてものではなかった。大木から、彼女は独身で小さい弟妹の〝母親代わり〟をしていると聞いたことを思い出し、尊久は全身から力が抜けるほどの安堵感を覚えた。結婚しているわけではなかったのか、と。

それなら自分にもチャンスがあるかもしれない。ずっと気になっていた顔も知らないスタッフと、好感を覚えた女性が同一人物だと知り、舞い上がったのだ。

だが、なかなか彼女との再会は実現しなかった。一華は家庭の事情で日勤のみ。マネージャーの報告は総支配人室で受けているし、まれに尊久が宿泊部へ足を運ぶことはあっても、チェックイン業務が落ち着く夜が多かったからだ。

そうしてなんの進展もなく数ヶ月が過ぎた。そんなある日、尊久が仕事を終えて帰路に就いていると、繁華街を歩く一華の姿を見かけた。彼女はグランドフロンティアホテル＆リゾート東京の近隣にあるホテルに入っていくところだった。

なにを思ってのことではない。ただ、衝動に突き動かされるままに尊久はホテルに向けてハンドルを切った。

いつもなら彼女は家にいなければいけない時間ではないのか。なぜこんなところを一人で歩いているのか、真相を確かめなければ。

そんな思いもあり、慌てて駐車場に車を停めて館内に走ったが、もし彼女がチェックインをして泊まっているのならばもう見つからないだろう。

自分はいったいなにをしているのか。これではまるでストーカーではないか。

ワイシャツは汗にまみれて、髪は乱れ、額《ひたい》も汗が浮いている。

尊久は一華を捜すのを諦《あきら》め、空いている部屋を予約した。帰るのが面倒だったのだ。

そして、部屋で身だしなみを整えてから、気を取り直すためにバーに向かった。まさかそこで、すっかり酔っ払った彼女と出会うとは思いもせず――


尊久がマンションに着くと、キッチンからいい匂いが漂《ただよ》ってくる。

勇斗を連れて部屋を出る前に、暇だから食事の用意でもして待っている、と一華が言っていたことを思い出した。悦子と唯のせいで苛立《いらだ》っていた気持ちが落ち着いていく。

「ただいま戻りました」

尊久がキッチンに顔を出すと、一華が嬉しそうに微笑みを浮かべて「おかえりなさい」と言った。思えば、一華の実家にいるときも尊久は同じような安らぎを覚えていた。おそらく、彼女の持つ雰囲気がそうさせるのだろう。

「いつもと同じようなご飯になっちゃいました……でも、今日は二人だからおつまみも用意してみたんです」

テーブルに並んでいるのは、アスパラの肉巻きと炊き込みご飯、野菜スープ。それに酒に合いそうなカツオの香味和えだ。

「一華の作る食事はいつも美味《おい》しいですよ。ありがとう」

尊久が抱き寄せると、腕の中にすっぽりと収まった一華が、ほっとしたようにもたれかかってくる。その身体をますます強く抱き締めて、尊久は頭に口づけた。

「あなたを家に帰したくなくなりますね」

「私も……帰りたくなくなります」

背中に回された腕に力が込められる。彼女にとってなによりも大事なのは家族だ。それでも、尊久と一緒にいたいと思ってくれることが嬉しかった。そして、それを口に出して伝えてくれるようになったことも。だからこそ、尊久は家族を大事にする一華ごと大切にしたいと思う。

「お腹、空きましたね」

後ろ髪を引かれながらも腕を解放すると、一華もまた甘えるような眼差しを残したまま、そっと身体を離した。

「食べましょうか」

「えぇ」

尊久が手を洗って席に着くと、温めたばかりのスープが目の前に置かれて、一華も向かい側に座った。二人きりの食事はそう多くないが、一華の実家で何度も夕食を共にしている。

実家にいるときの一華は怒ったり、笑ったりと常に慌ただしい。

子どもたちの前で母親代わりの顔を見せている一華を見ているのも楽しくて、迷惑かもしれないと思いつつ、誘われるがまま何度も林家に足を運んでしまった。

一華は箸を取り、野菜スープに口を付けた。その様子を尊久がじっと見つめていると、首を傾げられる。

「どうかしました？」

「こうして二人で過ごす時間は、いいものだなと思いまして」

尊久が言うと、一華がほんのりと頬を染めた。

二人きりでいるときの一華は、一生懸命尊久の恋人であろうとしてくれる。自分に向ける甘い視線も、女性らしい表情や手の仕草も、子どもたちの前では決して見せないものだ。

自分に恋をしてくれる一華に、尊久も何度となく恋に落ちている。

（本当に、帰したくなくなりますね）

彼女と一緒にいられるのはわずかな時間だ。ただ、朝起きて一華がいる幸福感を一度味わってしまった今、一刻も早く一緒になりたいと思ってしまう。

おそらく一華は、具体的な結婚の話は数年後と思っているに違いないが、尊久はそこまで悠長に待っていられなかった。出会った頃よりもずっと、一華を欲する気持ちは強くなっている。明日にでも結婚できるようすでに準備は完了しているため、あとは一華に頷いてもらうだけだ。

尊久がその話を切りだそうと口を開きかけたとき、一華がおもむろに箸を置き、こちらを見つめてくる。

「あの……尊久さん、どうすれば結婚に向けて動けるか、一緒に考えてくれますか？　私も、この旅行中ずっと帰りたくないって思いました。でも、前みたいに結婚に逃げようとしてるわけじゃなくて……」

彼女の目には強い決意と覚悟があった。結婚に至るまでに困難があったとしても、乗り越えていきたい——そんな一華の気持ちが手に取るようにわかる。

自分と同じ気持ちでいてくれたのかと思うと、口元が緩《ゆる》むのを抑えられない。

「わかっています。俺と一緒にいたいと思ってくれたんですよね。近々、一華のお父さんやきょうだいたちも交えて話し合いましょう。実は……すでに一華のお父さんには連絡しているんです」

一華との交際が始まってすぐ、彼女の父と連絡先の交換をしたのだが、その際に結婚する意思があることは伝えてある。今回の旅行を計画したときに、プロポーズする予定だとも話した。

「父にですか⁉」

「ええ、早い方がいいと思いまして。旅行に来る前に伝えました。ゴールデンウィークが終わって夏休みに入る前……六月頃ならと返事をいただいています」

尊久が言うと、一華が嬉しそうにはにかみながら、小さく頷いた。その目は誘うように潤《うる》んでいて、尊久は思わず立ち上がり一華の手を取った。

「片付けはあとにしましょう」

「え……っ」

「昼の続きをしても？」

指を絡めて、一華の手を引き寄せる。あの夜のように、指先に口づけながら欲情しきった目を隠さずに向けると、彼女もまた同じような目で見つめ返してきた。

「はい」

恥じらいながらも頷く一華を抱き締めて、尊久は寝室のドアを開けた。

第七章

尊久と旅行に行ってから二ヶ月。

一華は腕時計で時間を確認すると、フロントに立つ由梨に声をかけた。

「ちょっと早いけど、タイミングがいいから行ってくるね」

「そうね、ちょうどお客様も途切れてるし。いってらっしゃい」

今日は、ホテルからほど近い場所にあるクリニックで健康診断を受ける予定だ。

身体測定や血液検査、内科の診察をしてもらったあと、提携の別のクリニックで婦人科検診を受ける流れとなっている。

一華は内科で血液検査や診察を終えたあと、近隣にある産婦人科を訪れた。

（あれ？）

婦人科の問診票に一つ一つ記入しながら、ふと書き進めていた手が止まった。

（待って……最終月経日って）

スマートフォンのアプリに登録している生理日を確認すると、尊久と旅行をした二ヶ月前の四月を最後に登録していない。

慌ただしくて忘れてしまっただけかもしれない。けれど、生理のときは腰が痛く、フロントに立つのが辛いと、毎月のように由梨と話していたのに、ここ最近はそういった話をまったくしていないことに気づく。

（まさか、妊娠、した？）

四月の旅行では、子どもができてもいいと考えて、彼のプロポーズを受けた。避妊具をつけていなかったあのときに妊娠していてもおかしくはない。動揺しつつも、もし本当にそうだったらと思うと、一華の胸にじわじわと喜びが広がっていく。

（でも、まだわからないし）

一華は下腹部にそっと手を当てながら、最終月経日を記入し、〝妊娠の可能性あり〟に丸をした。

婦人科の検診で医師に伝えると、その場で超音波検査が行われた。

「妊娠してますね。胎児の心音も確認できますよ。このままうちのクリニックで経過を見ていくなら、ほかの検査も必要ですから、一週間後を目処《めど》に予約を取って受診してください」

嬉しくて泣いてしまいそうだった。彼の子がいる――そう思った瞬間、初めて弟や妹を抱き上げたときの喜びがよみがえる。

「わかりました。ありがとうございます」

一華は震える声でなんとかそう返した。

今後の流れについて伝えられたあと、一華の喜びに満ちた顔を見た医師が「おめでとうございます」と口にした。

この検診が健康診断の最後だったため、午後には仕事に戻った。

尊久に早く伝えたいという思いはあったが、今は仕事中。それに、もともと今日、尊久と一緒に父や弟妹たちに結婚の報告をする予定だったので、そのときの方が落ち着いて話ができるかもしれない。

「どうしたの？　なにか嬉しそうね」

隣に立つ由梨が声を潜《ひそ》めて聞いてきた。

いつもよりも浮かれている自覚はあったものの、そんな呆気なくバレるとは思っていなかった。

「う、ううん。今日は仕事が落ち着いてるなと思っただけよ。それより、由梨もそろそろ健康診断の時間じゃない？」

「あら、本当だ。じゃあ、少し抜けます」

由梨はほかのフロントサービス係にも声をかけて、クリニックに向かった。

一華は胸を撫で下ろし、浮かれてミスをしないように気を引き締めたのだった。


定時を迎えて、一華が地下駐車場に下りると、車内で尊久が待っていた。

仕事で失敗をしないように注意していたが、今日ばかりは気もそぞろになってしまったのは致し方ない。身体の中に一つの命があるなんて、まだ信じがたい。

育児経験は豊富でも、一華に出産経験はない。母を見ていたからこそ、妊娠が百パーセント安全だと言い切れないのも理解している。知識として知っていても不安はあった。

(でも、尊久さんが喜んでくれたら……そういう不安も吹き飛びそうな気がする)

彼はなんと言ってくれるだろうか。

一華は逸《はや》る気持ちを抑えきれず、助手席に座るなり、尊久の手を取った。

「一華？」

「尊久さん、私……赤ちゃんが、できたみたいです」

一華が言うと、尊久は目を見開き信じがたいという顔をした。それを見て、自分だけが浮かれている状況に動揺する。

(プロポーズしてくれたのに、やっぱりいやだった……？)

自分たちはまだ知り合って一年も経っていない。結婚するとしてももう少し先を想定していたのかもしれない。それでも、妊娠と聞いて喜んでくれると思っていたが、違ったのだろうか。

(喜んでくれると思ってたんだけど……)

彼の顔を見られなくなった一華は、手を引くと膝に視線を落とした。

「ごめん……なさい……」

それだけ言うのがやっとだった。

浮かれていただけにショックは大きく、涙がこらえきれなかった。

頰を伝う涙が、固く握りしめた拳《こぶし》の上にぽたぽたと流れ落ちる。妊娠のせいで感情の制御ができないのか、悔しさや悲しさが一気にやって来て、気持ちがぐちゃぐちゃになってしまう。

一華の涙を見て我に返ったのか、尊久は普段なら考えられないような仕草で自分の髪をぐしゃぐしゃにかき乱して叫んだ。

「Wrong!　That's not it!」

「……はい?」

呆気に取られた一華が視線を向けると、彼は胸を押さえて数度深呼吸をした。そして、強く握った一華の拳《こぶし》をそっと優しく包む。

「一華……ちょっと待って。誤解させるつもりはなかった。違うんだ。俺が好きなのは君だけだから、謝るな」

彼はよほど慌てているのか、普段の丁寧な言葉遣いさえも崩れていた。

しかも、その顔は先ほどと違って、ものすごく嬉しそうで。

「大事な話をしてるのに、なんで笑ってるんですか……っ」

一華が泣きながら言うと、ますます尊久の顔が緩《ゆる》む。

「こんなに嬉しい報告を聞いて、笑わずにいられないだろう！」

ついには声を出して笑いだすと、一華の後頭部を引き寄せて抱き締めた。ぎゅうぎゅうと抱き締めたあと、彼は一華に心配そうな目を向けて、そっと身体を離す。

「一華だけを愛してるって、もう知ってるでしょう。不安にさせてすみません」

「嬉しい？　本当に？」

「だって、一華が俺と結婚する覚悟をしてくれたあの日に、できたんでしょう？」

「はい」

涙に濡れた頬を拭《ぬぐ》われ、何度も口づけられた。

宥《なだ》めるようだった頬へのキスが、唇に移り、啄《ついば》むように何度も触れられる。浮かれている彼の心境が伝わってきて、一華はようやく胸を撫で下ろした。

「中には出してませんけど、たくさんしましたからね」

そう言われて、何度も彼を受け止めたあの日を思い出した一華は、頬を真っ赤に染めながら尊久にしがみつく。髪を撫でられると、今度は嬉し涙が溢《あふ》れてきた。

「私、赤ちゃん、産んでもいいんですよね？」

「もちろん産んでください。明日にでも籍を入れましょう」

一華が確かめるように問うと、しっかりと首肯が返された。

「出産予定日は来年の一月みたいです」

「わかりました。これからつわりが始まるかもしれませんし、出産前に配置換えを考えます。宿泊部のオフィス課でしたらフロント業務とそう変わりはないですから、ちょうどいいでしょう」

「そうしてもらえると助かります」

今はまだ大丈夫でも、お腹が大きくなってきたら、お客様の案内などが辛くなるだろう。その前に引き継ぎを済ませておきたい。一華が頷くと、尊久がこほんと一つ咳払いをした。

「うちの社員たちは優秀すぎて、俺たちのことはまったく噂になっていませんが、大木マネージャーやフロントサービス係には、タイミングを見て一華が結婚の報告をしてください」

「わかりました」

と言ったものの、総支配人である彼と結婚……なんて、なかなか自分からは言い出せない。鼻で笑われるのではないだろうかと心配になる。

「でも、妊娠については、安定期に入るまで同僚には内緒にしておいてもいいですか？　なにがあるかわかりませんし」

なにがあるか、なんて考えたくはないが、出産後すぐに亡くなった母を思うと、不安はあった。体調が落ち着いたタイミングで、周囲に話せばいいだろう。

「そうですね。あと、体調を一番に考えて。以前旅行のときに頼んだベビーシッターとハウスキーパーに依頼をしておきますから、絶対に無理をしないように」

「……はい」

そこまでしてもらうのは、と言いかけるが、尊久が頑として譲らないのはわかりきっている。

ここは甘えてしまおう。体調だけでなく、一華があの家を出るときになっても弟妹たちが困らないように、他人の手を借りることを考えてくれたのだろうから。

(前はあんなに……自分がやらなきゃって思ってたのにね)

不思議なものだ。意固地になって、無理をして家事や育児に奔走していた自分が、尊久とデートをするために弟妹たちに協力を頼み、結婚したいと思うようにまでなった。結果、子どもまで授かったのだ。

「次の健診はいつですか？　そのときは俺も付き添います」

「一週間後に予約を取りました。そのときに詳しい検査をするみたいです」

尊久は一華の話を聞きながらエンジンをかけて、車を走らせた。

いつもよりもゆっくりで安全運転に思えるのは気のせいではないはずだ。

実家に到着すると、到着を待ち構えていた亜樹が玄関先で両手を広げて尊久を歓迎する。

「たかひさお兄ちゃん、こんばんは」

「名前、言えるようになったんですね。こんばんは、亜樹くん」

尊久が亜樹を抱き上げて、リビングに向かう光景にももう慣れた。まるで本当の父と子のようだと微笑ましく見ていると、父が「おかえり」と軽く手を上げる。

「ただいま」

「ただいま戻りました」

最近は「お邪魔します」ではなく「ただいま」と言う彼に、弟妹たちが嬉しそうに「おかえりなさい」の大合唱を返している。入籍もしていないのにすっかり家族の一員のようだ。

さっそく夕飯の準備をしようと一華がキッチンに行くと、ふわりといい匂いが漂《ただよ》ってくる。

「ふたば、今日も準備してくれたの？」

「そ、芳樹もね。今日はお姉ちゃんたちが主役なんだから、なにもしないで座ってて」

ぐいぐいと背中を押されて、尊久と共にダイニングテーブルにつくと、鯛の煮付けと赤飯、煮物が目の前に並べられた。尊久が林家に来るようになってからテーブルを買い換えたため、今いるきょうだい全員と父、尊久も一緒のテーブルにつけるようになっている。

「赤飯？　それに鯛って……」

まだなにも言っていないのにバレバレのようだ。だが、今回の報告は結婚だけではない。一華の妊娠についてもだ。尊久は喜んでくれたが、父や弟妹たちへの報告は少し気恥ずかしい。

それと、気にかかっていることがある。以前、明彦との結婚がなくなったと報告した際、裕樹は安心したと言っていた。この家から一華がいなくなったらと想像して途方に暮れていたようだ。たとえ尊久と結婚しても彼らを放っておくつもりはないが、それでも裕樹とふたばの負担は増えるだろう。

（ちゃんとその辺も話し合わなきゃ）

裕樹もふたばも、明彦の件があって多少覚悟ができたと言っていたが、一華の結婚がまさかこれほど早いとは思っていないはずだ。また悩ませてしまったらと考えると、やはり緊張してしまう。

（それでも、ごめん……私は、尊久さんと一緒にいたい）

彼は家族と同じくらい、それ以上に大切な人になってしまったから。一華は、どちらも大事にしたかった。きっと尊久はそんな一華の気持ちを汲んでくれるはずだ。

全員が席に着くと、ふたばが尊久にちらりと視線を向ける。その視線を受けて尊久が居住まいを正し、テーブルを見回して口を開いた。

「一華さんと、結婚します」

あらかじめ、父にも弟妹たちにも伝えてあったのだろう。尊久の言葉は端的だった。けれど、弟妹たちにはそれで十分だったようで、甲高い声を上げながら歓喜する。

「きゃ〜！　やったね！　お姉ちゃんおめでとう！」

思っていた以上に好意的なふたばの言葉に驚き、一華は涙ぐむ。裕樹、ふたばの顔に不安はなかった。当然、父の顔にも。尊久は一華との結婚の意思をかなり前に父に伝えてくれていたと言うから、その話を聞き、彼らももっと前から今後について考えてくれていたのかもしれない。

「尊久お兄ちゃんが、本当のお兄ちゃんになるの⁉」

「そうそう！」

ふたばが笑顔で美智の問いに答える。

「それと、一華に赤ちゃんができました」

ふたばに抱きつかれて、受け止めようとしたところで、尊久が父に向けて口を開く。

その報告には父もびっくりしたようだ。弟妹たちも、ぽかんとした顔で尊久を仰《あお》ぎ見る。

「マジか」

父の問いに、真面目な表情で尊久が頷いた。

「はい」

尊久は結婚前の妊娠について、父に謝らなかった。

一華の妊娠を心底嬉しく思っていて、謝ることではないのだと。そんな彼の想いが伝わってくると、感情が振り切って壊れてしまったかのように一華はぼろぼろと涙をこぼした。

それにぎょっとしたのは父や裕樹、それにふたばだ。芳樹など手から箸を落としたことにも気づかず固まっていた。

「お姉ちゃん、どうしたの？　どこか痛い？」

ふたばが一華にティッシュを差しだしながら、助けを求めるように尊久を見る。

「ち、違う……ちょっと、感動しちゃっただけ。尊久さんに愛されていて嬉しいなって。ごめん……なんか今日、ちょっとおかしくて」

一華がティッシュで涙を拭《ぬぐ》いながら言うと、テーブルの下で空いている方の手を取られた。大丈夫だと安心させる彼の手の温度に頬が緩《ゆる》む。

一華が悲しくて泣いているわけではないとわかったのか、皆がほっとした顔になる。

「一華が泣いてるところなんて、十年以上見てなかったな」

「そうだね……そういえば」

「お姉ちゃんも泣き虫さんなんだね～」

父やふたばにそんなことを言われ、つい笑わずにはいられない。

「あなたたち、お姉ちゃんをなんだと思ってるの。人間なんだから、そりゃ泣きもします」

「一華は、俺の前だとわりとよく泣きますよね」

尊久の言葉で、彼に慰《なぐさ》めてもらった夜を思い出す。ベッドの中でも散々啼《な》かしていると暗に含められ、頬が真っ赤に染まると同時に涙がぴたりと止まった。

「俺もおじいちゃんか……このタイミングで良かったよ。あ〜みんな、俺からも報告があるんだが、いいか？」

一華の妊娠に盛りあがる弟妹たちに父が声をかける。

「どうしたの？　お父さん」

父は居住まいを正して、やや緊張した面持ちで口を開いた。

「実はな、そろそろ本社で内勤をやらないかって誘われていてな。俺ももういい歳だし、それを受けて管理側に回ることになったんだ。今まで、一華にもお前たちにもいろいろ押しつけてきたが、今度こそちゃんと俺に父親をさせてほしい。みんな、悪かったな」

父はそう言ってテーブルにつきそうなほど頭を下げた。

「父親って……お父さん、家事なんてなにもできないでしょ」

ふたばが呆れたように言うと、父は痛いところを突かれたという顔をした。

「洗濯機の回し方も知らないもんね」

美智が続けると、さらに父が項垂《うなだ》れる。けれど、今まで父にあまり遊んでもらえなかった亜樹は大喜びだった。きゃっきゃと楽しそうに父に抱きついている。

「頑張るからいじめてくれるなよ。まぁそういうことで、一華はうちのことを心配する必要はもうない。と言っても、体調に無理のない範囲でいろいろ教えてくれ。これからは一華と同じくらいの時間には帰れるだろうから」

いい歳だと父は言うが、まだ五十手前だ。現役のドライバーを続けられないことはなかっただろう。それに、今まで二十年以上トラックドライバーとして働いてきた父は、パソコン一つまともに使えない。この選択をするまでにかなり悩んだであろうことは想像に難《かた》くなかった。

「お父さん、ありがとう」

一華が言うと、父は安心したように微笑んだのだった。


いつもよりも時間をかけて食事を終えて、尊久の見送りに出ようとすると、父が慌てたように玄関先に出てきた。

「忘れないうちにこれを渡しておく。あと、今日は俺が家にいるから、そっちの家に行っていいぞ。妊娠がわかったばかりなら、話したいこともいろいろあるだろ」

「これ……母子手帳？」

一華が受け取ったのは、母子健康手帳と書かれた冊子だった。それは使い込まれてぼろぼろで、写真かなにかが一緒に挟まっていた。

「あぁ、兄ちゃんが結婚するときも渡したぞ。お前も大切に持っておけよ。子どもの頃にかかった病気とか、母さんが細かく書いてたからな。これから一華も同じように、自分の子どものために書いていくんだろうし、持ってた方がいい。尊久くん、一華を頼めるか？」

「もちろんです。一華、行きましょう」

「お父さん、ありがと……っ」

目を潤《うる》ませながら一華が言うと、父はひらひらと手を振って見送ってくれた。

一華は母が遺してくれた母子手帳を大事に抱えて、尊久の車に乗り込んだ。ページを捲《めく》ると、数ヶ月ごとの記録にびっしりと細かくメモが書き込まれていて、目の奥がぎゅうっと痛くなる。

「そういえば、尊久さん、今日はホテルに戻らなくていいんですか？」

車が発進してようやくそのことに気づく。

すると、彼は不安げな顔になっている一華を安心させるように頷いた。

「今日は戻らないと伝えてあります。それにしても、すっかり涙もろくなってますね。少し妬けましたよ」

「妬けるって……家族にですか？」

「だって少し前までの一華は、家族の前ですら泣けなかったでしょう。しっかり者のお姉ちゃんですから」

からかうように言われるが、尊久の声は柔らかかった。

「尊久さんが泣けるようにしてくれたんでしょう？　一人で頑張らなくていいんだって、教えてくれたじゃないですか」

「えぇ、そうですね。でも、一華の泣き顔は可愛すぎるんです。家族であっても、本当は俺以外の誰にも見せたくない」

尊久の本気で拗《す》ねたような口調に笑ってしまう。たしかにホテルで会った夜に、泣き顔も可愛いとは言われたが、そこまでだとは思わなかった。

「嬉し涙だから、いいじゃないですか」

「悲しくて泣かせるような真似は二度としません」

彼は、妊娠について報告した際に誤解させてしまったことを悔やんでいるようだった。決まりが悪そうに「すみませんでした」とふたたび謝る。

「大丈夫です」

たしかに二度とあんな絶望的な気持ちにはなりたくないが、動揺した彼を見る珍しい機会でもあったため、一華はそこまで気にしていない。

三十分後、尊久のマンションに着きリビングに入ると、彼は胸ポケットからなにかを取りだしテーブルに広げて置いた。一華は立ったままそれを覗《のぞ》き込むと、後ろから尊久の腕が伸びてきて抱き締められる。そして、耳元にぞくりとするような彼の低い声が響いた。

「夫の欄は記入済みです」

「……これ、いつの間に用意したんですか？」

「ホテルのバーで出会ってすぐです」

「それって……」

一華がまだ、彼の名前しか知らなかった頃だ。あの夜の言葉がすべて彼の本心だったのは聞いていたが、まさか婚姻届を用意するほどだったとは思っていなかった。

家事や育児、重い責任から逃れたくて、自暴自棄になっていたあの夜。ホテルを出たあと、尊久は本気で一華とこの先共にいる選択をしてくれていたのか。

「ずっと一華のそばにいると言ったでしょう。約束するとも」

背後から抱き締める腕の力が強まり、一華の頬に熱が集まってくる。

耳朶《じだ》を優しく舐められて、全身が蕩《とろ》けてしまいそうなほどの心地好さが広がっていく。

「ん……」

「婚姻届はあとで書きましょうね」

くるりと身体の位置を入れ替えられ、両腕を壁についた彼が間近に迫る。

力は加減しているようだが、苦しいくらいに強く抱き締められて、唇が塞《ふさ》がれた。上唇と下唇を交互に吸われ、ちゅ、ちゅっと音を立てながら何度も口づけが繰り返される。

「する、の？」

キスの合間に問うと、尊久も同じように唇を離したタイミングで言葉を発した。

「いいえ。無事に俺たちの子が生まれるよう、しばらくは我慢しましょう。お互いにね」

「……はい」

張り詰めた下半身をぐっと押しつけられて、足の間が甘く疼《うず》く。辛そうに眉を寄せる彼の気持ちがわかり、一華はもじもじと足を擦《す》りあわせた。彼も我慢している。だから自分も――そう思うもののの、なかなか辛い。

「もっと、キス、して」

一華は腕を伸ばして、ねだるように彼の首に回した。すると、ますます彼の呼吸が荒くなり、キスが深まっていく。

「可愛いことを言って、俺から余裕を奪わないように」

角度を変えて、何度も唇を触れあわせる。キスに溺れながら、互いにもどかしい気持ちで抱きしめあった。

「今日の尊久さん、甘すぎて、溶けちゃいそう」

一華が言うと、尊久がすぐ近くで笑った。

「いつだって俺は、あなたを甘やかしたいんです」

一華は髪を撫でる手の心地好さに包まれたまま、もう一度瞼《まぶた》を閉じたのだった。

第八章

夏真っ盛りの七月に入った。エアコンの効いた室内は寒いくらいで、皆、膝掛けやカーディガンを椅子の背もたれに用意している。

一華はオフィス課で、身体を冷やさないように温かいお茶を飲みながら、顧客からの問い合わせメールに返信し時計を見た。今日は、妊娠が確定してから一ヶ月後の妊婦健診で、近くにある産婦人科クリニックを受診する予定だ。そろそろ予約した診療時刻が迫っている。

一華はすでに引っ越しを済ませて、新生活をスタートさせていた。

父の仕事が内勤になってから二週間ほどは、尊久と休日を合わせての週末婚としていたが、一華がいると父が甘えてしまうからと弟妹たちに苦言を呈され引っ越したのだ。

尊久との暮らしは、互いに仕事に理解があるからかすごく楽だった。ただ、静かな暮らしに慣れていないため、たまに寂しくなって休みの日には実家を訪れている。

一華は現在、宿泊部オフィス課で、客室予約係として代表電話の取り次ぎや予約関係の問い合わせなどに対応している。妊娠がわかってすぐに、マネージャーより配置換えの指示が伝えられた。その指示を出したのは尊久だ。

もともとフロントサービス係も同じ宿泊部であり、こういった配置換えは日常茶飯事《にちじょうさはんじ》だったので、周囲には特に疑問に思われていない。

安定期を迎えるまでは、妊娠についてあまり知られたくないので、誰にも指摘されないのはむしろありがたいが、そのせいで尊久と結婚したことを言うタイミングまで失ってしまった。

それに、尊久からは婚約指輪をプレゼントされたが、お客様の荷物に傷を付けてしまう可能性があるので、仕事中は嵌《は》めていない。だから、よけいに周囲に打ち明けるきっかけがなかった。

（尊久さんは、早めに言ってほしいみたいだけど、別にまだ大丈夫よね。プライベートのことだし）

お腹が大きくなったらどうせ隠しておけないのだから、そのときでいいのではないだろうか。そう思うのは、尊久と結婚したなどと言ったらどれだけ注目の的になるのかと、少し怖《お》じ気《け》づいているからだ。

（そろそろ行かなきゃ）

一華はマネージャーに声をかけようと立ち上がった。すると、オフィス課のドアが開き、尊久が室内に入ってきた。チェックイン手続きでフロントの混み合うこの時間に来るなんて珍しい。マネージャーに急な用件だろうか。

「お疲れ様です」

一華が挨拶《あいさつ》をすると、尊久がちょいちょいと一華を手招きした。

「私、ですか？」

「えぇ、一華を迎えに来ました」

尊久が言うと、一華との話に耳を傾けていたと思われるスタッフたちが、一気にざわついた。それでも、フロントに聞こえないように声を配慮しているところはさすがである。

「迎えに……って言ったわよ……」

「しかも名前呼び？」

「どうして総支配人が？」

口々にそんな風に言う声が聞こえてきて、一華は頭を抱えたくなった。こんなことなら先に自分で説明しておけばよかったと思ったが、もう遅い。

勇気ある女性スタッフが恐る恐る片手を挙げて、尊久に尋ねる。

「あの、総支配人」

「はい、なんでしょう？」

尊久に見つめられただけで、女性スタッフは頬を赤らめた。笑顔を絶やすな、常に冷静沈着であれと教育されているのに、彼の前では皆、ただの女性になってしまう。

「失礼ですが、林さんと、どういったご関係ですか？」

「一華は、俺の妻です」

尊久は堂々と言い放った。スタッフたちの間に先ほどよりも大きなざわめきが広がる。

「結婚したのは、つい最近ですが。ね？」

尊久に肩を抱かれ、微笑みを向けられると、一華は頷くほかなかった。

「は、はい。なかなか言うタイミングがなくて……報告が遅くなってしまいました」

一華が言うと、同僚のスタッフたちから口々に「おめでとう」と声がかけられた。中には複雑そうな顔をしている女性スタッフもいるが、皆、好意的でほっとする。

「総支配人の片思いだったからな」

宿泊部のマネージャーである大木が特大の爆弾を落とすと、皆、一様に信じがたいという顔をした。大木はにやりと人の悪い笑みを浮かべて、言葉を続ける。

「林さんの仕事ぶりに惚れ込んだのがきっかけで、出会ってさらに一目惚れしたって話だぞ」

大木に話したのは尊久だろうが、自分たちの馴れそめを目の前で語られる恥ずかしさと言ったらなかった。一華は質問攻めに遭う前に逃げだすことを決めて、尊久の腕を引く。

「では、半休をいただいておりますので、お先に失礼します」

会釈《えしゃく》をした一華は、尊久を引っ張ったまま従業員通路側のドアを開け、廊下に出た。尊久は一華にされるがままおもしろそうに笑っている。

「尊久さん、わざとですね？」

「えぇ、一華がなかなか言ってくれないから」

やはり、わざとだったのか。おかしいと思ったのだ。

一緒に帰るときや病院へ行く約束をしているときは、いつも駐車場で待ち合わせをしていた。それなのに忙しいあの時間にわざわざ宿泊部のオフィスを訪れるなんて。

「タイミングがなくてなかなか言えなかったんです」

「わかっています。でも、一華に寄ってくる男を早めに牽制しておきたかったんです。あなたは自分の魅力をまったくわかっていないから」

「そんな、魅力……なんて」

フロントに立つこともある以上、身だしなみには普段から気をつけているが、それでも特別目を引く美人というわけでもないのに。

魅力、というなら、中身は別として見た目がいい唯の方が男性受けがいいだろう。

「大木マネージャーから一華の話を聞くのが楽しみだったと言ったでしょう。でも、その報告の中には、男性客に度々食事に誘われるとか、部屋に誘われるという内容もあったんですよ。それに、一華に会いにくるリピーターも多い。俺の心配は尽きません」

「そんなの滅多にあることじゃ……」

たしかにナンパをしてくるお客様も稀《まれ》にいるが、旅行などでホテルを利用する一見客ばかりだ。そういった相手のあしらい方も一華は心得ている。それに、リピーターのお客様は立場のある方がほとんどで、誘いに乗らないとわかれば、引き際もスマートだった。

「一華と話をしていると、楽しくて時間を忘れてしまう。あなたには、また話したいと思わせる力がある。そんなあなたに俺も惹かれたんです。ほかの男が惹かれるのも当然だ。本当は誰にも見せたくないとさえ思いますよ」

そう言いながら距離を詰めてくる尊久に、通路の壁に追いやられ、腕の中に閉じ込められる。もうすぐ診察の時間が迫っているというのに、彼の顔が近づいてくると抗《あらが》えない。

「仕事中だと、拒絶しないとだめでしょう？」

喉奥で笑いながら、触れるだけのキスが贈られた。

「……尊久さんは、ナンパをしてくるお客様じゃありませんから、拒絶なんてできないです」

「嬉しいことを言ってくれますね。そろそろ行きましょうか」

尊久に促《うなが》されて手を繋《つな》ぎ、一華は従業員通路を歩いた。時折、ほかの部署のスタッフとすれ違い注目されるが、彼がわざとやっているとわかっていても、一華はいやだとは言えなかったのだった。

翌日、一華が出社すると、オフィス課にいた数名の女性社員が目を輝かせながら、待っていましたとばかりに声をかけてきた。

「林さん！　おはよう！　ちょっとこっち！」

「え？　あの？」

ぐいぐいと腕を引かれて、女性二人に続き、通ってきたばかりの従業員通路へと戻る。尊久との結婚についてなにか言われるのではないかと身構えて出勤したのだが、やはりかと肩を落とす。

自分と尊久では釣り合いが取れていないし、彼を好きだった女性からすれば認めたくないと思うのも当然だ。

だが、誰に反対されても、一華は尊久を諦《あきら》めるつもりはない。いつか彼の隣に堂々と立てるようになるべく前を向くだけだ。一華は覚悟を決めて、彼女たちを真っ直ぐに見据える。

「昨日は逃げられたからね。今日こそ、話を聞かせてもらうわよ？」

「そうそう。どうやって出会って交際に至ったか、私の婚活のために教えて！」

同僚二人はにやりと口角を上げて、一華を壁に追い詰めてくる。けれど、一華の予想に反して、二人にいやな雰囲気はなかった。

(あれ？　なにか文句があったんじゃないの？)

傍目《はため》からは虐《いじ》められているように見える構図だが、なぜか二人とも至極楽しそうで、一華は困惑した。

「あの、もうすぐ仕事が……」

と言いつつも、始業時間まであと十分はある。彼女たちもそれをわかっていて、一華をここに連れてきたのだろう。

「大丈夫よ、昼休みもあるから」

「本当に大した話じゃなくて……」

「詳しくね。出会いから結婚まで。よろしく」

婚活のためと言った同僚は、よほど切羽詰《せっぱつ》まっているのか目が怖い。

「……はい、わかりました」

一華は二人の圧力に負けて、簡単に尊久との出会いから説明をした。もちろん、ホテルで出会い一夜を過ごした話はぼかし〝失恋で傷ついていたときに告白された〟と言う。

「最高じゃない!? あんないい男が失恋の傷を癒《い》やしてくれるとか！」

「ね～！　そもそも片思いしてくれている相手がいないから、残念ながら私の婚活にはまったく参考にならないけどね。あんな人が普通に片思いとかするんだって思うと、ちょっと親近感湧くよね。それに相手が林さんだよ。人を見る目はさすがだなって思うし」

「あ～わかる」

自分たちの関係が好意的に受け取られていたようでほっとした。昨日、大木が『総支配人の片思い』と言ってくれたからかもしれない。一華が周囲とよけいな軋轢《あつれき》を生まないようにしてくれたのだ。

おそらくその指示を出したのは尊久だろう。自分は常に彼に守られているのだと実感した。嬉しいと思うと同時に、一華も彼を守れるくらい強くありたいと思う。

ただ、一華を選んだことで、尊久に見る目があると周囲が判断したのには驚いたが。

「ということは、あの塩崎様が義母なのね」

「すごく厳しそう……林さん、大丈夫？」

お客様として接する分にはやりがいを感じるが、あの方が義母なのはちょっと……という感情が二人からは透けて見える。一華は笑いそうになりながらも首を縦に振った。

「実はタイミングが合わなくて、お義母《かあ》さまにはまだご挨拶《あいさつ》できていないんです。社長にはお目にかかりましたけど」

塩崎家への結婚報告は某レストランで行われた。そこに悦子の姿はなく、尊久の父、久嗣だけが現れた。妻は用事がある、ということだったが、結婚に反対だという意思の表明だろう。

結婚に悦子の許しは必要ないが、一華としてはできるなら彼女の理解も得たいと考えていた。ただ、向こうは一華と会うつもりはないようで、尊久が何度連絡をしても「忙しい」の一点張りだという。

「あら、そうなの？　たしか昨日からまたエグゼクティブフロアに宿泊されてるわよ」

「えぇ……でも、お客様のお部屋にこちらから挨拶《あいさつ》に赴《おもむ》くわけにはいきませんし」

「それもそうか。あ、そろそろ時間。続きはお昼休みに聞かせてね」

心配していたような事態にならなかったことにほっとしつつ、一華は同僚とオフィス課に戻り、仕事を進めた。

昼休みに、ほかの同僚からも尊久との恋バナを聞かれた一華は、くすぐったい気持ちでオフィス課に戻った。

席に着くと、フロントから内線が入り、受話器を取る。

「はい、宿泊部客室予約係の林です」

『フロントサービス係の高橋です。塩崎悦子様から呼び出しが入っています。ご用件を伺《うかが》おうとしたんだけど、プライベートなことだからと言われてしまったの。林さん、行ってくれる？　マネージャーにも伝えたから総支配人にもすぐに連絡が行くはずよ。あと、結婚おめでとう』

由梨は最後の『結婚おめでとう』だけ声を潜《ひそ》めて言った。

一華は、小声で「ありがとう」と返し、了解の旨を伝えて通話を切る。

（呼び出し……きっと、尊久さんとの結婚について、よね）

てっきり、悦子は一華に会うつもりがないのだと思っていたが、ここに来て呼び出しとは。

もしかしたら、〝お客様が相手なら一スタッフである一華は逆らえない〟と悦子は思っているのかもしれない。

一華は部屋に向かう前に、急いでパソコンを開き、悦子の情報をもう一度頭に叩き込んだ。その中で気になる情報があったため、確認するべく一本電話をかける。

それが終わると一華は立ち上がり、ほかのスタッフに客室に向かうことを伝えた。悦子がどういったお客様かスタッフは全員知っている。同情……というより激励の視線を皆に向けられて、一華は従業員通路からエレベーターに乗った。

エレベーターの中で深呼吸をしながら、気持ちを落ち着ける。

悦子が宿泊する部屋に着き、インターフォンを鳴らすと、すぐに中から応答がありロックが解除された。

「失礼いたします」

一華が室内に足を踏み入れると、悦子から値踏みするような視線が投げつけられた。そして視線だけで中へ入れと促《うなが》される。尊久と結婚した自分を品定めし、隙あらば塩崎家にふさわしくないと容赦なくこき下ろすつもりでいるのだろうか。

悦子はどかりと乱暴な動作でソファーに座った。当然、一華は立ったままだ。

「あなたが林さん？」

悦子は鋭く目を細めて、こちらを睥睨《へいげい》した。彼女の態度はやはり冷ややかだ。

「はい、林一華と申します。お義母様《かあさま》にはご挨拶《あいさつ》が遅れて大変申し訳ございません。このたび尊久さんと入籍させていただきました」

尊久と結婚し、戸籍上は塩崎姓になったが、あえてそれを正すような真似はしない。それに一華は林姓のまま働いており、胸元に付けたネームプレートもそのままだ。

「お義母様《かあさま》なんて呼ばないで！　あなたと尊久さんの結婚を許した覚えはないわ！」

「申し訳ございません。塩崎様」

一華が頭を下げると、ますます悦子は目に角を立てた。尊久と結婚した自分がよほど気に入らないのだろう。

だが、悦子の態度を見ていると、それだけではないような気もする。それはただの勘であったが、一華はこれまで仕事で培《つちか》ったその勘にたくさん助けられてきた。

「あなたの話は、唯ちゃんから散々聞いたわよ。私、あなたみたいな人って嫌いなの」

唯がなにを言ったかは知らないが、どうせ碌《ろく》な話ではないだろうな、と想像がついた。すでに退職したが、最悪の置き土産《みやげ》をもらった気分である。

「私みたいな、ですか？」

一華は、悦子の出方を慎重に探りながら、言葉を返した。

すると悦子は、不快と言わんばかりの表情で口を開く。

「なんの苦労も知らず、いい大学に入って順調に就職して、いい男を捕まえたって感じよね。金持ちの客に媚《こ》びてリピーターを確保してたんでしょ。裏では新人を虐《いじ》めてるって話もね」

「たしかに私は人や運に恵まれ、ここで働かせていただいております。私のサービスを喜んでいただいたお客様がリピーターになってくださったことも事実ですが、虐《いじ》めについてはまったく身に覚えがありません。塩崎様は、具体的に私のどんな話をお聞きになったのですか？」

「しらばっくれるってわけ？　唯ちゃんがハウスキーパーだからってバカにして、客の前に出る必要なんてないのに言葉遣いが悪いと叱責したとか、レストランの開店時間がわからないだけで怒られたとか、語学能力がないことをバカにするとか聞いたわよ？　あまつさえアメニティグッズを多少持って帰ったくらいで告げ口されて、職まで奪われたってね！　そんなあなたを塩崎家の一員として認めると思うの？」

一華は、悦子の話に心底驚いていた。彼女の言うそれらは、ハウスキーパーや語学能力に関する部分以外はすべて事実だが、ホテルで働くスタッフとして当然のことを言ったまでだ。

職務にかかわらずお客様の対応をしなければならないのだから、言葉遣いを正すのは当然だし、同じ理由で語学能力は必須である。ハウスキーパーであっても、お客様からすればグランドフロンティアホテル&リゾート東京のスタッフの一人。館内にあるレストランの利用時間を聞かれて答えられないなど言語道断で、外国のお客様の対応も必須スキルだった。なお、アメニティグッズの持ち帰りは窃盗だ。

立場が違えば見方も変わるのだな、と考えながら、一華はこの状況をどう打開すべきかに頭を悩ませる。言い訳をすれば火に油を注ぐ結果となるのは明らかだ。

「私が、塩崎家の一員にふさわしいかどうかはわかりません。たしかに、麻田さんについての話は、一部事実です」

「ほら、やっぱり！」

一華の言葉に、悦子は勝ち誇ったように顎《あご》を上げる。

「ただ……塩崎様の旦那様である塩崎社長は、グランドフロンティアホテル&リゾートワシントンで、伝説とも言われた総支配人なのをご存じですか？」

尊久の父親である久嗣が妻である悦子に対して、このホテルにまったく関わらせないのはどうしてだろう。

それに悦子は、唯と尊久を結婚させることでこのホテルにおいてのポジションを得たいと思っていた。悦子はなぜそうしたかったのだろうか。

（もしかしたら……ただの勘でしかないけど……）

彼女は、久嗣の妻だからこそ、ただ夫の仕事を知りたかっただけではないか。

話し振りから察するに、彼女は自分の生い立ちに強烈な劣等感を覚えている。先ほど、なんの苦労も知らず、いい大学に入って順調に就職して、いい男を捕まえた——そう、一華に言った。

おそらく、悦子はその真逆だったのだろう。お客様の中には、女性を軽んじる男性も少なからずいる。水商売であれば、なおさら仕事で侮《あなど》られることも多かったはず。だから、久嗣の妻となったからには夫の迷惑にならないように、その仕事を知ろうとしたのではないか。

実際、悦子がこのホテルの経営に関して口を出そうとしていたのは、全スタッフの知るところである。悦子が、自分をホテルに関与させない夫に、軽んじられていると思っているのだとしたら。

一華はそう考え、久嗣の話をすることを決めたのだ。

「そんなの今はなんの関係もないわ」

「私が麻田さんを注意したのは、このホテルのスタッフとして自覚が足りなかったからです。たとえば、館内の地図を覚えること。すべての施設の利用時間を覚えておくこと。お客様の情報を覚えておくこと。どうすればお客様に喜んでもらえるのか、常に考え続けること——全スタッフに対するそれらのマニュアルを作ったのは、塩崎様の旦那様である塩崎社長です」

一華は丁寧に、このホテルの経営理念でもある顧客ファーストの考え方を説明していく。それを知ったところで悦子が、自分と尊久の結婚を許してくれるとは思っていない。

だが、悦子はこのホテルのお客様だ。久嗣の仕事を知ることで、悦子に変化があるかはわからないが、お客様の悩みに応《こた》え、ここで思いっきり羽を伸ばしてもらうのが自分の仕事だと考えている。

一華が久嗣の名前を出すと、悦子が驚いたように反応を返した。

「久嗣さんが？」

「えぇ、塩崎社長も……尊久さんもまた、なんの努力もせずに今の地位にいるわけではございません。ハウスキーパーはもちろん、料飲部門ではオーダーテイカーやウェイターもこなしていたそうですよ」

「なにが言いたいのよ」

悦子はイライラしたように足を組み替えた。

「お客様からすれば、総支配人であろうとハウスキーパーであろうと、グランドフロンティアホテル&リゾート東京のスタッフの一人であることに変わりはないのです。お客様は、ホテルのスタッフなら知っていて当然だと考えて尋ねてきます。だから様々な部署で経験を積みます。塩崎様も一ヶ月ほど前、廊下にいるハウスキーパーの一人に『このホテルの近くで、お酒を種類豊富に取り揃えている店はないか』と聞かれましたね。ハウスキーパーがどう答えたのか覚えていらっしゃいますか？」

「近くの酒屋を教えてもらったわ……少し足を伸ばせば、もっと安く買えるスーパーがあるとも。でも、そんなのたまたま知っていただけでしょう。家が近くとかで」

「いいえ、彼女はこの付近の出身でも在住でもありません。お客様のためにたくさん覚えたそうです。彼女もまた、このホテルのスタッフとして誇りを持って仕事に就いているだけなのです。その際に、塩崎様がお求めの品を代わりに買いに行くと伝えたのではありませんか？」

「その通りだけど」

「もしスタッフの対応が『ほかの者に確認しますので少々お待ちください』だった場合、どう思われますか？」

「いくらなんでもそれくらいで目くじら立てないわ」

「だとしても、それが小さな不満となり蓄積されていきます。たとえば、確認すると言ったスタッフが十分、二十分戻ってこなかったらどうでしょう？　酒屋の場所を聞いた塩崎様がお店に行った際、すでにシャッターが閉まっていたら？　いかがでしょうか」

「まぁ、腹が立つわね」

そう言ったあと、悦子は疲れたように息を吐いた。

ほとんどのクレームは、一度のミスで起こるわけではない。お客様に与えてしまう小さなストレスが蓄積されていき、起こるべくして起こるのだ。

フロントのチェックインで長時間待たされる、頼んだドリンクがなかなか出てこない、スタッフの対応が悪いなど、きっかけは些細《ささい》であることが多い。

「彼女の取った対応は、塩崎社長のお客様対応を追随したものなのです」

「久嗣さんが、そうしていたの？」

「えぇ、塩崎社長がワシントン支社で総支配人をしていた頃の話です。お客様は、ご一緒に宿泊されている奥様の誕生日にワインを贈ろうとしたのですが、お客様の求めるワインのご用意がホテルにはなかったと――そこで塩崎社長は、近隣の酒屋をすべて回ってワインを用意すると、タキシードに着替えて部屋にワインをお持ちしたそうです。その話は、ここで働くスタッフならば誰でも知っています」

「たしかにあの人は誰かを喜ばせるのが好きで……結婚前は、私もよくサプライズを仕掛けられたわ。でも、結婚したあとなんて、仕事ばかりで全然家には帰って来ないわよ。総支配人として伝説だのなんだの言われていたって、妻を放置しているんなら夫として失格だわ。最近は月に何度か話せればいい方。どうせ結婚記念日のことだって忘れてるんでしょうしね。私のこと、水商売上がりだからってバカにしてるのよ、あの人」

ようやく彼女の怒りの理由に触れて、やはりと納得する。

悦子は寂しかったのではないだろうか。結婚しても、仕事で夫がずっと家に帰って来なければ不満も溜まる。このホテルを度々訪れるのも、経営に口を出そうとするのも、夫である久嗣を少しでも理解しようとするため。夫に近い場所にいたいという気持ちの表れなのではないだろうか。

それに、義父である久嗣は、還暦に近い歳でありながら非常に女性からモテると聞く。夫がほかの女性にうつつを抜かしていないか、という心配もあっただろう。

(塩崎様は……ご自分がお義父《とう》さんに選ばれた、とは思えないんだろうな)

悦子が一華を嫌悪しているのは、水商売から久嗣の妻になった自分と、優秀なホテルスタッフだと評価されている一華を比べてしまったからかもしれない。

一華もその気持ちはわかった。

自分なんかが尊久に選ばれるわけがない、とずっと思っていたから。

「いいえ、忘れてなどいないはずです」

「どうしてあなたにそんなことがわかるの」

「本当はサプライズで喜ばせたかったはずですから、内緒にしておいてほしいのですが……」

「なによ」

「来月の九日。お二人の結婚記念日に、エグゼクティブルームで三名様のご予約が入っております。たまには家族水入らずで過ごすおつもりなのではないでしょうか」

先ほど一華が連絡したのは、尊久の父、久嗣だ。エグゼクティブルームの予約の件を、悦子に伝えてもいいか確認をするためだった。承諾を得ると「妻が迷惑をかけてすまない」と謝られてしまった。久嗣は自分が仕事にばかりかまけている自覚があるようで、尊久を見習わなくては、とも言っていたのだ。

「先日、塩崎社長に結婚の挨拶《あいさつ》でお目にかかった際、奥様との出会いについて伺《うかが》いました。社長は、喜怒哀楽がはっきりしている奥様と話していると楽しいと。一目惚れだったようですよ」

一華が言うと、悦子の頬がバラ色に染まった。拗《す》ねたように唇を尖《とが》らせる様《さま》は、二十代と言っても通じるほどに若々しい。

（普段一緒にいられない分、一年に一回サプライズすれば許されるってわけじゃないわよね。しかも結婚した当初からとなれば、周囲に八つ当たりしたくなるのも当然だわ……）

久嗣は、当時一人息子だった尊久に対しても、ベビーシッター任せだったと聞いた。仕事が好きすぎて家庭を顧《かえり》みない典型的なパターンだ。

「なら、どうして帰ってきてくれないのよ」

「想像でしかありませんが……しっかりなさっている奥様だから大丈夫だと思い込んでいるのかもしれません。限界まで溜め込まず、胸の内をお話しになってはいかがでしょうか。かくいう私も、周囲に甘えるのが苦手で、一人で溜め込む癖があるので、これから先、赤ちゃんが生まれたらどうなるのかと不安でいっぱいなのですが」

苦笑しながら言うと、悦子は驚いたように目を見開き、視線を一華の下腹部に向けた。

「妊娠、しているの？　尊久さんの子？」

「はい」

「そう……」

なにを思ったのか、悦子の声のトーンが下がる。

すると彼女は、決まりが悪そうな顔で、一人用ソファーを勧めてきた。

「……座ってもいいわ」

「ありがとうございます」

一華は素直に礼を言い、悦子の対面に腰かけた。

「塩崎様……私は母親を亡くしておりまして、今後、妊娠や出産についてアドバイスをいただけると大変嬉しいのですが、いかがでしょうか？　勇斗くんを育てられている母親としての先輩ですし、育児用品なんかも相談に乗っていただけると助かります」

そう言うが、母親代わりをしていた一華はもう何回もゼロ歳児の面倒を見ている。育児用品にも詳しいし、今もなお子育て中だ。

けれど悦子は、一華の提案に自尊心が満たされたようで、目に見えて雰囲気が柔らかくなった。

「お母様を……それは大変ね。別に、暇なときなら……いいわよ」

「塩崎様、ありがとうございます」

「あなたを認めたわけじゃないけど、お義母《かあ》さんと呼んでも構わないわ。あの人の愚痴を……吐きださせてくれたし」

消え入るような声で悦子が言う。

そのとき、部屋のインターフォンが鳴り響いた。おそらく尊久が来たのだろう。一華が出ようとするのを手で制し、悦子がドアを開ける。

「ずいぶんと心配性なのね。私が彼女を虐《いじ》めているとでも思った？」

「だとしても、心配はしていなかったですよ。私の妻は、お客様からのクレーム対応が抜群に上手いですから」

「クレームだなんていやなことを言うわね。もういいわよ、興ざめ。これ以上文句なんて言わないわ。仕事があるんでしょう、戻りなさいよ」

悦子は、室内にいる一華にも目を向けて言った。

一華は尊久に目くばせをしつつ、彼の隣に立つ。

「そうですか。安心しました。では、私たちはこれで」

尊久の対応は淡々としていた。総支配人としてこの場にいるわけではないのだろう。

一華が部屋から出る直前、背後から聞こえるか聞こえないかくらいの小さい声が耳に届いた。

「身体に、気をつけなさいよ」

「……ありがとうございます」

一華が悦子に頭を下げると、しっしっと追い払うように手を振られる。

「では、私たちはこれで失礼いたします。ごゆっくりとお過ごしください」

部屋を出て、一華はよかったと胸を撫で下ろす。ここで過ごすお客様に最高のおもてなしをしたい、喜んでもらいたいと思っていたが、自分の対応が正解かどうかわからなかったのだ。心臓はいまだにバクバクしているし、背中は冷や汗でびっしょりと濡れている。尊久が来るまでの間、実は気が気じゃなかった。

最後に悦子はなにも言わなかったが、おそらくこれ以上、尊久の迷惑になるような真似はしない気がした。

そんな確信を胸に隣を見ると、尊久と目が合い、二人同時に笑みを漏らしたのだった。


一華は定時に仕事を終えて、尊久の待つ駐車場へと急いだ。

「お疲れ様です」

「尊久さん、こんなに早く帰って大丈夫でした？」

一華がシートベルトを締めると、車はすぐに発進した。今日は話したいことがたくさんあり、何度も時計を見てしまったくらいだ。

悦子の部屋を出たあと、すぐに尊久にも自分にも呼び出しがかかり急いで仕事に戻ったため、なにも話ができていないのだ。

「もちろんです。今日は一緒に食事を作れますね」

「はい！」

ここから二人で住むマンションまでは車で十分もかからない。電車でも数駅の距離だ。

結婚してからドライブデートはなくなってしまったが、彼が自分の待つ家に帰ってくる――その幸福感は以前よりもずっと大きかった。

こうして、たまに二人で帰れると、以前のデートを彷彿《ほうふつ》させて胸が高鳴る。

マンションに着き、玄関を上がると、ふわりと背後から抱き締められた。

「尊久さん？」

「昼間はバタバタしていてお礼も言えませんでしたね。ありがとう。もっと揉めているとばかり思っていましたが、どのように対処したんですか？」

一華は、悦子とした話を尊久に語った。

悦子がホテルでの権力を欲していたのは、夫の仕事を理解したいと考えてのこと。唯と尊久を結婚させようとしたのも、唯からホテルの情報を得られると考えたからではないかと。

「そうでしたか。さすがです。俺は必要ありませんでしたね」

「いえ……来てくれてよかったです。実は、心臓が壊れそうなくらい緊張していたので」

「それにしても、一華はどうしてわかったんですか？　あの人が、父に対しての当てつけであんなことをしていたと」

「そうですね……一番は……」

一華は母が亡くなったばかりの頃の詩織を思い出した。

母が亡くなった余波は大きく、一華はがむしゃらに家事と育児と仕事をこなしていた。当時、詩織はまだ四歳で、手をかけてあげなければいけなかったのに、一華にはその余裕がなかったのだ。

すると詩織は、寂しさのあまり悪いことをして一華の気を引こうとした。怒られるのをわかっていて悪い言葉遣いをしたり、食べ物で遊んだり。本当は寂しかったのだと知ったのは、様子のおかしかった詩織に父が根気強く話を聞き出したからだ。

理由を知ったきょうだいが詩織を構い出すと、今度は芳樹と美智がふてくされるなんて一幕もあって大変だったが、詩織は徐々に落ち着きを取り戻した。

そんな詩織の様子と、悦子の行動がなんとなく被って見えたのだ。そのことを尊久に話すと、納得したような顔をして頷き、噴きだした。

「あの人が子どもと被って見えていたとは。あなたの大物っぷりには敵《かな》いません」

「なんとなくですよ。なんとなく！」

尊久は、一華を背後から抱き締めたまま身体を震わせて笑っている。腕を胸の前に回され、ぎゅうぎゅうと抱き締められているせいで身動きができない。

「まぁ、それもこれも父のせいなんですがね。あの人も少しは懲りればいい。妊娠中なのに、両親の問題に巻き込んでしまい、いらない苦労をかけました」

申し訳なさそうに言われて、一華は彼の腕をとんとんと叩いた。

彼の腕の中で振り返り、愛おしい人に頬を擦《す》り寄せる。

「巻き込んでいいんです。私だって尊久さんの家族なんですから」

彼が謝る必要なんてまったくない。今まで一華は、家族のことで彼に数え切れないほどたくさん助けてもらった。この程度ではお返しにもなっていない。きっと尊久は、一華と同じように「家族なんだから甘えてほしい」と言うだろうが。

「一華は人たらしですから、そのうちあの人にこの子ごと取られそうですね」

苦い声で言った尊久に、そっと下腹部に手を置かれる。

「まさか」

「うちの奥さんは、自分の魅力をちっともわかっていませんね。言ったでしょう？　マネージャーから聞くあなたの話だけで惚れ込んだのだと。会ってすぐに一目惚れしたのだとも」

「あの日……ですか？　勇斗くんと公園で会った日」

一華が言うと、尊久が満面の笑みを浮かべる。

実は彼と初めて出会った場所を思い出したのは、唯が勇斗を連れて彼の部屋を訪れたときだ。勇斗の顔を間近で見て、しばらくしてから公園での出来事を思い出した。

人の顔を覚えるのは得意だが、あのときは詩織と亜樹を連れていたため目が離せず、亜樹と同い年くらいの男の子のお父さん、としか認識していなかった。だが、子どもは心配で様子を窺《うかが》っていたので、勇斗の顔は覚えていたのだ。

「えぇ、あの日です。詩織さんと亜樹くんを見守る一華に、俺は一目惚れしました。あなたの目に俺を映したかった。ホテルのフロントで一華の姿を見たとき、俺がどれだけ舞い上がったか、わからないでしょう？」

初対面のとき、まったくおしゃれをしておらず、化粧をしていたかどうかも今となってはあやふやだ。公園で散々遊んだあとだったため髪はボサボサだっただろうし、汗だってかいていたのに。そんな姿を好きになったのだと彼は言う。うそをついているとは思わないが、不思議で仕方がない。

「一目惚れされるような綺麗な格好なんてしてなかったのに」

「一華はいつだって綺麗ですよ。ただ、そうですね……一華の表情に惚れた、と言った方が正しいかもしれません」

「表情、ですか？」

きょとんとして一華が聞き返すと、手を繋《つな》がれ、リビングに連れていかれた。

尊久はソファーに腰かけても離れていたくないのか、一華の太腿の上に手を置いたまま話を続ける。

「亜樹くんが転んだとき手を差し伸べた一華は、亜樹くんと同じように痛そうな顔をしていました。それに、詩織さんが楽しそうに走っているときは、あなたも楽しそうに笑っていた。なんだかとても、あなたに愛される彼らが羨《うらや》ましかった。あんな風に、俺にも愛おしい目を向けてもらえないかと思ったんです」

「ずっと見てたんですか。恥ずかしい……」

まさか自分が気づいていない間に、そこまで見られていたとは。

一華は赤くなった頬を隠すべく、尊久の胸に顔を埋《うず》めた。

「でも……今では、俺にしか見せない顔も見せてくれるようになりましたね」

二人きりなのに、なぜか声を潜《ひそ》めるように言われて、ますます頬が熱くなる。

「尊久さんのエッチ」

「それは、期待してくれていると思っても？」

尊久に顎《あご》を持ち上げられて、すべてを見透《みす》かすような瞳で目の奥を見つめられる。

なにを、だなんて聞かなくてもわかっている。

「……はい」

喉がこくりと鳴り、吸い寄せられるように自然と顔が近づいていく。

瞼《まぶた》を伏せると、彼の体温が唇を通して伝わってきた
あとどれだけ我慢できるか。

そんな言葉がぼそりと彼の口から漏れて、一華は甘い甘い口づけに溺れていったのだった。

エピローグ

尊久と出会い、二回目の春がやって来た。

一華は一月に男の子を出産し、幸久《ゆきひさ》と名付けた。

幸久は尊久にそっくりで、いとこ関係にあるからか勇斗にもどことなく似ていた。

「幸久はご機嫌ですね」

仕事から帰ってきた尊久は、洗面所で手を洗うと、ベビーサークルの中で遊んでいる幸久を抱き上げてソファーに座った。

首が据わり、ようやく抱っこにも不安はなくなったが、体格は尊久に似たのか、かなりどっしりしている。今も危なげなく尊久に抱っこされており、この分だとお座りも早そうだ。

「お父さんが大好きですからね」

一華が尊久の隣に腰かけて言うと、ふっと目の前が陰り口づけられた。

子どもの前でキスしないで、と何度も言っているのに、子どもの前で愛情表現をして悪いことなどなにもないと、まったく聞く耳を持たないのだ。

（いやなわけじゃなくて、恥ずかしいだけなんだけど）

彼もそれをわかっていてキスしてくる。それに、一華と尊久がキスをしていると、なぜか幸久も機嫌が良く、きゃっきゃと楽しそうに笑っていることが多かった。

「今日は、少しは休めましたか？」

「はい、日中に寝たので元気ですよ。亜樹の時よりはるかに楽だって思うのは、尊久さんのおかげでちゃんと休めているからですね」

一華は来年職場に復帰する予定だ。しばらくはまた客室予約係での仕事を希望しているが、大木が一華のフロント復帰を切望しているらしく、あとは尊久の判断となる。

必要とされているのは嬉しいが、しばらくは仕事をセーブしたいと思っている。それに、目に入れても痛くないほどに息子を可愛がる尊久を見ていると、二人目三人目もすぐなのではないかとも思ってしまうのだ。

(でも、しばらくは避妊しなきゃね)

妊娠後にセックスレスになる夫婦もいると聞くが、尊久は今でも変わらずに一華を求めてくれている。妊娠中でも挿入なしの触れあいはあったからあまり心配はしていなかったが、変わったことが一つだけ。

「では今夜、抱いてもいいですか？」

「……はい」

出産後は、なんとなくそういう雰囲気になって抱かれるものなのかな、と一華は思っていたのだが、予想を裏切り、彼は毎回お伺《うかが》いを立ててくる。

その理由が「一華が無理をして俺を受け入れそうだから」らしく、求められれば流されてしまうであろう自分を思うとありがたかった。

ただ、言葉で確認されると、流れでセックスに持ち込まれるよりよほど恥ずかしく、それだけはいつまで経っても慣れない。

ゼロ歳児にして空気を読める天才なのか、すーすーと寝息を立てる幸久を、尊久が子ども部屋のベビーベッドにそっと寝かせた。

そして、おいでとでも言うように手を差しだされて、一華が手のひらを重ねる。

手を繋《つな》いだまま寝室に入り、ベッド脇に置いたランプだけをつけた。ジャケットを床に脱ぎ捨て、ネクタイを解《ほど》いた尊久が、一華をベッドに押し倒す。

一華は、幸久と一緒に風呂を済ませており、部屋着でノーメイクだ。

そもそも、ここ数ヶ月、外に出るとき以外にメイクをしていない。あまり外出しないし、日中に睡眠を取ることを考えると、肌荒れが気になりメイクができないのだ。

ただ、仕事着姿の尊久の前で、自分は部屋着にすっぴんというのは少し恥ずかしい。

「本当にあなたは、何度抱いても可愛らしい」

そんな一華の思いを見抜いたように、尊久はことさら甘い声色で、可愛い、綺麗だと言う。

「脱がしますよ」

もこもこのパジャマとズボンを脱がされて、あっという間にショーツ一枚になった。

ランプの明かりから顔を隠すと、顎《あご》を掴《つか》まれ、唇を優しく塞《ふさ》がれた。キスをしながら、ショーツのクロッチの上から、谷間に沿うように指で上下に擦《こす》られる。

「はぁ……ん、んっ」

隣室で寝ている幸久を思うと、あまり声を出せない。そう思って必死に我慢しているのに、尊久の指使いはますます激しくなっていく。クロッチの上から花芯をくりくりと擦《こす》られると、息遣いがどんどん荒くなっていく。

「ふっ、あ……ん、それ……声……我慢、できなくなっちゃう」

「俺は、一華の可愛い声が聞きたいんです」

「でも……幸久、起きちゃう、から……っ」

「こら、ベッドの中でほかの男の名前を呼ばないで」

ほかの男って、溺愛する自分の息子なのに、という言葉は口づけの中に呑み込まれた。

「んんっ……あ、はぁっ」

クリトリスをぐりっと強く擦《こす》られて、腰が跳ね上がった。

尊久の手によって素早くショーツを脱がされると、彼は一華の隣に寝転がり、以前より大きく膨らんだ乳房の先端を舌で舐めながら、直に蜜穴を探り出す。

軽く指が前後するだけで、ちゅぷちゅぷと淫音が響く。溢《あふ》れだした愛液を花芯に塗りたくられると、閉じた襞が花弁を開くように蜜壺を露《あら》わにした。

乳房が痛いほどに張り詰め、先端がじんじんと痺《しび》れる。

「あぁっ、あ、はぁ……胸、も、して」

彼は一華の胸元に顔を埋《うず》めて、美味《おい》しそうに胸の先端を舐めた。軽くちゅっと啜《すす》られると、蜜穴からじわりと愛液が溢《あふ》れてしまう。

「はぁ、ん……お願い、もっと吸って」

「一華は、そんなに俺を煽《あお》って、どうしたいの？」

尊久は興奮しきった様子で乳首を口に含み、強く吸った。

時折、舌で乳首を転がすように舐められると、じんわりと下半身が濡れて腰が揺れ動いてしまう。

「ん、あぁっ」

一華が嬌声《きょうせい》を上げると、反対側にも口づけられて、同じことを繰り返された。一華は無意識に尊久に押しつけるように腰をくねらせる。

「こっちも、舐めてあげないといけませんね」

身体を起こした尊久が、一華の膝を開きながら小さく笑った。

そこはすでにぐっしょりと愛液にまみれていて、シーツにしみを作るほどだった。胸への愛撫でこうなってしまったことが恥ずかしい。

「私だけは……いやです。尊久さんも、脱いで」

彼はジャケットを脱ぎ、ネクタイを外しただけ。

自分だけではなく、尊久にも余裕をなくしてほしい。一緒に気持ち良くなりたい。そう思うのは、妊娠中である自分を気遣って、尊久が我慢をし続けていたのを知っているからだ。

互いに手や口でしてはいたが、彼に抱かれる快感には敵《かな》わなかった。出産後すぐは、一華の体調に加え、当然セックスを楽しめる余裕などまったくなく、最近ようやく身体を重ねるようになったのだ。

一華は尊久のワイシャツのボタンを上から外していき、ベルトに手をかけた。スラックスのホックを外して、昂《たかぶ》った性器を手のひらでそっと包む。

「ずいぶん積極的ですね。一華もしたかった？」

「したかった、です。おかしいと思いますか？　尊久さんと付き合っているときは、数十分会えるだけで満足できてたのに、今はそれができないんです。あなたのそばにいると、したくて、我慢できなくなっちゃうんです。身体がおかしくなったみたい」

彼の形に添うように手のひらを上下に動かすと、手の中で陰茎がむくむくと、さらに硬く大きく膨らんでいく。自分の手に反応してくれることが嬉しくて、やめられない。

尊久はワイシャツを脱ぎ、されるがままの状態で一華に覆い被さった。ようやく彼の素肌に触れられる喜びのまま背中に腕を回すと、顔を目の前に近づけられて微笑みが向けられる。

「まったくおかしくないでしょう。俺も一華と同じ気持ちです。思えば……俺たちは交際中、数えるほどしかセックスしていませんからね。目の前に一華がいるだけで、いつだって触れたくてたまらない」

尊久が、ベッドの棚に入った避妊具を取りだし、一華に手渡した。付けてほしいと言われているのがわかり、パッケージを破り、先端の濡れた亀頭に被せていく。

手のひらをするすると下ろして避妊具を装着し終えると、足を大きく開かされて、はち切れんばかりに膨らんだ陰茎の先端を押し当てられた。

「付けるのが上手になりましたね。痛くしませんから、もう挿《い》れても？」

「はい……私も、もう、ほしいです」

直接弄《いじ》られていないのに、すっかり準備の整った蜜穴が期待でヒクついている。彼のもので入り口をノックされると、亀頭に吸いつくように蠢《うごめ》き、ちゅぽ、ちゅぽっといやらしい音を立てた。

「あ、んっ」

すぐに貫《つらぬ》かれる快感を得られると思ったのに、一華の身体を案じてくれているのか、動きはゆっくりでもどかしいほどだった。一華は深く息を吐きだしながら、誘うように尊久の腰に足を絡める。

「もっと、奥、して」

「だめですよ。濡れているとはいえ、慣らさずにいきなり挿《い》れたら傷がついてしまうでしょう。たくさん抱きたいから、優しくさせて」

彼はとんとんと浅瀬をノックするように腰を動かしながら、硬く勃ち上がった乳首を爪弾《つまび》いた。腰を穿《うが》つリズムに合わせて、乳首を指の腹で捏《こ》ねられると、胸から伝わる快感で力が抜けていく。

すると、先ほどよりもほんの少しだけ深い部分を雁首で擦《こす》り上げられ、下腹部がきゅうっとするような心地好さが湧き上がってきた。

「あぁっ、あ、はぁ……ん、気持ちい」

自然と腰が揺れて、蠢《うごめ》く蜜襞が彼のものにまとわりつくかのように収縮する。締めつけが強くなったのか、尊久がこらえるような顔をしながら、ゆっくりと、それでいて深く腰を突き挿《い》れてきた。

「痛くないですか……っ？」

我慢するのも苦しいのか、荒々しく息を吐きだした尊久に聞かれる。こくこくと首を縦に振ると、抜き差しのスピードが徐々に速まり、より快感が増していく。

「はぁ、あ、あぁっ、ん」

律動に合わせて全身が揺さぶられ、愛液がぐじゅっと泡立ち飛び散った。互いの結合部はすでに愛液でぐっしょりと濡れている。身体の中で質量を増し、より硬くなった彼のものがうねる隘路《あいろ》に押し込まれて、頭の芯が痺《しび》れるほどの絶頂感が腰からじりじりと迫り上がってくる。

「気持ち、ひっ、ん……そこ、好き……っ」

亀頭の尖《とが》りで弱い部分ばかりを狙ったように擦《こす》られ、愛液がじゅわりと溢《あふ》れだす。だが、シーツの濡れる感覚を気にする余裕などない。

さらに、乳首を指の腹で引っ張り上げながら捏《こ》ねられる。

「あっ、あぁっ……一緒、待ってぇっ……これ、すぐっ、達《い》っちゃい、そ……っ」

すると、身体を起こした尊久に、勃起する陰核を親指で押し回された。隘路《あいろ》を擦《こす》られ、同時に乳首とクリトリスを弄《いじ》られて、一華の全身が燃え立つように熱くなる。苦しいほどの快感が頭の先まで突き抜けたと同時に、さらに激しい律動で攻められ、あっという間に限界が来た。

「はぁ、あぁっ、も、だめ……ん、達《い》く、達《い》くっ」

「んっ、はぁ……俺も……っ、もう、いい？」

なんでもいいから早くと必死に頷くと、さらに素早い動きで最奥を穿《うが》ちながら、隘路《あいろ》をぐちゃぐちゃにかき混ぜられた。身体の中で屹立《きつりつ》がはち切れんばかりに膨れ上がり、ほとんど同時に絶頂を迎える。

「はぁ、ひ、あ、あぁぁ――っ！」

全身ががくがくと痙攣《けいれん》し強張《こわば》った。

宙に浮いた足の先がぴんと張り、一気に脱力したように力が抜ける。

一華が荒く息を吐きだしながらシーツに身体を沈ませていると、額《ひたい》に張りついた髪を払った尊久がベッドの棚からもう一つ避妊具を取りだし、すぐさま付け替える。

「もう……痛くないでしょう？」

そう言って、彼は一気に最奥を貫《つらぬ》くような激しさで怒張を突き挿《い》れた。

「あぁぁっ」

一華は背中を弓なりにしならせながら、ふたたび全身をびくびくと震わせた。絶頂の余韻がまだ去らぬ中、腰をがつがつと叩きつけられ、意識ごと攫《さら》われそうなほどの強烈な快感に襲われる。

「ひ、あぁ、はっ……それ、しちゃ……また、変になる……からぁっ」

目の前で火花が散り、頭の奥が陶然とする。尊久に足を抱えられ、より深い部分を尖《とが》った雁首で抉《えぐ》られると、まるで粗相をしてしまったかのように大量の愛液が太腿を伝い流れ落ちた。

「あ、あっ、今、達《い》ってる……ん、あぁ～っ！」

一華は尊久の腕に必死に縋《すが》りつき、髪を振り乱しながら訴える。得も言われぬ強烈な快感に、ぴしゃぴしゃと愛液が噴きだすと、彼が嬉しそうに顔を綻《ほころ》ばせた。

全身の震えが止まらず、開いた膝ががくがくと揺れている。尊久もまた、苦しげに眉を寄せながら、滲《にじ》んだ汗を手の甲で拭《ぬぐ》った。

「もう一度、達《い》かせて」

彼は興奮しきった声でそう言いながら、腰を押し回すような激しい動きで肉棒を叩きつけた。雁首で蜜襞をごりごりと刮《こそ》げ取るように擦《こす》り、恥毛が擦《す》り合わさるほど深く突き挿《い》れる。

「はぁ、はっ……力、入らな……っ」

何度となく絶頂に押し上げられて、一華の全身からくたりと力が抜けてしまう。それなのに突き上げられるたびに快感に弱い身体はびくびくと震え、淫《みだ》らに彼のものをきつく締めつける。

「あぁ……最高です、一華」

尊久が感に堪《た》えない声を漏らし、さらに抜き差しを速める。子宮口を押し上げるようにずんずんと穿《うが》たれ、男の欲が一華の身体の中で激しく脈動する。

「ひ、はっ……ん、はぅ……」

力の抜けきった声を漏らしながら、全身が震えるほどの快感に身を任せた。

容赦のない腰使いで攻め立てられ、涙がぼろぼろとこぼれ出す。気持ち良すぎると苦しくなるのだと、尊久に抱かれて初めて知った。

尊久の汗が一華の身体にぽたぽたと降り注ぐ。肌を滑る汗の感触すら刺激的だ。立て続けに腰を突き立てられ、一華は恍惚《こうこつ》と目を細めながら天を仰《あお》いだ。

「――――っ！」

背中が浮き上がるほど弓なりにしなり、全身が硬く強張《こわば》る。下腹部が痛いほどに張り詰め、蜜襞が精を搾り取ろうと言わんばかりに蠢《うごめ》いた。声も上げられずに達すると、脈動する怒張が身体の中で勢いよく飛沫《しぶき》を放った。

「……うっ、ん！」

全身が火照《ほて》り、汗が一気に噴きでてくる。

「一華、すみません、無理をさせました」

申し訳なさそうに頬を撫でてくる尊久を仰《あお》ぎ見て、一華はうっとりと微笑んだ。

「私が、ほしいって、言ったんですよ」

一華は息を整えながら、言葉を続けた。

「たくさん達《い》くのは、辛いけど、余裕がなくなるあなたを見るのが好きだから。私のこと、愛してるって言ってるみたいで」

一華がふふっと声を立てて笑うと、さらに申し訳なさそうな顔をした尊久が額《ひたい》を押し当ててくる。

「愛していると言葉でも伝えているつもりでしたが、不安にさせていましたか？」

「いいえ、あなたにたくさん愛されて、嬉しいって話です」

ようやく息が整ってくると唇が塞《ふさ》がれて、嬉しそうな顔をした尊久に見つめられる。中に入ったままの欲望が、また少しずつ力を取り戻していく。

今度はゆらゆらと腰を揺らされて、一度引いたはずの波がふたたび迫り、じわりじわりと下腹部が重くなってきた。

「じゃあ、もっと愛してもいい？」

色香を含んだ艶《なま》めかしい声で囁《ささや》かれると、彼の声に反応した蜜襞がきゅっとうねる。

「たくさん、してください」

一華が言うと同時に、先ほどとは打って変わった緩《ゆる》やかな腰使いで、浅瀬をかき混ぜられる。

一度達《たっ》して余裕があるのか、今度は一華の身体を隅々まで味わうような動きだ。ずるりと陰茎を引き抜かれたかと思うと、小刻みに腰を振りながら最奥を貫《つらぬ》かれる。

愛液がくちゅ、くちゅっと音を立てるたび、さらなる刺激を求めるかのように蜜襞が淫《みだ》らに収縮を繰り返した。

「ん、なんで……ゆっくり……」

「たくさん達《い》くと、一華は眠くなってしまうでしょう？　あなたがあまりにも可愛いことばかり言ってくれるから、性欲がまったく治まりそうにないんです」

尊久はそう言うと、音を立てて一華の頬にキスをし、軽く身体を揺らす。

「あぁ、好き……尊久さん、それ……すごい、気持ちいい」

気持ちのいいところを優しく擦《こす》り上げられるだけで、蕩《とろ》けてしまいそうな心地好さに包まれる。

本能のままに激しく身体を重ねるのも嫌いではないが、彼の熱が身体の隅々まで行き渡っていくような、じんわりとした快感は一華に安堵と幸福感をもたらしてくれる。

髪を撫でる手のひらが頬を滑り、肩や胸に触れる。

尊久は屹立《きつりつ》を引き抜くと、身体を倒して一華を背後から抱き締めた。そして避妊具を付け替えて、一華の片足を持ち上げ、うなじに口づけると、滾《たぎ》った雄の先端を蜜穴に擦《こす》りつける。愛液をまとわりつかせた陰茎の先端が蜜壺の浅瀬をちゅぽちゅぽと行き来する。

「はぁ……ん、ん……」

一華の口から淫《みだ》らな声が漏れる。さらに、背後から抱き締めるように腕を回され、乳房を優しく包まれた。硬く張った乳房を強く揉むことはせず、手のひらで撫でる程度だ。勃起した乳首を指先で弾かれ、先端をくにくにと転がされるだけで、蜜襞が肉棒を引き込むような動きで淫《みだ》らに絡みつく。

「なんだか、美味《おい》しそうにしゃぶっているみたいですね」

抜き差しするたびに、じゅぷじゅぷと愛液が泡立ち、卑猥《ひわい》な音を響かせた。決して激しい抽送ではないのに、下腹部の奥がじんじんと甘く痺《しび》れてきて、彼のものにまとわりつく襞がいやらしくうねる。緩《ゆる》やかな絶頂感が押し寄せてくるが、達するには至らない。

「ん、あ……はっ、はぁっ……あ、も……達《い》か、せて」

「一華、自分で気持ち良くなって」

うなじや首筋にちゅっ、ちゅっと口づけながら尊久が言う。自分で、の意味するところを理解し、一華は頬を赤らめた。

だが、乳房を包んでいた彼の手が自《みずか》らの手を持ち足の間に誘うと、達《たっ》したくてたまらず、つい手を動かしてしまう。一華は緩《ゆる》やかな律動に合わせて、勃ち上がった陰核をこねる。

硬くぴんと張った花芯は愛液でぐっしょりと濡れており、指を動かすだけでぬるぬると滑った。

最初は指先を遠慮がちに動かしていたが、内側と外側を愛撫する快感に流され、いつしか夢中で指戯に耽《ふけ》っていた。

「はぁ、あ、あっ、気持ちい、んっ……これ……すぐ達《い》っちゃう」

一華がそう言うと、尊久の律動が速さを増した。指先が愛液にまみれて、小刻みに指を動かすたびにくちゅ、ぬちゅっとみだりがわしい音が立つ。その音に煽《あお》られて興奮が高まり、一華の息が荒くなる。

すると、蜜壺の浅い部分――クリトリスのすぐ裏側を熱い屹立《きつりつ》に擦《こす》り上げられた。内と外から同時に愛撫される快感におかしくなるほど感じてしまう。

「ん、あぁっ、そこ……っ、いいっ」

背筋が波打ち、腰がびくんと大きく跳ねた。指の動きがますます速まり、達することしか考えられなくなる。最奥を激しく突き上げるような動きがほしくなり、淫《みだ》らに腰を揺らめかせてしまった。

「尊久さっ……奥、して……おねが……っ」

一華の思いに応《こた》えるかのように、叩きつけるような腰の動きに変わっていく。亀頭の先端で最奥を押し上げられ、角度を変えながら蜜襞を刺激される。

「ひ、あ、あっ、いい……っ、好き、そこ」

切羽《せっぱ》詰まった声と共に愛液がぴゅっ、ぴゅっと噴きこぼれると、突き上げがさらに激しさを増す。

全身がどろどろに溶けてしまいそうな快感の中、肌と肌がぶつかり、彼の下生えが臀部《でんぶ》に触れる。

ぬちゅ、ぐちゃっと淫猥《いんわい》な音を響かせながらの抽送が長く続き、ずっと達《たっ》しているかのような感覚に陥《おちい》った。

意識が陶然として、なにも考えられない。

「はぁ、あぁあっ、ん、も、達《い》く、達《い》くっ」

足の間から淫水がたらたらと流れ出る。引っ切りなしに喘《あえ》ぎ声が漏れて、全身が小刻みに震えた。体内で脈打つ怒張がびくんと震え、背後で息を詰めた尊久がびゅうびゅうと激しく吐精する。

一華の身体からどっと力が抜けて、足の間に置いた手がぱたりとシーツに落ちると、背後から濡れた指先を取られて口づけられた。

「一華、ずっと愛しています」

美味《おい》しそうに指先をちゅっと啜《すす》られ、指の付け根まで舌が這う。

いまだ昂《たかぶ》った肉塊がずるりと引きだされると、全身にぞくぞくとした震えが走った。

何度も達《たっ》した身体は気怠《けだる》く、瞼《まぶた》が重く落ちていく。

私も——そう答えられたかどうか、夢うつつにいる一華にはわからなかった。ただ、愛おしいこの人が目覚めた後もそばにいる。それは夢ではない。

一華は深い幸福感に包まれたまま、眠りについたのだった。

～大人のための恋愛小説レーベル～

ETERNITY
エタニティブックス

怒涛の溺愛に息も絶え絶え？
イジワル上司の甘く艶めく求愛

ETERNITY Rouge
エタニティブックス

エタニティブックス・赤

本郷《ほんごう》アキ

装丁イラスト／芦原モカ

大企業の法務部で専務補佐をする二十八歳の凜《りん》。真面目が取り柄の彼女の上司は、イケメン御曹司ながら不機嫌が通常仕様の仕事の鬼・朝川《あさかわ》。そんな彼に、ひょんなことから泣き顔をロックオンされて!?　戯れのようなキスに熱を孕んだ視線――苦手な上司の思いがけない甘さに戸惑ううちに、目眩がするほどの熱情に囚われてしまい？　本能を揺さぶる魅惑のオフィス・ラブ！

※エタニティブックスは大人の女性のための恋愛小説レーベルです。ロゴマークの色で性描写の有無を判断することができます（赤・一定以上の性描写あり、ロゼ・性描写あり、白・性描写なし）。

詳しくは公式サイトにてご確認ください。
https://eternity.alphapolis.co.jp/

携帯サイトはこちらから！

この作品に対する皆様のご意見・ご感想をお待ちしております。

おハガキ・お手紙は以下の宛先にお送りください。

【宛先】

〒150-6008 東京都渋谷区恵比寿 4-20-3 恵比寿ｶﾞｰﾃﾞﾝﾌﾟﾚｲｽﾀﾜｰ 8F
（株）アルファポリス　書籍感想係

メールフォームでのご意見・ご感想は右のＱＲコードから、
あるいは以下のワードで検索をかけてください。

アルファポリス　書籍の感想　検索

ご感想はこちらから

エリートホテルマンは最愛《さいあい》の人《ひと》に一途《いちず》に愛《あい》を捧《ささ》ぐ

本郷アキ（ほんごう あき）

2023年 11月25日初版発行

編集－羽藤瞳
編集長－倉持真理
発行者－梶本雄介
発行所－株式会社アルファポリス
〒150-6008 東京都渋谷区恵比寿4-20-3 恵比寿ｶﾞｰﾃﾞﾝﾌﾟﾚｲｽﾀﾜｰ8F
TEL 03-6277-1601（営業）　03-6277-1602（編集）
URL https://www.alphapolis.co.jp/
発売元－株式会社星雲社（共同出版社・流通責任出版社）
〒112-0005 東京都文京区水道1-3-30
TEL 03-3868-3275
装丁イラスト－浅島ヨシユキ
装丁デザイン－AFTERGLOW
（レーベルフォーマットデザイン－ansyyqdesign）
印刷－中央精版印刷株式会社

価格はカバーに表示されてあります。

落丁乱丁の場合はアルファポリスまでご連絡ください。

送料は小社負担でお取り替えします。


ISBN978-4-434-32920-3 C0093